DZIEWCZYNA ZE STRIPA

PIERWSZA CZĘŚĆ SERII "DARK SIDE"

wydawnictwo
Aviator

Paulina Wysoczańska
Jerzy Jan Ćwiertka

Dziewczyna ze stripa

wydawnictwo
Aviator

Redakcja: Jerzy Prudnicki

Projekt okładki, ilustracje i opracowanie graficzne
Jerzy Ćwiertka

Wydanie I Kraków 2023

ISBN 978-83-968311-0-1

9 788396 831101

Wydawnictwo AVIATOR Sp. z o.o. Kraków
e-mail: wydawnictwo.aviator@op.pl

***Dla** Sinéad*

Twoja determinacja i nieustępliwość budzą mój podziw. Dziękuję Ci za to, że nie pozwoliłaś zabrać sobie smutku.

Amant rozdziawia karykaturalną gębę i łapiąc się za głowę, udaje, że nie posiada takiej gotówki. Jesteś w kołowrotku chomika, jebanym pierdolniku. Wywracasz oczami i poisz klienta alkoholem. Po ośmiu szotach zmienia zdanie. Płaci. Patrzysz na blady, wystający bęben, powstrzymując odruch wymiotny. Zerkasz na radio, by na zegarku skontrolować upływający czas. Po kolejnych czterech szotach jego ciało wolno zsuwa się ze skórzanej kanapy. Na wydruku z terminala widzisz napis pogrubioną czcionką: „Brak środków na koncie". Klient bełkocze. Ślina ciągnie się na podbródek, amant zasypia na zarzyganym dywanie.

Wracasz na salę główną i dostrzegasz kilku mężczyzn, machających do twojej koleżanki przy barze. Dosiadasz się do niej.

– I co? – pyta.

– Martini Asti.

Czerwone usta, nienaturalnie porozciągane, układają się w słowo:

– Słabo.

– W chuj słabo – odpowiadasz z frustracją.

Napełniasz płuca dymem, wypuszczasz i ponownie wciągasz trujący dym. Masz być dziwką w burdelu rudzielca, a Jot jest alfonsem? Ręce ci się pocą.

– Spodobałaś mu się – mówią usta. Dłoń z czerwonymi szponami pokazuje stolik, przy którym siedzą mężczyźni, a wśród nich śniady z krzywym nosem.

Nie odpowiadasz. Bierzesz puszkę red bulla z baru, pijesz. Rysiek się powiesił czy Jot go powiesił? Jest alfonsem i mordercą?

Mężczyzna z krzywym nosem podchodzi.

– Cześć ślicznotko – zagaja.

– Hej – odpowiadasz.

– Jestem Thomas.

– Miło mi cię poznać. – Ściskasz jego dłoń i natychmiast wycierasz swoją w serwetkę leżącą na blacie.

– Zatańczysz dla mnie? – mówi, mrużąc smoliste oczy.

Czujesz się jak w klatce, jak towar na targu niewolników. Z trzaskiem zgniatasz pustą puszkę.

– Zatańczę.

Bierzesz wdech. Oplątujesz dłońmi drążek i wirując, unosisz się na jego szczyt. Patrzysz z góry na twarze. Ściekają na podłogę jak rozlany budyń. Ogarnia cię złość.

Nie pamiętasz, kiedy zaczęłaś ich nienawidzić. Czas tutaj przelewa się przez palce. Jednego dnia jesteś cnotliwą blondynką, a za chwilę wyuzdaną kruczowłosą. W poniedziałki urabiasz wdowców, w środy udajesz studentkę, w piątki i soboty, na kawalerskich jesteś przyszłą żoną, we wtorki starasz się być grzeczna, by nie zarobić kulki w łeb, a w niedzielę bawisz się w dominę, karcąc uległego. Która wersja samej siebie bardziej ci pasuje?

Ogarnia cię złość. Jot tobą gardzi, do czego zresztą dałaś mu pretekst. Albo? Albo traci dla ciebie głowę. Co gorsze? Przypominasz sobie pulsowanie jego członka w dłoni. Król pik ma wybór, a ty co masz? Cygański amulet.

Ześlizgujesz się z drążka. Uda palą boleśnie. Nie zrzucasz stanika, tylko siadasz znowu przy barze. Czyjś papieros tli się w popielniczce. Zaciągasz się.

– Jest twój. – Spowija cię nikotynowy oddech kierowniczki. – Bierz go do VIP-roomu.

Idziesz się przebrać. Zdejmujesz czerwone stringi i czerwony stanik. Spoglądasz w lustro, widzisz nagą kobietę, której długie, czarne włosy zwisają niczym skrzydła rannego ptaka. Robisz wdech i wydech. Jesteś ciałem, kośćmi, skórą. Decydujesz się na biel.

Wkładasz do odtwarzacza kartę USB. Chcesz puścić siódemkę. Przycisk jest wyłamany. Na półce leży ołówek, wiesz, do czego służy. Zaostrzonym końcem siedem razy naciskasz schowaną w otworze resztkę guzika. Rozbrzmiewa utwór. *To idealny świat, a ja jestem idealną dziewczyną* – nuci Sevdaliza.

– Zrzucisz dla mnie te łaszki? – pyta Thomas, rozsiadając się na kanapie.

Masz na sobie białą bieliznę, białe pończochy i brokatowe szklanki. Muzyka gra, palcami muskasz rurkę i zaczynasz show. Twoje wygięte ciało ma być obietnicą, rozwiane włosy mają rozsiewać czar pragnienia. *To idealny świat, a ja jestem idealną dziewczyną. Ty jesteś koszmarem.*

Wyginasz ciało w drwinę, rozpuszczasz włosy w klątwę.

– Rozbierz się – warczy klient, patrząc na ciebie zimno.

Ogarnia cię obrzydzenie. Zaciskasz powieki. Widzisz zielone oczy, pomiędzy wargami rozchylonymi w okrutnym uśmiechu błyskają kły. Szumi ci w głowie: *„Jesteś wolna, niepokorna, piękna i mściwa”.*

Otwierasz powieki. Smoliste oczy ponaglają.

– Nic nie mów – szepczesz i przykładasz palec do ust.

Twoje serce jest werblem wtórującym rodzącej się furii. Podnosisz z półki ołówek, końcem palca sprawdzasz ostrość rysika. Pięść z ołówkiem chowasz za siebie.

Wykrzywiona twarz Thomasa zamienia się w wykrzywioną twarz Matiasa, ta w jeszcze jedną wykrzywioną twarz i jeszcze jedną. Zbliżasz się do jednej z setek wykrzywionych twarzy. Szybkim ruchem wbijasz ołówek w środek źrenicy. Patrzysz, jak po krzywym nosie spływa krew.

Część 1 – Raczkująca modliszka

Posłuchaj, człowieku. Wydaje ci się, że rozumiesz bluesa? Może tak, a może nie. Nadstaw ucha. W tych bitach czyhać na ciebie będą: niebezpieczeństwo, miłość i tragedia. Usiądź wygodnie. Pokażę ci, jak się gra bluesa.

Howlin Wolf

Nie gryź, suko

„Restauracja chce, żeby ją ogarnąć" – tłuką mi się w głowie słowa kierowniczki, małego esesmana. Jest dziewiąta, biorę się do pracy. Mój codzienny, czarny uniform: koszula, spodnie, przepaska na włosy, buty i gumka, którą związuję włosy w skromny koczek.

Poranna krzątanina przed otwarciem. Kurz na parapecie krzyczy, by go wytrzeć, okruchy wołają, by je zamieść z lepkiej posadzki, posadzka, by ją umyć. Lodówki domagają się dostawy napojów, a kwiaty w doniczkach skomlą o wodę.

– Blondi, nie ma wołowiny z kozim serem – informuje mnie kucharz.

– A stek z polędwicy? – pytam, wyciskając sok z pomarańczy.

– Jest. Jeszcze sześć sztuk. Przydałoby się sprzedać. Za trzy dni tracą ważność – mówi Paweł i poprawia swój wymięty kitel.

– Jasne, będę polecać!

Szkło domaga się polerowania, ekspres, by go wyczyścić, a wieszak w kącie zrzędzi, żeby go przestawić.

Wzdrygam się na męski głos za plecami:

– Dostawa.

Koleś ułożył już transportery w piramidę, teraz podtyka mi fakturę do podpisania.

– To wszystko? Jesteś pewien? – pytam, zerkając na papier i liczę, czy zgadza się ilość towaru.

– Nie mam problemu ze wzrokiem – odpowiada, mierząc mnie od stóp do głów z głupkowatym uśmiechem.

– Tak myślałam. – Zakładam ręce na biodra, kokieteryjnie zaglądam mu w oczy i pytam: – A z czym masz problem?

– Ja? – Wskazuje palcem na swoją klatkę piersiową. – Z niczym.

– Ale ja mam. To wszystko jest ciężkie, mógłbyś mi pomóc? – Zerkam na jego potężny biceps i siedemnaście skrzynek.

– Gdzie to postawić?

– Na zapleczu – odpowiadam i palcem wskazuję drzwi.

Świeczki marudzą, by je zapalić, toalety, by je odświeżyć. Zegar wybija dziesiątą.

Pierwszy klient, starszy mężczyzna w jasnoniebieskiej koszuli, z teczką w ręku, wybiera stolik przy wydawce. To jego ulubione miejsce, bo gdy nie czyta gazety, przygląda się kucharzom.

– Dzień dobry, panie Marku – witam go z uśmiechem i kładę menu na stole. – Podwójne espresso, jak zwykle?

– Dzień dobry, pani Paulino. Tak, poproszę. Dodatkowo jajka w koszulkach.

– Zaraz wszystko podam.

Klikam w dotykowy ekran monitora, zamówienie wpisuję niepełne – na papierowym bloczku są tylko jajka.

Pan Marek dzisiaj wyjątkowo się śpieszy, wyciera niedbale usta serwetką, przechyla pustą filiżankę, doszukując się wypitej kawy i podchodzi do baru.

– Smakowało? – pytam, klikając w monitor, by uruchomić system POS.

– Bardzo. Przecież pani wie, że uważam waszą restaurację za najlepszą w Legnicy.

– Miło mi – mówię.

Wybieram na ekranie numer jego stolika. Zan tylko na jedzenie, więc wchodzę w zakładkę . i dobijam podwójne espresso, tak by pan Marek

– 40 złotych. Płaci pan gotówką?

– Jak zawsze. – Wręcza mi pieniądze i żegna się z uśmiechem, nie czekając na paragon.

Nie zatwierdzam pozycji, usuwam kawę. Suma – dwadzieścia osiem złotych. Dwanaście złotych wrzucam do swojego portfela.

– Idzie! – syczy Paweł, przewracając oczami.

Mały esesman od progu bada wzrokiem każdy kąt. Zatrzymuje spojrzenie na oknie, otwierającym widok na ulicę.

– Szyba brudna – stwierdza sucho i goni, żeby zamknąć się w kantorku ze stosem papierzysk.

Wzdycham, chwytam ścierkę, tani płyn i ślamazarnie mażę po szybie. Szare kamienice pokrywają się smugami rozmazanego brudu. Z bramy naprzeciwko wpatruje się we mnie czarna sylwetka. Cofam się gwałtownie. *Mamy ją. Nie udawaj takiej niedostępnej. Nie gryź, suko.*

– Tutaj wytrzyj. – Przywołuje mnie zrzędliwy głos małego esesmana.

Po siedemnastej salę wypełniają głośne dyskusje dorosłych, śmiech nastolatków, brzęk talerzy i obijających się o siebie sztućców.

– Proszę 78,90 – mówię do bruneta, który biczuje zjadliwym głosem swoją towarzyszkę, ładną blondynkę z pochyloną głową. Podsuwam mu terminal płatniczy i pytam: – Czy wszystko państwu smakowało?

Unoszę tacę wysoko i pędzę do kolejnego stołu, by pomóc Weronice zebrać naczynia.

Na chodniku stoi postać z rękami w kieszeniach czarnego płaszcza. Światło reklamy nad drzwiami wydobywa z cienia ponurą twarz.

Nie udawaj takiej niedostępnej. Nie gryź, suko. Nie krzycz.

Cofam się na zaplecze. W ciemnym kantorku drżącymi dłońmi chwytam komórkę. Wystukuję numer.

– Komenda Policji w Legnicy, słucham.

DZIEŃ JAK CO DZIEŃ

Dzisiejszy poranek nie różni się od wczorajszego. Jak zwykle krzyki dzieciaków obijają się o ściany ciasnego mieszkania i drażnią moje bębenki.

– Dureń! – wrzeszczy jedno, ocierając łzy nad porwaną, kolorową kartką.

– Mówiłem, żebyś nie ruszała moich rzeczy. Teraz sobie rycz! – odpowiada drugie z zaciśniętymi zębami.

– Mamo, co na śniadanie? – skomli kolejne.

Jest 8.30 i choć to nowy dzień, wiem, jak przebiegnie. Przed pracą na pewno pokłócę się z siostrą, w pracy mały esesman chrząknie i zapiszczy, kiedy kąt pochylenia łyżeczki od kawy będzie nieodpowiedni. Po pracy pijany despota będzie wrzeszczał na dzieci i siostrę. Trzy nierozłączne pewniki dnia. Jest jeszcze jeden, czwarty – płacz w poduszkę, który dusi mnie co wieczór.

KLIK. WYSŁANO

Styczniowy dzień. Za oknem zamiera ponure miasteczko. Gdy się poruszę, kanapa siostry skrzypi głośno. Na Instagramie laleczki o pięknych buźkach, na Facebooku pan Romek chwali się noworodkiem.

Przeglądam oferty pracy. Może Warszawa albo Poznań, może barmanka albo przedstawiciel handlowy? Kim i gdzie mogę być, ze swoją krótką listą doświadczeń wpisaną w CV? Jak zostanę oceniona i wyceniona?

Moja pierwsza praca – w sklepie odzieżowym. Na rozmowie kwalifikacyjnej pytano mnie: „Jesteś komunikatywna? Potrafisz pracować w zespole? Potrzebujemy stałych pracowników, chcesz się zaangażować?" Zaangażowałam się całym sercem, by czuć pot spływający po dupie, gdy zbierałam porozrzucane szmatki i walczyłam z wieszakami. Cały miesiąc uczyłam się cierpliwości, co miesiąc ją traciłam, widząc trzycyfrowe wynagrodzenie: 800 złotych. A teraz? Dopadają mnie cierpkie myśli, że mierzi mnie praca w restauracji, obcierają buty, taca jest ciężka, że wciąż widuję te same twarze, a każdy dzień jest taki sam.

Zacznij swoją przygodę z POLE DANCE

Klikam zaszokowana stawką. Taniec na rurze? Czy mogłabym tańczyć na rurze?

Jesteś przekonana, że taniec nie sprawia Ci najmniejszych problemów? Jesteś przebojowa i komunikatywna? Dlaczego miałabyś nie spróbować zostać tancerką? TANCERKA w pracy ma głównie za zadanie, jak sama nazwa wskazuje, tańczyć.

Lubię tańczyć i jestem komunikatywna – szepczę do siebie.

Każda dziewczyna przechodzi najpierw szkolenie: darmowy kurs tańca na rurce. Tancerki zarabiają OD 10 tys. zł w górę. Chociaż są takie, które zarabiają tyle w tydzień;)

Otwieram szeroko oczy. Chcę tyle zarabiać! Chcę tyle zarabiać! – krzyczę w myślach.

A może dobrze czujesz się w rozmowie? Potrafisz rozkręcić najbardziej zamkniętych w sobie ludzi? Lubisz flirtować i jesteś pewna siebie? Chcesz na tym zarabiać? Zostań HOSTESSĄ! Zarobki OD 6 tys. zł w górę. Praca w klubie dla hostess i tancerek rozpoczyna się o godzinie 20.00, od 3. do 5. dni w tygodniu. Oferujemy wypłaty w formie tygodniówek oraz umowę z ubezpieczeniem. Prowadzimy najlepsze kluby nocne w całej Polsce, cieszymy się bardzo dobrą opinią, co potwierdzają nasi stali goście!:) Dla osób z dalszych okolic zapewniamy zakwaterowanie. Zainteresowane dziewczyny prosimy o przesłanie aplikacji ze zdjęciem:).

Klik. Wysłano.

Nie liczę na odpowiedź. Przecieram zmęczone oczy i w towarzystwie Rity Ory w słuchawkach idę do łazienki. *Powiedz, co jest nie tak, co jest nie tak ze mną? Co jest nie tak ze mną?* – śpiewa Rita, gdy zanurzam się w gorącej wodzie. Wysłane zgłoszenie nie daje mi spokoju. W czym tańczą poledancerki? Czy one są ubrane? Jak będę tańczyć? Czy w ogóle zdołam się nauczyć? Nauczę się, wszystkiego się nauczę! Dźwięk telefonu rozprasza myśli, na wyświetlaczu nieznany numer.

– Cześć. Dzwonię w sprawie twojego zgłoszenia do pracy – informuje mnie damski głos.

– Tak? – pytam, zastanawiając się, kto jest po drugiej stronie słuchawki, tak dużo zgłoszeń wysłałam.

– O szczegółach porozmawiamy na miejscu. Jeśli jesteś zainteresowana, musimy ustalić termin. Może piętnastego? Najpierw jest wstępna rozmowa, a później zobaczysz klub.

– Dobrze – dukam oszołomiona.

– Piętnastego o 19. Odpowiada ci?

– Tak.

– Świetnie, adres wyślę smsem. Do zobaczenia.

PAULINA

Amatorka

Siedzę w zatłoczonym pociągu, mam przed sobą 4,5 godziny jazdy. Sprawdzam jeszcze raz rezerwację hotelu i adres, gdy pociąg zatrzymuje się na mojej stacji. W hotelu nie mogę się zdecydować, co założyć na spotkanie. Czy to ma być spódnica, czy sukienka? Czy fioletowy mat na ustach nie będzie przesadny? Przymierzam kilka razy całą zawartość walizeczki. Decyduję się na sukienkę w odcieniu butelkowej zieleni, czerwone usta i delikatne kocie oko. Otwieram okno na oścież, zapalam papierosa. Za zasłoną śniegu majaczą stare kamienice, w mojej głowie zawieja niepewności, nawet dym z papierosa układa się w pytajniki.

Zostało mi 25 minut do spotkania, w pośpiechu zakładam kozaki. Na postoju jest wolna taksówka.

– Śpieszę się na ważne spotkanie – mówię, osłaniając dłońmi twarz, by płatki śniegu nie zniszczyły makijażu.

Taksówkarz dopala bez pośpiechu papierosa i wsiada do samochodu, mówiąc:

– Da, spokojnie, diewoczka, wsiadaj. My wszędzie zdążymy.

– Starowiślna 90. Śpieszę się!

Wbija mnie w fotel, gdy kierowca gwałtownie rusza. Jedziemy pod prąd.

– Ominiemy korki – tłumaczy, nie przejmując się klaksonami.

Mam jeszcze siedem minut, gdy staję przed budynkiem. Co chwila patrzę na zegarek i domofon. Jak będę za wcześnie, wyjdę na nadgorliwą, a jak przyjdę spóźniona, to będzie źle o mnie świadczyć – kalkuluję w myślach. Dzwonię punktualnie. Nikt nie otwiera, więc naciskam jeszcze raz. Dalej – poganiam, nie zdejmując palca z guzika. Wreszcie brzęk otwieranego zamka. Na trzecie piętro wspinam się schodami. Dzwonek nie działa, więc pukam. Drzwi otwiera mi uśmiechnięta brunetka.

– Wejdź – mówi – jestem Asia.

– Paula – odpowiadam i odwzajemniam uścisk.

Wygląda na moją rówieśniczkę. Ubrana jest w czarne spodnie i kardigan, spod którego wystaje koszula khaki. Trochę zbyt wysokim, ale miłym głosem pyta, czego się napiję.

– Zdecydowanie kawa – odpowiadam, zdejmując płaszcz.

Nie tak wyobrażałam sobie rekruterkę. Biuro także nie przypomina biura. Jest jak w domu. Siadam na sofie i nerwowo miętoszę w dłoniach CV.

– Co tam masz? – pyta, podając mi kubek.

– CV. Jest wymagane?

– Nie, kochana. Nie jest potrzebne.

Zdziwiona odkładam kartkę i zaplatam ręce na kolanach.

– Mamy następujące stanowiska: tancerka, hostessa, kelnerka i barmanka. Barmanka zarabia najmniej.

– Ile zarabia tancerka? – pytam, przypominając sobie ogłoszenie.

– To kwestia indywidualna. Zarobek tancerki zależy od ceny i ilości sprzedanego alkoholu. Jak myślisz, ile kosztuje najdroższy alkohol w klubie?

– Dwa tysiące złotych? – zgaduję nieśmiało.

– Urocza jesteś. – Uśmiecha się. – Najtańszy drink kosztuje 82 złote. Najdroższy alkohol, jaki mamy, to Cristal. Każda dziewczyna o nim marzy. Cena: blisko 40 tysięcy złotych.

– 40 tysięcy? – Kręci mi się w głowie. – To ile ja zarobię?

– Pracujemy w systemie prowizji. Z drinków 20 procent, z tańców prywatnych 40.

– A dokładniej?

– Już ci to zobrazuję. Na przykład pan kupuje w trakcie tańca prywatnego szampana za 15 tysięcy. Ty dostajesz z tego 6.

Tak po prostu? Całe sześć dla mnie? W jedną noc za jednego szampana?

– Oczywiście nie możesz się ograniczać w sprzedaży do małych ilości – poucza, jakby czytała mi w myślach. I wciąż się uśmiecha, kiedy ciągnie dalej: – W klubie obowiązuje bielizna erotyczna, stroje tematyczne i buty. Prześlę ci link ze szklankami.

– Co to za szklanki? Szkło do alkoholu?

– Ojej, nie. – Śmieje się. – Szklanki to specjalne obuwie do tańca. Musisz mi podać rozmiar.

– Nie wiedziałam – mówię speszona. – Rozmiar 36.

– Następnie zasady i najważniejsze: kary – kontynuuje Asia. – Jesteśmy prestiżowym klubem i musisz wiedzieć, czego się nie dopuszczamy. Nie wolno spożywać żadnego rodzaju środków odurzających. Osoba, która wniesie takie na teren klubu zostanie zwolniona.

– Dużo jest tych zasad?

– Zakaz spożywania alkoholu w miejscu pracy, z wyjątkiem tego zakupionego przez klientów – recytuje, zbywając moje pytanie. – Nie można również pić przed przyjściem do pracy. Za to jest kara finansowa. Kategoryczny zakaz spotykania się z klientami bądź pracownikami płci męskiej poza pracą. Za to można wylecieć z pracy. Wyklucza się świadczenie w klubie innych usług niż taniec oraz wszelkiego rodzaju nierządu. Za to jest kara w wysokości 5 tysięcy złotych.

Milknie i sonduje wzrokiem, jakie wrażenie wywarły na mnie jej słowa. Patrzę Asi prosto w oczy i mówię:

– Żadna z tych zasad nie będzie dla mnie problemem. Co mam podpisać?

– Świetnie. Przygotuję papiery.

Kotary i ich tajemnice

Wielki szyld z napisem „Czarny Diament". Chwytliwe, ale spodziewałam się olbrzymiego rysunku kobiety na rurce, tymczasem nic nie wskazuje, że tutaj jest klub go-go. Asia wchodzi pierwsza. Nie odstępuję jej ani na krok. Muzyka gra na tyle głośno, że nie słyszę mojej rekruterki. Wędruję tylko wzrokiem za jej ręką. Z boku, przy wejściu postacie niedbale rozwalone na czarnej sofie ze skóry. Domyślam się, że to goryle: ubrani w garnitury jak „faceci w czerni", twarze-maski z wymalowanymi, pogardliwymi minami, mięśnie rozdęte na ramionach.

Ciekawość we mnie rośnie, kiedy Asia odsłania czerwoną kotarę i wchodzimy w głąb.

– Siadaj. – Przywołuje mnie jej głos. – Kawa?

– Tak, proszę.

Asia idzie po napoje. Smutna barmanka musi być po trzydziestce – oceniam. Ma nadwagę i mocno podkreślone oczy, zrobione „na pandę". Chyba jednak nie jest smutna, raczej zmęczona – koryguję, gdy podaje Asi kawę.

Siedzimy z rekruterką w wielkiej, białej loży. Łapię się na tym, że nie mogę przestać się rozglądać. Fascynuje mnie wszystko: muzyka, pulsowanie różowych, białych i ultrafioletowych świateł, ich odbicia w niezliczonej ilości luster wiszących na czarnych ścianach i refleksy w chromie rury na środku sali, bar i Panda za barem.

– To jest sala główna – mówi Asia, przysuwając popielniczkę do siebie. – Robi wrażenie, kiedy jest pełna gości. Dziś jest środa, ruch zacznie się koło 23.

– Gdzie są tancerki? – pytam.

– Niektóre na wakacjach. W zimie bardzo często wyjeżdżają. Ty zastąpisz jedną z nich. Kierowniczka i kelnerka przyjdą później. Spokojnie. Pewnie masz mętlik w głowie, co? Jestem od tego, by ci wszystko wyjaśnić. Palisz?

– Tak – odpowiadam niepewnie, próbując sobie przypomnieć, czy zasady coś o tym mówią.

– Fajnie, zapalmy.

Asia zaciąga się kilka razy, zgniata papierosa w popielniczce i idzie do baru. Wraca z kartami menu.

– Dobrze, przejdźmy do rzeczy – mówi, kładąc je przede mną. – Karty są dwie. Zauważ, różnią się kolorami. Czarna jest dla klientów. Znajdziesz tu alkohol: whisky, tequilę, piwo i tak dalej. Z tej karty klient zamawia dla siebie.

– Biała jest dla tancerki?

– Bystra jesteś. Z białej klient zamawia dla ciebie. Podwójne menu nie zostało stworzone bez powodu. Ani ty, ani klient nie możecie wymieniać się drinkami ze swoich kart.

– Dlaczego?

– Taka jest zasada. Spójrz tutaj i tutaj. – Puka palcem w karty, a ja przyglądam się posłusznie i porównuję ceny. – Jeśli klient miałby postawić ci drinka ze swojego menu, to jak zarobisz?

– Dlatego jego alkohol jest tańszy od naszego?

– Dokładnie! Widzisz te guziki na stołach? Służą do przywołania kelnerki. Za każdym razem, kiedy klient zechce ci coś zamówić, wciskasz przycisk. Wtedy na ekranie przy barze wyświetli się numer stolika.

– Rozumiem – przytakuję.

– To nie wszystko, wstawaj. Pokażę ci inną, nie mniej ważną część zabawy.

Prowadzi mnie do kąta od strony baru.

– To jest nasz prywatny bankomat – mówi, czule głaszcząc maszynę. – Dbamy o gości, nie muszą się fatygować na miasto po gotówkę.

– To trochę dziwne, ale rozumiem.

Idziemy na dół schodami znajdującymi się tuż przy wyjściu z klubu. Prowadzą do dużego pomieszczenia, udekorowanego sześcioma kotarami wiszącymi na półokrągłych drążkach. Za nimi muszą być wejścia – domyślam się. Dokąd? Co jest za czerwonym, mięsistym pluszem?

– Tu są pokoje prywatne – mówi Asia i odsłania pierwszą kotarę.

Milknie na chwilę i pozwala, bym weszła do środka pierwsza. Pokój ma może z cztery metry długości i dwa szerokości, tyle, by zmieściła się ława ze szklanym blatem, biała sofa i półka z radiomagnetofonem na ścianie.

– Gdy wyczujesz moment, że klient oczekuje większej prywatności, zgłaszasz kierowniczce i wtedy przychodzisz tutaj.

– Klient zawsze wie, czego chce? – pytam niezręcznie.

– Wie, a jeśli nie wie, to musi się dowiedzieć od ciebie. Pomyśl, który facet odmówi półnagiej kobiecie?

Wychodzimy. Asia pokazuje palcem kotarę do ostatniego pokoju.

– Tam mamy dodatkową atrakcję – mówi, uśmiechając się. – W ostatnim pokoju rządzi Moli.

– Kim jest Moli? – pytam zaaferowana.

– Jest duchem – śmiejąc się, mówi Aśka.

Wracamy do sali głównej. Asia odsłania kotarę przy barze.

– Pokój socjalny i magazyn – mówi wesoło.

Wąskie pomieszczenie wypełniają lodówki z piwem, a plastikowa skrzynka, przykryta brązowym kocem, służy jako siedzisko. Sałatka grecka, otwarte pudełeczko z pokrojonymi warzywami, smoothie, woda z miętą, opakowanie z McDonald's – wszystko leży na małej, „studenckiej" lodówce.

– Dziewczyny nie mogą jeść fast foodów – mówi Asia i wyrzuca papierową torbę do kosza na śmieci. – Chodźmy.

Na końcu pomieszczenia są schody prowadzące na dół. Idziemy, przytrzymując się transporterów ustawionych na stopniach.

W słabo oświetlonym korytarzu zbliża się do nas czarnowłosa postać. Dziewczyna ma na sobie czerwoną, koronkową bieliznę i lateksowe buty sięgające uda. Gdy mnie mija, widzę chłodny wyraz jej twarzy. Za nią ciągnie się długi zapach mocnych perfum i moje zafascynowane spojrzenie.

– Oto i szatnia – oznajmia Asia, zapalając światło.

Śmierdzi znoszonymi skarpetkami, róg lustra jest pęknięty, a z regału smętnie zwisają stringi.

– Idziesz? – rzuca Asia i wycofuje się na korytarz.

Znowu wracamy do głównej sali. Rekruterka wskazuje mi szklane, przesuwne drzwi naprzeciwko stolików, za podestem z rurą.

– To VIP-room, pokój dla wyjątkowych gości. Rurka, magiczne światełka, lustra. Wszystko idealne – mówi Asia.

– Dym, dym, dajcie dymu! – krzyczy ktoś.

Dzwoni dzwonek, a z głośników leci Don Diablo: *Taniec jest tym, co robię. Taniec jest, gdy myślę o tobie. Taniec jest tym, co czyści moją duszę. Taniec jest tym, co mnie uzdrawia.*

– Pierwszy klient. Na nas już czas – mówi Aśka, łapie mnie za rękę i ciągnie za sobą do wyjścia. – Chyba wszystko widziałaś. Prześpij się i przemyśl, czy zostajesz z nami. Jutro do dwunastej daj mi znać, co postanowiłaś.

– Jasne – mówię.

Zatrzymuję się przed kotarą dzielącą mnie od wyjścia na ulicę i odwracam się.

Czarnowłosa pręży na podeście gibkie ciało. Jej biodra falują. Obraca się, ramionami obejmując szeroko przestrzeń. Wytatuowany na jej plecach ognisty ptak rozkłada skrzydła. Zdaje mi się, że słyszę szept:

– Jestem Feniksem, niedługo spłonę.

Czarnowłosa odwraca głowę w moim kierunku. Nasze spojrzenia spotykają się. Zdaje mi się, że słyszę:

– Spodoba ci się nocne życie tancerki!

Z ociąganiem opuszczam klub.

NATALIA

WIATR Z PUSTYNI

Palce Natalii obejmowały drążek mocno i pewnie. Po jej ciele i włosach ślizgały się kolorowe plamy świateł. Puściła rurkę i rozłożyła szeroko ramiona. Poczuła, jak wytatuowany na jej plecach ptak rozpostarł skrzydła. Usłyszała jego śpiew: *Jestem Feniksem, niedługo spłonę.*

Gdy chwyciła drążek ponownie, wyobraziła sobie, że muzyka jest wiatrem z pustyni. Imaginacja stała się nagle tak realna, że Natalia poczuła, jak każdy dźwięk biczuje ją ostrymi drobinami kwarcu. „Czy to kara?" – wyszeptała. Zmrużyła oczy. Daleko przed sobą dostrzegła rozedrganą, zieloną plamę. Piasek oblepiał jej stopy i ciążył nieznośnie, gdy szła w jej kierunku. W końcu przekroczyła migotliwą kotarę i weszła do oazy. Suchy wiatr zamienił się w ożywczą bryzę.

Pióropusze palm rzucały chłodne cienie na rozgrzaną ziemię wokół studni. Spojrzała w głąb kamiennej cembrowiny. Woda, nieruchoma i krystalicznie czysta, odbijała oblicze, wyglądające tak, jakby nigdy mu się nie przydarzył uśmiech. A gdy twarz zniknęła, na tafli wody pojawiły się inne obrazy: Darek, gdy wyrzuca puszkę po piwie do jeziora, zanim Natalię zgwałcił, wykrzywiona złością twarz matki, gdy kazała jej usunąć ciążę, „dziwka" napisane przez kuzynkę kredą na chodniku przed jej domem, twarz Filipa, gdy bez cienia żalu mówił: „Nie pasujemy do siebie, odchodzę".

„Czy to kara?" – wyszeptała ponownie.

Wzięła wiadro z przywiązanym do rączki sznurem, nabrała wody. Napiła się, a potem zanurzyła w wodzie twarz. Przez jej ciało przepłynął przejrzysty chłód. Ból, który tkwił w niej od zawsze, a po odejściu Filipa stał się nie do zniesienia, rozpuszczał się, znikał. Poczuła się lekka. Jak wirujący na wietrze liść wzniosła się na sam szczyt drążka. Rozejrzała się. Wokół niej, aż po horyzont rozciągał się piach. Daleko, na drgającej kresce łączącej ziemię z niebem, dostrzegła szarą sylwetkę. Jakaś postać, jakby wycięta z papieru, zbliżała się chybotliwie.

Karolina poprawiła biustonosz i zdmuchnęła blond loczek z czoła. Nie mogła oderwać wzroku od tańczącej Natalii, której ciało i pozornie nieruchoma twarz wyrażały tak dużo emocji. „Widać, że łyknęła kilka pigułek" – pomyślała Karolina z zazdrością i przypomniała sobie tamten wieczór kilka tygodni wcześniej. Siedziały w loży, czekając na klientów. W opanowanej i zazwyczaj niedostępnej Natalii nagle coś pękło. Łamiącym się głosem powiedziała, że to wszystko nie ma sensu. Że ciągle udaje. Udaje, że żyje, że się śmieje, słucha, odpowiada na pytania. I że ciągle czeka. Dzwonek telefonu, dźwięk windy, kroki na klatce schodowej rozbudzają w niej nadzieję, że to Filip. Ale Filip już nie przyjdzie, nie zabierze jej stąd. Natalia rozpłakała się i uciekła do szatni. To właśnie tam Karolina, tuląc Natalię w ramionach jak dziecko, powiedziała jej o Doktorku i o mandarynkach: tabletkach na smutek i ból, po których świat realny staje się tylko tłem dla wyobraźni. Z czasem tło dla wyobraźni – wizje po opioidach – stały się dla Natalii światem bardziej realnym niż rzeczywistość. Zasiedlały go Dżiny i Dżinije, o których opowiedziała kiedyś Karolinie. Karolina zaczęła się trochę martwić o koleżankę, gdy Natalia z przekonaniem stwierdziła, że jej wizje nie są wzięte z bajek.

IRGAZAN

Droga do Esuf

Do studni zbliżał się mężczyzna. Był wysoki, ale kształt jego sylwetki ginął w obszernym płaszczu w kolorze indygo. Zatrzymał się przed Natalią, przyłożył prawą dłoń do serca i pozdrowił:

– Mani aghiwan. – Na tkaninie zakrywającej usta pojawił się wilgotny ślad oddechu.

– Kim jesteś? – zapytała Natalia.

– Kroplą, która wpadła w gorący piasek. Jestem Wędrowcem spotkanym na pustyni.

– Przyszedłeś napić się wody?

– Pustynia uczy, że pragnąć i kochać bardziej niż kobietę można tylko wodę. Ale ja nie przyszedłem po wodę.

Spod płaszcza mężczyzna wyjął jutowy worek, a z niego mały czajnik, dwie szklanki, pudełko zapałek, grudkę suszu i niewielki pojemnik.

Natalia zauważyła na jego piersi srebrny medalion inkrustowany łuskami węża. Na środku wybrzuszał się w wydmę, u podstawy której błyszczał okrągły szafir.

Z leżących przy studni kamieni Wędrowiec zrobił palenisko.

– Więc po co przyszedłeś? – zapytała Natalia.

– Napić się z tobą herbaty.

Wędrowiec ujął rączkę czajnika przez chusteczkę i wlał herbatę do szklanek. Natalia przyglądała się jego twarzy, kościom policzkowym ostrym jak sierpy księżyca, który właśnie wyłaniał się nad wydmą, czterem bruzdom na policzkach i trzem na czole, długim, czarnym włosom.

– Radość zawsze zamienia się w smutek, bo smutek jest radością w męce własnego głodu – powiedział, biorąc łyk herbaty.

Przybliżyła wargi do szklanki ostrożnie, by się nie oparzyć, upiła odrobinę. Pierwszy łyk był gorzki jak życie.

– Miłość nie posiada i nie może być posiadana – powiedział Wędrowiec i wziął drugi łyk.

Natalia ponownie przyłożyła krawędź szklanki do ust. Napój był słodki jak miłość.

Wędrowiec wstał z kamienia, obszedł palenisko i stanął za Natalią. Natalia odwróciła się w jego stronę. Był nagi. Jego skóra lśniła, jakby była namaszczona oliwą. Płaszcz leżał rozścielony na piasku. Natalia opuściła ramiączka sukienki i sukienka zsunęła się z jej ciała. Położyła się na płaszczu na wznak. Wędrowiec ułożył się obok niej.

Księżyc wspinał się po niebie.

Dłonie Wędrowca i Natalii zetknęły się czubkami palców.

Księżyc zawędrował do gwiazdozbioru Wantahita, gdzie Dżiny skryły się przed ludzką zachłannością. Myślał o źródle nieszczęścia, jakim jest złoto.

Palce Wędrowca i Natalii się splotły.

Księżyc mijał konstelację Azdżar, gdzie krople deszczu, klejnoty nieba, przynoszą ulgę tym, którzy uciekli z niewoli Wiecznego Kata – słońca. Zastanawiał się, dlaczego pieśń jest jak woda: niezbędna do życia.

Szorstka, gorąca dłoń Wędrowca uwolniła się z dłoni Natalii.

W gwiazdozbiorze Esuf Księżyc przypatrywał się Dżinijom. Istoty ze światła, tańcząc z rozpuszczonymi włosami, odprowadzały zmarłych do rajskiej oazy. Jak wielu umierających zasługuje na życie? – zastanawiał się Księżyc. – Czy tyle samo co żyjących, którzy zasługują na śmierć?

Natalia poczuła, że dłoń, która zawisła nad jej brzuchem, promieniuje ciepłem. Wstrzymała oddech.

W gwiazdozbiorze Tagurmat Księżyc spotkał Amnaja władającego gorącym wiatrem kibili.

– Los domaga się ofiary – zagrzmiał potężny czarownik, wskazując palcem oazę daleko na dole.

Wędrowiec położył na brzuchu Natalii gorącą dłoń, pulsującą jego tętnem i sunął wolno w dół. Zatrzymał się, gdy opuszek środkowego palca musnął łechtaczkę.

– Los nie jest zły ani złośliwy – odpowiedział Księżyc Amnajowi – jest jak maleńkie ziarenko piasku: potężny przeznaczeniem pustyni.

Natalia powoli wypuściła powietrze z płuc. Uniosła biodra. Pragnęła więcej dotyku. Położyła swoją drobną i miękką dłoń na brzuchu Wędrowca, przesunęła w dół i ujęła kolumnę członka. Palec na wilgotnej łechtaczce nadawał rytm.

– Żeby uwolnić się od cierpienia, trzeba opuścić ciało i zamieszkać we własnym cieniu – wyszeptał Wędrowiec, którego prawdziwe imię brzmiało: Irgazan Syn Księżyca i Losu Utkany z Ich Blasku.

Don Diablo kończył piosenkę słowami: *Taniec jest tym, co robię. Taniec jest, gdy myślę o tobie. Taniec jest tym, co czyści moją duszę. Taniec jest tym, co mnie uzdrawia.*

Natalia mechanicznie zdjęła biustonosz i rzuciła przed siebie.

– Angol z kawalerskiego – wyszeptała chwilę później kierowniczka, nachylając się do jej ucha. Odgarnęła rude dredy z twarzy i dyskretnym skinieniem głowy wskazała klienta podnoszącego stanik ze swojego stolika. – Przebierz się i weź go na prywatny, jest gotowy do kasowania.

Natalia ubrała się w czerwoną, koronkową bieliznę, czarne strip panty i szklanki na dwudziestocentymetrowej platformie z czerwoną podeszwą. Poprawiła karminową szminką usta. Przejrzała się w lustrze.

„Moje uczucia przyglądają się sobie bez końca. Czy tęsknota stała się moim życiem?" – pomyślała.

Uderzyła się dłonią w policzek. Z kieszeni płaszcza wiszącego na wieszaku wyjęła foliowy woreczek. Nie było w nim tabletek. Przeszukała nerwowo kieszenie. Natknęła się na dziurkę między kieszenią a podszewką. Obmacała dół płaszcza, jej przeczucie się potwierdziło: tabletki się skończyły. Chwyciła telefon i wybrała z kontaktów: „Doktorek"

– Ojej, dzwoni do mnie moja ulubiona pacjentka! – odezwał się w słuchawce zaspany męski głos.

Natalia gorączkowo wyrzucała z siebie słowa:

– Potrzebuję tabletek, skończyły mi się! Będę za chwilę!

– Nie tak prędko, kotku. Przyjdź po pracy. O której kończysz?

– Teraz potrzebuję! Teraz. Rozumiesz?! – wykrzyczała do słuchawki.

– Teraz nie masz po co przychodzić, nie jestem przygotowany – odpowiedział rzeczowo.

– Przygotowany? Na co? Potrzebuję teraz – jej głos zadrżał nerwowo.

– Przyjdź o piątej rano – rzucił twardo: – pamiętaj, nikomu ani słowa, bo już nigdy nie dostaniesz pigułek. Zrozumiałaś?

Wróciła do sali głównej i siadła przy blondynie. Zmusiła usta do zalotnego uśmiechu.

Nigdy nie spotkałem tej suki, ale pierdolę ją, jakbym za nią tęsknił. Życie to suka, a śmierć to jej siostra! – wykrzykiwał z głośników Lili Wayne.

– Uwielbiam panów młodych – powiedziała.

– To ja – rzekł mężczyzna nieco onieśmielony, lecz podekscytowany.

– Jak mam się do ciebie zwracać?

– Johnny. – Uśmiechnął się szeroko i położył rękę na jej udzie.

– Johnny, to twój ostatni wieczór, kiedy możesz zaszaleć, tak?

– Mam nadzieję, że nie ostatni z tobą – odparł.

Palce Natalii rozpięły guzik koszuli klienta, przesunęły się, by odpiąć drugi i zastygły. Wpatrzyła się w wyświetlacz zegarka na jego nadgarstku. Zdawało jej się, że sekundy biegną, ale oszustki minuty złośliwie się ociągają.

– Śpieszysz się gdzieś? – zapytał Johny.

O 4.56 Natalia wsunęła na nogi kozaki, a na bieliznę zarzuciła tylko płaszcz. Zimowy, poranny wiatr za nic miał miękkie, czerwone palto z kaszmirskiej wełny, podbite jedwabną podszewką. Kąsał przenikliwym chłodem.

Maszerowała szybkim krokiem. „To niedaleko" – pocieszała się, dygocząc. Nie wyciągając rąk z kieszeni, naparła na drzwi barkiem, otworzyły się bezszelestnie. Wewnątrz było ciemno, jedynie uliczne latarnie słabym światłem przenikały przez witryny, ale znała to miejsce, więc zanim oczy przywykły do półmroku, po omacku podeszła do barowej lady i usiadła na wysokim stołku.

– Witaj, witaj – usłyszała za plecami męski głos, któremu towarzyszył szczęk przekręcanego w zamku klucza.

– Cześć doktorku – odpowiedziała, obracając się w kierunku głosu. – Masz pastylki?

– Aleś ty zdesperowana. – Mężczyzna podszedł do niej i położył dłoń na jej ramieniu. – Drżysz – stwierdził z przesadną troską w głosie.

– Cholernie zimno, a ja pod płaszczem mam tylko koronki – odparła, sięgając do torebki.

Mężczyzna powoli i z lekką obawą przesunął dłoń w dół, na jej plecy i po lędźwiach do pośladków.

– Wezmę dwadzieścia – powiedziała, grzebiąc w torebce.

– Spokojnie, spokojnie. – W jego głosie czuć było napięcie. – Pastylki dostaniesz, nie martw się, ale wcześniej muszę z tobą porozmawiać.

– Po co?

– Wywiad do karty choroby.

– Co chcesz wiedzieć? Pytaj i zabierz ze mnie łapę – warknęła.

Włożył dłonie do kieszeni spodni i stojąc w lekkim rozkroku, badał wzrokiem jej twarz. „Suka. Pogardliwe spojrzenie, wyniosła mina. Patrzy na mnie jak na robaka" – pomyślał.

Zrobił głęboki wdech, powoli wypuścił powietrze i zapytał, starając się nadać swojemu głosowi rzeczowy ton:

– Powiedz, kto z twoich bliskich zna prawdę? Komu z rodziny lub przyjaciół powiedziałaś, jak pracujesz? Niczego nie ukrywaj przede mną.

Natalia położyła na kontuar wyciągnięte z torebki banknoty.

– Tu masz na dwadzieścia – rzekła, przesuwając pieniądze w jego stronę.

Zawiesił wzrok na jej ustach, pełnych, z wysuniętą arogancko dolną wargą.

– Odpowiedz – ponaglił.

– Rodzina nie wie. Ojciec odszedł już dawno. Matka, odkąd kazała mi się wyskrobać, ma mnie gdzieś. Daj mi w końcu te jebane tabletki.

– Myślisz, że pastylki rosną na drzewie? Muszę coś wpisać w twoją kartę. Opioidy są reglamentowane, muszę mieć podkładkę. – Zamilkł, obserwując znowu jej twarz.

„Pierdolona Greta Garbo" – pomyślał i dodał, nadając głosowi nutę współczucia: – Wiem, jak to jest na głodzie — Jeszcze parę pytań. Chłopak? Wie, co robisz? Wie, że bierzesz?

– Odszedł – odpowiedziała sucho.

– Utrzymujesz z nim kontakt?

– Nie. Nawet nie wiem, gdzie teraz jest – głos Natalii załamał się lekko.

Dotknął jej ramienia.

– No dobrze, już dobrze – powiedział.

Z kieszeni spodni wyciągnął foliowy woreczek z tabletkami i podał jej. Natychmiast otworzyła, wysypała tabletki na dłoń, szybko przeliczyła. Trzy odłożyła na blat, resztę wsypała do kieszeni płaszcza.

– Poczekaj, dam ci sok. – Powstrzymał jej rękę, gdy zamierzała włożyć tabletki do ust.

Wszedł za bar. Sięgnął po karton z sokiem pomarańczowym i powoli nalewał do szklanki. „Teraz" – pomyślał, gdy Natalia zaczęła szukać czegoś w torebce. Błyskawicznie wyjął z kieszeni kapsułkę i wsypał jej zawartość do szklanki z sokiem. Zamieszał słomką.

Natalia wyjęła z torebki telefon, ale odłożyła go na blat, gdy mężczyzna podsunął jej napój. Włożyła tabletki do ust. Przeszły gładko przez gardło popite dwoma dużymi łykami soku.

– Muszę zamówić taksówkę – powiedziała.

– Powinnaś wypić więcej. – Nachylił się w jej kierunku przez blat. Poczuł przyjemny ucisk w kroczu, gdy owionął go zapach jej perfum i skóry. – Żeby tabletki szybko zadziałały, muszą mieć się w czym rozpuścić – dodał z naciskiem.

Chciała już go nie widzieć i nie słyszeć. Posłusznie uniosła szklankę, jakby w ten sposób miała szybciej się od niego uwolnić, drugą ręką uruchamiała aplikację w telefonie. Popijała sok, patrząc w ekran. Nagle poczuła uderzenie w dłoń. Telefon upadł na blat i zsunął się na podłogę po drugiej stronie kontuaru. Mężczyzna nacisnął go obcasem.

– Ojej, przepraszam! – wykrzyknął. – Mam nadzieję, że się nie rozbił.

– Powaliło cię?! Podaj mi go – powiedziała wściekła. Chciała mu jeszcze powiedzieć, że jest idiotą, ale jej słowa zamieniły się w cichy bełkot. Próbowała wstać, lecz ciało przykleiło się do krzesła, a jej głowa bezwładnie opadła na ladę.

Z trudem uchyliła ciężkie powieki. Oślepił ją blask żarówki wiszącej na haku wbitym w sufit. Zmrużyła oczy, by przywyknąć do światła. Chciała się natychmiast podnieść, ale zakręciło się jej w głowie. Zadrżała z zimna. Dostrzegła swój płaszcz obok materaca. Zdawało jej się, że ręka i płaszcz ważą tonę, gdy naciągała go na siebie. Spróbowała zebrać myśli. Przypomnieć sobie, co się stało, ale w głowie miała tylko pustkę, do której przesączał się strach.

Stężała, gdy zgrzytnęły otwierane drzwi. Odczuła ulgę, gdy zobaczyła twarz Doktorka.

– Pieprzona Greta Garbo się obudziła? – powiedział, wykrzywiając drwiąco usta.

Wtedy nagle dotarło do Natalii, że to on wsypał jej coś do soku i że jest w pułapce. Pot zwilżył jej kark i dłonie. Zamknęła oczy.

– Nie udawaj – warknął.

Podsunął jej pomysł. Będzie udawać nieprzytomną. Poruszyła niemrawo i bezgłośnie wargami. Czuła, jak Doktorek się w nią wpatruje. Niemal widziała jego zawsze wysuniętą do przodu głowę, wiszącą nisko między ramionami i wyłupiaste oczy.

Gdy ściągnął z niej płaszcz, skuliła się, z trudem opanowując drżenie.

– Cztery tabletki – warknął, przeszukując kieszenie – gdzie reszta? W torebce ich nie było. Gadaj, dziwko.

Uchyliła tylko usta i przewróciła oczami, by przez moment zobaczył białka.

– Chińska laleczka jeszcze nie doszła do siebie – stwierdził, wyjął telefon z kieszeni spodni i zrobił jej kilka zdjęć. Obejrzał fotografie, uśmiechając się lekko, a potem zdziwił się: – Już ósma? Teraz muszę popracować. Ale wieczorem wrócę. Będziesz moją suką.

Dokładnie okrył Natalię płaszczem i wyszedł, nie gasząc światła.

„Spasiony sęp wpatrzony w padlinę, sęp! Nie, nie, nie!" – tłukło jej się w głowie, gdy podnosiła się z trudem z materaca. Musi sobie jakoś poradzić, ma jeszcze kilka godzin, zanim Doktorek wróci. Zawsze sobie jakoś radziła w trudnych sytuacjach.

Chwiejąc się na nogach, podeszła do drzwi. Był do nich przymocowany piankowy materac, podobny do tego, na którym miała legowisko. Odchyliła go nieco i natrafiła na solidną, stalową płytę, w której nie było klamki ani uchwytu. Pchnęła drzwi, ale nawet nie drgnęły. Zachciało jej się sikać. Domyśliła się, że stojący w kącie pojemnik to ubikacja. Otworzyła pokrywę, uwalniając drażniący odór. Z ulgą oddała mocz. Zamknęła pokrywę i usiadła na niej.

Komórka była tak mała, że mieścił się w niej tylko dwuosobowy materac, kiedyś biały, teraz w żółtych i beżowych plamach, i turystyczna ubikacja. Wolnej przestrzeni było niewiele:

kilkadziesiąt centymetrów przy ścianach i około metra od strony wejścia.

Wróciła do materaca. Śmierdział stęchlizną i moczem. Odkryła kilka długich, jasnych włosów. „Nie jestem pierwsza!" – Zmroziła ją ta myśl i natychmiast przypomniała sobie słowa: „...wieczorem wrócę. Będziesz moją suką". Zahuczało jej w głowie. Z pamięci wypełzł obraz puszki po piwie kołyszącej się na falach jeziora. Spocone dłonie zaciskają się na jej szyi. Ból. Potrząsnęła głową, ale wspomnienie nie chciało zniknąć. Czuła ciężar w płucach, jakby za chwilę miała się udusić.

Podniosła płaszcz trzęsącymi się dłońmi. Obmacała dolną krawędź tkaniny. Wyczuła pod podszewką niewielkie grudki. „Muszę stąd uciec" – powtórzyła kilka razy w myślach. Poczuła się pewniej, tak jak wtedy, gdy w podbramkowej sytuacji z klientem zjawia się nagle w pokoju prywatnym ochroniarz i pomaga jej wybrnąć z opresji. Rozdarła podszewkę i wyjęła tabletki. Przeliczyła: było trzynaście.

Szukała miejsca, gdzie mogłaby je ukryć. W ścianach nie było załomów ani wnęk. Pomieszczenie musiano niedawno odnawiać, fugi między cegłami były uzupełnione i czyste, w klepisku nie było dziur ani wgłębień. Obejrzała dokładnie materac. Na rogu u wezgłowia tkanina była przetarta. Dźgała w nią dotąd uchwytem suwaka przy zamku buta, aż zrobiła otwór. Korciło ją, żeby zażyć opium, ale porzuciła ten pomysł. „Ucieknę, muszę tylko trochę odpocząć" – powtarzała w myślach, wsuwając tabletki do środka. Potem włożyła but, okryła się płaszczem i skulona na materacu zapadła w niespokojny sen.

Klucz w zamku zachrzęścił. Natychmiast przekręciła się na wznak i wpatrzyła w drzwi, a gdy się otworzyły, przymknęła oczy. Dostrzegła przez rzęsy Doktorka, który trzymał w ręku strzykawkę. Ogromnym wysiłkiem woli zmusiła się, by leżeć nieruchomo i nie krzyknąć. Poczuła zapach wody kolońskiej, gdy nachylił się i odkrył jej ramię. Natalia błyskawicznie podkurczyła nogi i kopnęła z całej siły. Usłyszała wściekły jęk. Mężczyzna skulił się i chwycił za podbrzusze. Zerwała się błyskawicznie, jednym susem dopadła do przymkniętych drzwi. Otworzyła je z impetem i wybiegła. Drzwi odbiły się od ściany, zasłoniły wejście do celi i w korytarzu zrobiło się ciemno. Pędziła przed siebie. Upadła na pierwszym stopniu schodów. Mimo bólu w stłuczonych kolanach podniosła się i wbiegła do góry. Zrobiło się jaśniej, gdy nagle drzwi komórki się otworzyły. Słyszała ciężkie, pośpieszne kroki za sobą. Dopadła wyjścia z piwnicy i znalazła się w półmroku pomieszczenia pełnego skrzynek po napojach, kartonowych pudeł i kegów z piwem. Dojrzała drzwi z okienkiem, dobiegła do nich i szarpnęła za klamkę, ale nie ustąpiły. Ciągnęła z całej siły, krzycząc. Nagle zapiekła ją szyja jak od ukłucia owada. Odwróciła się gwałtownie. Wściekła uderzyła wyciągniętą w jej stronę rękę mężczyzny. Częściowo opróżniona strzykawka ze złamaną igłą upadła na podłogę. W tej samej chwili Natalia poczuła silne uderzenie w skroń.

– Pierdolona suka, suka, suka! – usłyszała jeszcze.

Ocknęła się w zupełnych ciemnościach. Ból. Głowa, ręce, nogi, brzuch, plecy. Ból był w każdym zakamarku jej ciała. Ale najbardziej bolała ją dusza. Zniewolenie. Porażka. Poniżenie. Było tego bólu o wiele za dużo. Załkała.

Centymetr po centymetrze spełzła z legowiska. Poranione kolana płonęły, gdy na klęczkach odsuwała materac od ściany. Nie zwracała uwagi na to, że tipsy się łamią, gdy wydłubywała tabletki. Zdawało jej się, że minęła wieczność, zanim wyjęła z materaca wszystkie.

– Można uciec przed cierpieniem? – spytała głośno.

Nikt jej nie odpowiedział.

Językiem suchym jak kołek nazbierała odrobinę śliny i połknęła pierwszą tabletkę. Przy każdej następnej powtarzała cicho: cierpienie, bezsens, samotność. Wycieńczona położyła się na materacu i zamknęła oczy.

„Nikt mnie więcej nie upokorzy" – pomyślała.

Wędrowiec usiadł naprzeciwko Natalii, po drugiej stronie paleniska. Wpatrywał się w księżyc, a gdy ten opadł za wydmę, schylił się, zagarnął w dłoń garść piachu i patrzył, jak piasek przesypuje się między palcami.

– Dzień w dzień między palcami przesypuje się życie i nieważne, ile w garść go nabierzesz, zawsze na końcu nic w dłoniach nie zostaje – powiedział cicho, a gdy dłoń była pusta, dodał: – Trzecia herbata będzie lekka jak śmierć.

Nalał herbaty do jednej tylko szklanki i podał Natalii. Dziewczyna wzięła łyk. Herbata była lekka jak cień i koiła jak uśmiech anioła.

Oczy Wędrowca lśniły tak samo jak szafir na jego amulecie.

– To Agadez – powiedział Wędrowiec. Ściągnął łańcuch z szyi i położył amulet na dłoni Natalii. – Pokaże ci drogę do Esuf. Tam, gdzie serca nie płoną, a dusze liczą gwiazdy.

Natalia zauważyła litery wijące się wokół krawędzi medalionu, które wyglądały jak ślad na piasku zostawiony przez kogoś, kto szuka drogi. Litery ułożyły się w słowa: *Można uciec przed cierpieniem. Nie jesteś sama. Na twoich ramionach siedzą Dżinijje, które zaprowadzą cię do rajskiej oazy.*

Raczkująca modliszka

Budzę się na dolnym poziomie piętrowego łóżka. Jestem w hostelu opłaconym przez firmę. Wodzę wzrokiem po pokoju i odganiam zwątpienie. O jedenastej godzinie wysyłam smsa do rekruterki: „Będę z Wami".

Lustro na ścianie chce, żebym się w nim przeglądała.

– Zaczynam nowe życie – mówię. – Zaczynam nowe życie!

Skrzypiące krzesło chce, żebym usiadła. Więc siadam i gapię się w ekran telefonu.

– Mam dwa tysiące – szepczę do konta bankowego.

Ubieram się w dres i adidasy, włosy związuję niedbale w kok i wychodzę.

Oglądam w galerii handlowej półnagie manekiny i zastanawiam się, jaki strój będzie odpowiedni na pierwszy dzień pracy. Koronki czy lateks? Różowy czy beżowy? Przypominam sobie Czarnowłosą, jej zapach, drapieżny i dumny wyraz twarzy, nęcąco wygięte szczupłe ciało przy rurce, prześwitujące, czerwone koronki. Chcę być taka jak ona – piękna i niedostępna.

W przymierzalni zakładam czarne brazyliany, które podkreślają kształtną pupę, do nich stanik z push-upem, który zmienia niechciane „a" na krągłe „c".

– Ściągnij to. Znajdź coś naprawdę sexy – mówi niezadowolone odbicie w lustrze.

Kasjerka pakuje czarny komplet.

Przyglądam się ludziom w galerii. Dziewczyna z głową zadartą do góry mruży oczy i wydyma wargi, domagając się pocałunku od chłopaka. W kolejce do Steak Baru stoi kobieta, kołysząc w wózku niemowlę, obok pewnie jej mąż – przytrzymuje cierpliwie wyrywającego się kilkulatka. Dwie dziewczyny trajkoczą wesoło, wyciągając z pudełek hamburgery.

– Czegoś ci brakuje? – pyta mętne odbicie w szybie.

– Nic jeszcze nie jadłam – odpowiadam, mijając McDonald's.

W Green Barze zamawiam świeżo wyciskany sok z pomarańczy i sałatkę. W tej pracy nie wolno jeść fast foodów – słyszę w głowie głos rekruterki. Sałatka musi wystarczyć.

Wracam do obskurnego hostelu. Mam nadzieję, że zostanę tu tylko kilka dni. Łapię kosmetyczkę i szybko zajmuję łazienkę w korytarzu.

Piękna, piękna, piękna, piękna, piękna, piękna, piękna, piękna. Dziewczyny odrzucają włosy do tyłu. Widzisz, że wyglądają tak idealnie – śpiewa w słuchawkach Christina Aguilera.

Wybieram pomadę nude, robię smoky eyes z brązów i mocno podkreślam kości policzkowe. Przymierzam jeszcze raz bieliznę i kiedy stoję w niej przed lustrem, przychodzi mi do głowy, żeby napić się wina na odwagę. Przed pracą nie wolno pić alkoholu, taka zasada – przypominam sobie.

Do 19.00 brakuje jeszcze trochę czasu, ubieram się i wychodzę.

Na co czekasz, chyba nie chcesz zapukać? – strofuję się po kilku minutach dreptania przed klubem.

Wnętrze nie wygląda tak tajemniczo, gdy oświetlone jest przez zwykłe lampy. Klub jest pusty, zastanawiam się, gdzie są wszyscy.

– A ty to kto? – pyta kobieta z rudymi dredami, odsuwając telefon od ucha

– Jestem Paulina.

– Nowa, jesteś pierwsza. Reszta się spóźnia, nie bierz z nich przykładu. I nie stój tak, tylko idź się przebrać – poucza.

– Mam problem – mówię.

– Jeszcze nie zaczęłaś, a już masz problem? Mów.

– Rekruterka dopiero zamówiła mi szklanki, mówiła, że u was się jakieś znajdą.

– Co za durna cipa, skąd ja wezmę jej tutaj buty?

Ruda nerwowo rzuca do telefonu, że oddzwoni i szybkim krokiem schodzi na dół, ja za nią.

– Przymierz – mówi, podając mi buty z dwudziestocentymetrowymi obcasami i grubą platformą.

Już wiem, że to nie skarpetki tylko przechodzone szklanki tancerek śmierdzą na całą szatnię. Wbijam stopy w buty i ustalam na tę chwilę własną zasadę: nie wybrzydzać. Szklanki są czarne, z czerwoną podeszwą. Obdarte i zużyte. W prawej brakuje paska stabilizującego stopę. Zastępuję go gumką do włosów. Robię kilka kroków. Skupiam się na tym, by nie upaść. To tylko chwilowe, będę jak inne tancerki – dodaję sobie otuchy. Jak na szczudłach drepczę po schodach, łapiąc się dla równowagi skrzynek z napojami.

W głównej sali jest już głośno.

– Księżniczki spóźnione! Jazda na dół, przebierać się i za pięć minut robię odprawę! – krzyczy ruda za roześmianymi dziewczynami, potem mówi, nie patrząc w moją stronę: – Jestem Emi. I jestem tu kierowniczką.

Kierowniczka Emi rozsiada się przy barze, patrzy tępo w laptop, stuka w klawisze i bezwiednie poprawia swoje rude dredy. A kiedy tancerki wchodzą gęsiego jak na wybiegu Victoria's Secret, podnosi głowę i głośno mówi:

– Zebranie, trzecia loża.

Każda z nas ma przy sobie paczkę papierosów, każda z nas sięga po papierosa prawie w tej samej chwili. Nad szklanym blatem unosi się wielka, synchroniczna chmura. Obserwuję dziewczyny. Gdzie jest Czarnowłosa?

– Na dzisiejszym zebraniu zaczniemy od nowej.

Sztywnieję, spojrzenia dziewczyn palą moje ciało.

– Skarbie, przypomnisz swoje imię? – słodkim tonem pyta Emi.

– Paulina – odpowiadam, przełykając ślinę.

– Paulina nie jest „powrotem", nie pracowała u nas ani w konkurencji, co oznacza, że dopiero będzie się uczyć. Któraś chętna, by ją wprowadzić? Pokazać, jak się tańczy? – milknie, a potem stwierdza cierpko: – Nie widzę lasu rąk.

– Ja jej pokażę – mówi wreszcie drobna blondynka.

– Zocha, w takim razie jak skończę, to zajmiecie VIP-room. Dalej – kontynuuje Emi – jaki dziś dzień?

– Środa, dzień loda? – odzywa się kpiąco brunetka.

– Patrycja, nie wymądrzaj się. Pytam, bo może to ty nie pamiętasz, po tych czterech szampanach wczoraj w nocy. Jest już piątek. Mamy trzy dni, by zrobić końcowy target, czyli brakujące czterdzieści tysięcy – oznajmia Emi i podchodzi bliżej, by przyjrzeć się Patrycji.

– Czy ty masz siniaka pod okiem? – pyta.

– Aż tak widać? – mówi wzburzona Patrycja i przykrywa dłonią limo. – Jakiejś suce na służbówce nie pasowało, że weszłam do łazienki bez kolejki. Czaisz to? Wzięłam ją za kłaki, potem ona mnie i wyrwała mi doczepy.

– Co ty mówisz, pokaż! – oburza się któraś.

– Ja pierdolę, jesteś łysa – zauważa druga.

– Cisza, do cholery! Swoje sprawy załatwiajcie poza klubem – mówi Emi. – Target, jaki jest do zrobienia, znacie. Druga informacja: nie ma Martini Asti, więc dzisiaj sprzedaż zaczynamy od Moeta. Kolejka do tańczenia wypisana jest na barze. Rozejść się.

Wszystkie wstają i siadają w osobnych lożach.

Zapalam kolejnego papierosa i patrzę na dziewczyny. Grubsza, chudsza, blondynka, brunetka i drobna, wszystkie zajęte sobą, nawet mnie nie zauważają. A ja nie wiem, co robić. Jestem nowa i jestem niewidzialna!

– Całą noc zamierzasz grzać ławę czy w końcu się ruszysz? – mówi Zocha, stając przede mną.

Patrzę na jej wyrzeźbiony brzuch, małe piersi, których spiczaste sutki dobrze są widoczne przez koronkę białego stanika, piersi, które nie krzyczą desperacko o push-up.

– Idziemy do VIP-roomu, mało dziś spałam i potrzebuję szybko szota, żeby się pobudzić. Więc lepiej się pośpiesz, mała! – mówi i idzie w kierunku szklanych drzwi.

– Ale w pracy chyba nie można pić tak samemu? – pytam, krocząc za nią i przypominając sobie zasady.

– Tak, tak. Wypiję do lusterka. Skupmy się na tobie, nie na mnie.

Zocha podchodzi do rury.

– Rurkę trzymasz mocno – mówi i obejmuje ją zdecydowanie palcami. – Powoli, zmysłowo poruszasz się dookoła niej.

Demonstruje: gładzi drążek obiecująco, przywiera piersiami do rury i wygina ciało, by wyeksponować zgrabną pupę.

– Wskakujesz na rurkę, o tak... – Podciąga się i tłumaczy dalej: – Teraz powoli opuszczasz się do pozycji kotka.

Opada na parkiet, wysuwa ręce daleko przed siebie i opiera twarz na ramieniu. Patrzy na mnie, oblizując czerwone usta. Przeciąga się. Podnosi wysoko tyłek i miękko wzdycha. Przechodzi do następnej figury, a od niej do kolejnej.

– To gąsienica. Teraz motyl na palcu. Patrz teraz, rozchylam nogi i voilà jest motyl rozszerzony na palcu – mówi, śmiejąc się z żartu.

– Pamiętaj, taniec w klubie to nie pole dance, zmysłowe ruchy i trochę nieskomplikowanych figur wystarczy.

Uśmiecham się i myślę, że szybko się nauczę.

– A to moja ulubiona figura, modliszka – mówi Zocha.

Nazwa figury kojarzy mi się z zabójczą miłością. Zocha obejmuje rurkę nogą, zawisa twarzą do podłogi, drugą nogę prostuje i wychyla się do przodu, rozkładając ręce na boki.

– Teraz ty – nakazuje. Podchodzi i popycha mnie lekko w kierunku rury.

Staję przy drążku. Moje ciało spina się i rozluźnia. Faluje w rytm muzyki, którą słyszę tylko w swojej głowie. Moją ulubioną pozycją też będzie modliszka.

– Kochaj i pożeraj – szepczą usta z wypolerowanego metalu.

IDEALNA BRZYDOTA

Siedzę w loży i przyglądam się dziewczynom. Która z nich jest idealną dziewczyną ze stripa? Na przykład Magda nie przypomina dziewczyn z filmów dla dorosłych. Jest raczej niska. Ma długie, brązowe włosy z blond refleksami, błękitne, wesołe, a jednocześnie badawcze oczy, uśmiech chytry i słodki zarazem. Wydaje się trochę pokraczna bez wcięcia w talii, z płaską pupą i szerokimi biodrami. Ona też taksuje mnie wzrokiem. Podchodzi, wita się i siada obok.

– Ładna jesteś i zgrabna – rzuca sucho w moją stronę. – No i wyglądasz na świeżynkę. Faceci lubią takie niewiniątka.

– Chcesz zajrzeć mi w zęby? – pytam sarkastycznie.

– Nie unoś się. Jestem Magda – mówi, wyciągając rękę.

– Co sądzisz o moim stroju, może być? – pytam pojednawczo i odwzajemniam uścisk.

Magda ubrana jest w szary komplet z przeszyciami z czarnej koronki, komplet jakby nie do końca na nią dopasowany.

– To tylko rekwizyt. Wygląd jest drugorzędny – odpowiada.

Unoszę brwi ze zdziwienia.

– Wygląd nie, to co jest ważne?

– Rozwiązywanie zagadek – odpowiada zupełnie serio.

Dzwonek przywołuje Magdę na rurę. Wspina się, pręży i wygina, zjeżdża na parkiet, rozchyla nogi, jedną dłonią sunie od uda po krocze, drugą gładzi sutki, sięga do zapinki i odrzuca stanik. Potem schodzi z podestu i zwraca się do mnie, trzymając w dłoni górę od kompletu:

– Zapniesz?

– Siadaj – mówię.

Majstruję przy zapince i pytam speszona:

– Czy to ściąganie stanika jest konieczne?

– A co? Masz kompleksy? Ściągamy i tyle. Z czym masz problem?

Myślę o swoim staniku z push-upem.

– Specjalnie dla nich się rozbieramy i kluczowe jest, że „specjalnie dla nich", a potem „rozbieramy". Cycki i dupa to narzędzia. – Uważnie mi się przygląda i kontynuuje: – Te dylematy świeżynki! Myślisz, że sprzedajesz ciało?

– I pewnie duszę? – stawiam się, kpiąc z jej pytania.

– Głupiutka jesteś – stwierdza z politowaniem. – Oni są samotni, opuszczeni, narcystyczni, egoistyczni, niechciani, niedocenieni, bezczelni i chamscy – wylicza na palcach. – Rozgryź ich. Rozwiąż zagadkę ich ociekającej podnieceniem duszy.

– Dziwnie mówisz – stwierdzam.

– A terminal płatniczy niech będzie jak medium między tobą a ich duszami. Im więcej cyferek na wyświetlaczu, tym lepszy kontakt astralny – kontynuuje zupełnie serio.

– Nowa! Nowa! Tak, to do ciebie! Podejdź! – woła Emi.

Gdy staję obok niej i Karoliny, Emi odzywa się, dyskretnie wskazując palcem:

– Widzisz tę parę w średnim wieku? Pójdziesz tam z Karoliną. Ty zajmiesz się kobietą, a ona facetem.

– Kobietą? Co ja mam jej zrobić?

– O Matko Przenajświętsza, pomóż mi. Nic jej nie rób. Co byś miała jej zrobić? Jesteś kobietą, więc może na początek po prostu z nią porozmawiaj.

– Wyglądają na nudziarzy. Za jakieś 15 minut jest bomba show, niech się rozruszają staruszkowie – instruuje mnie Karolina. – Kobieta jest twoja.

Kasia mówi, że ma 43 lata. Czule gładzi mnie po ramieniu i opowiada o córce, która walczyła z nowotworem jajnika. Odchyla mi grzywkę z oczu, sunie tam i z powrotem palcem po policzku i zwierza się z tragedii męża, który trzy miesiące leżał w szpitalu ze świadomością, że będzie miał amputowaną stopę. Mąż Mareczek ma 45 lat, obejmuje szarmancko cycatą Karolinę i ciągnie ją na parkiet do tańca. Kasia opiera dłoń na moim udzie i mówi, że to jest ich pierwsze wyjście od niepamiętnych czasów.

– Cześć. Mam na imię Franczes. Jestem do dyspozycji waszej i dziewczyn. Napijecie się czegoś? – pyta kelnerka i uśmiecha się, a uśmiech ma niesamowity. Gdyby od niego zależała zasobność jej portfela, byłaby na liście milionerów.

– Wiemy, że drinki tutaj są bardzo drogie – stwierdza Kasia.

– To może jeden z najtańszych? – proponuje Franczes.

Kasia patrzy przez chwilę, jak Mareczek tańczy niezgrabnie z Karoliną, wreszcie mówi, wyciągając z torebki kartę płatniczą:

– Dobrze. To dwa najtańsze proszę.

– Dwa Orendże. Się robi – potwierdza Franczes i odchodzi do baru złożyć zamówienie.

Kasia patrzy na mnie i mówi speszona:

– Przepraszam, ale nie mamy dużo pieniędzy.

– Nic się nie dzieje – uspokajam. – Wypijmy za dzisiejszy wieczór i za zdrowie.

– Jesteś taka miła i ładna – mówi, potem chwyta za moją dłoń i ciągnie na parkiet. Obejmuje mnie mocno w talii i czule się przytula. Dziwnie się czuję, gdy tak falujemy razem, a ona całuje mnie lekko w ramię i szepcze do ucha słowa, których nie potrafię zrozumieć. Po piątym tańcu oznajmia, że się zmęczyła. Wracamy do loży, gdzie czerwony z wysiłku Mareczek gasi drinkiem pragnienie. Kasia nachyla się do mojego ucha i szepcze:

– Dziękuję za czas, który ze mną spędziłaś. Jestem taka szczęśliwa.

Gdy wychodzą, wzywa mnie Emi i mówi:

– Nowa, wracasz do domu. Jesteś w okresie próbnym, minęło pięć godzin. Przyjdź jutro.

Mroźne powietrze na zewnątrz orzeźwia. Mijam chłopaków, którzy zastanawiają się, czy wejść do Czarnego Diamentu. Któryś puszcza do mnie oczko. Nie odpowiadam na zaczepkę. Jest ciemno, ale uliczki pełne są ludzi gotowych się zabawić. Zamawiam taksówkę.

– Zagadki, kontakt astralny, amputowana stopa, bomba show – bełkocze odbicie w szybie samochodu.

Hostel jest cichy. Przykładam głowę do poduszki i czuję się bezpiecznie.

KAROLINA

Wyobrażenia kontra rzeczywistość

Jest po siedemnastej. Za oknem ulewa, chociaż to zima. Mam ochotę wskoczyć pod koc niczym w wehikuł czasu i przenieść się do ubiegłych wakacji, nasączonych drinkami. Wylądować tam, gdzie mężczyźni są przystojni, jedzenie pyszne, a słońce gorące. Grecja jest piękna, tymczasem jestem tutaj i czekam, lecz nie wiem właściwie na co.

Telefon wibruje, na wyświetlaczu Asia rekruterka.

– Słucham.

– Hej! Chciałam zapytać, czy wszystko w porządku i przypomnieć ci, że dzisiejsza noc jest twoją ostatnią w hostelu. Zdecydowałaś się na mieszkanie służbowe. Zostajesz?

– Tak, wszystko gra. Podasz adres?

– Wyślę smsa.

Nie mam wiele do pakowania. Poprawiam makijaż, kocie oko i konturówkę na ustach, zarzucam płaszczyk i biegnę na przystanek tramwajowy. Napędza mnie Rita Ora w słuchawkach: *Malujesz mi marzenia, a ja chcę mieć w nich miejsce dla siebie, dla siebie.* Gdy nogi tupią w rytm piosenki, zastanawiam się, jak będzie wyglądał mój pierwszy klient. Przystojny? Miły? Onieśmielający?

Znowu jestem w klubie pierwsza. Światła już migają, muzyka rozbrzmiewa delikatnie, lecz lokal jest pusty. Wreszcie wchodzi Karolina. Jest bez makijażu, w jaskrawych, różowych dresach i ubłoconych adidasach. Woła głośno:

– Hej! Jestem spóźniona? Która godzina?

– 19.35! – odpowiadam.

Podchodzi do mnie i mówi:

– Mam jeszcze sporo czasu. Jak się czujesz? Wczoraj nie zarobiłaś kokosów.

– Mam zakwasy w łydkach. – Krzywię się. – Poza tym dobrze.

– Na początku zakwasy robią się od chodzenia w szklankach – wyjaśnia. – Nie martw się, jak się wdrożysz i postarasz, to nie skończysz na marnym Orendżu.

Nowe figi wżynają mi się w ciało, ale stanik bez push-upu jest wygodny. Biały komplet doskonale współpracuje z ultrafioletem. Karolina przebiera się w body, które zasłania wszystko oprócz jej gigantycznych piersi. Aż krzyczą, że im ciasno.

– Kto to? Też nowa? – pytam Karolinę, gdy siadamy w loży i wskazuję wzrokiem tęgą dziewczynę z bordowymi włosami i krzykliwym eyelinerem na powiekach.

– Nie. Uważaj na nią, ma swoje humorki. Dzisiaj jest ewidentnie dokuczliwie nastawiona.

– A gdzie reszta? – pytam.

– Dziewczyny? Wczoraj były transfery z innych miast i liczę na to, że Natalia się w końcu pokaże. Teraz będziemy tylko my, aż przyślą pomoc albo przyjdą następne nowe.

Tęga podchodzi do nas i rzuca w moją stronę:

– Nie znam cię.

– Jestem nowa. Paulina.

– Marcelina, zastępca kierowniczki. Mam informację, że jeszcze nie tańczyłaś. Dzisiaj już masz tańczyć!

– Ale ja nie umiem. Jeszcze.

– Jesteś na stanowisku tancerki, a nie tańczysz? Może pora się w końcu nauczyć? – kpi.

Klientów nie ma. Karolina wycina skórki pod paznokciami, Marcelina siedzi przy barze i rozmawia z barmanką, wskazując na mnie palcem. Kazała mi tańczyć. Nie mogę się sprzeciwić. Kiedyś muszę zacząć. Karolina jest nieco milsza niż ostatnio, ale nie zamierza mnie uczyć. Czuję, że z Czarnowłosą mogłabym się zaprzyjaźnić i ją naśladować, ale jej nie ma. Pieniądze na moim koncie topnieją. Klub jest smutny i cichy. O co w tym wszystkim chodzi?

– Na rurę! – krzyczy nagle Marcela. – Na rurę, wejście! Ruszcie się! – wrzeszczy jeszcze głośniej, a jej bazyliszkowy wzrok próbuje nas zabić.

Karolina skaleczyła się, więc wskakuję na rurę i udaję, że nie jest to mój pierwszy raz. Na salę wchodzą mężczyźni: brunet koło trzydziestki, drugi pewnie jest po sześćdziesiątce – siwy i z wyraźnym mięśniem piwnym. Piosenka zaraz się skończy. Może powinnam zdjąć stanik? Próbuję go odpiąć, ale nie mogę sobie poradzić. Jakby się zaciął. Schodzę z parkietu i słyszę niezadowolony syk kierowniczki:

– Czemu nie zdjęłaś stanika?

Drażni mnie jej głos, wywracam oczami.

– Nie rób tego – syczy.

– Czego?

– Nie przewracaj oczami jak dziecko w przedszkolu. Idziesz do gościa.

– Którego?

– A ilu widzisz?

Na sali jest tylko dziadek, Karolina zapewne zabrała swojego klienta do pokoju.

– Możesz się pośpieszyć?

– Czy może być gorzej? – mruczę pod nosem.

Przyklejam uśmiech do twarzy, podchodzę i przedstawiam się.

– Bogdan – słyszę w odpowiedzi.

Nie tak wyobrażałam sobie pierwszego klienta.

– Co słychać? – pytam.

– Eeeee.

– Coś nie tak?

– Nudzi mi się.

Mi też, myślę.

– Więc jak możemy to zmienić? – pytam niepewnie.

Bogusiowi drga powieka, brwi się unoszą, kącik ust pnie się do góry. Co temu staremu pierdzielowi chodzi po głowie?

– A co proponujesz, skarbeńku?

– Może się czegoś napijemy?

– Noo, ja piję.

– Może napijemy się razem, a potem się pobawimy?

– Nooo, dobra, dobra. Tylko niedrogo, bo nie mam pieniędzy – chrypi.

Sięgam do dzwonka i zjawia się Marcelina. Dziś robi też za kelnerkę?

– W czym mogę pomóc, coś wam podać? – pyta, patrząc badawczo na Bogusia.

– Skarbeńku, nie mam pieniędzy. Noo, mam 50 złotych.

– Najtańszy drink kosztuje 82.

Świetnie, co najtańsze to dla mnie!

– Niech stracę, płacę gotówką – odpowiada zrezygnowany, podaje wyliczone co do grosza pieniądze i uśmiecha się z satysfakcją.

Czuję się jak towar z dolnej półki. Dostaję mieszankę soku pomarańczowego z podwójną wódką. Łykam na raz. Pomaga.

– W ramach wdzięczności koleżanka zabierze pana na pokój prywatny – mówi Marcelina.

Wstaję bez słowa, a Bogdan podnosi się za mną. Czuję strach, wątpliwości i zażenowanie.

Magnetofon nie widzi mojego pendrive'a. Uderzam w sprzęt, tak jakbym chciała uderzyć, tylko kogo? Ją? Jego? Działa.

Dziadek zdejmuje kurtkę, odkrztusza, wypija dwa szoty tequili i chrypi:

– Zaczniesz?

– Jasne, poczekaj, szukam ulubionej piosenki.

Na pendrive są same beznadziejne utwory. Puszczam *Waka waka* Shakiry. Zróbmy to i z głowy – mówię w myślach. Kręcę biodrami, potrząsam pośladkami, Bogdan sięga drżącą, zimną dłonią do mojego uda, odsuwam się co chwila. Wchodzi Marcelina. Dopiero teraz speszony cofa rękę.

– Może coś jeszcze dla was? – pyta Marcelina.

– Noo, zaraz, jeszcze nic nie zrobiliśmy – mówi poirytowany. Na co ten piernik liczy?

– Okej. To wezmę dziewczynę, bo jest mi potrzebna, a do ciebie przyjdzie Karolinka. Spodoba ci się.

Kierowniczka bierze mnie pod ramię, zasuwa kotarę i pluje jadem:

– Chcesz cokolwiek zarobić z miną kota srającego na pustyni? Nic z ciebie nie będzie! Minęło pięć godzin, możesz iść do domu.

Jestem jak tykająca bomba, muszę wyjść, zanim zrobię coś głupiego. Już ubrana mijam cycatą Karolinę, która macha mi dwusetką przed oczami.

– Nowa, staruszek chował to w skarpetkach.

– Twoje szczęście – odpowiadam.

Wychodzę, trzaskając drzwiami.

PUK, PUK, WYPIERDALAJ

Jest czwarta rano. Skrzypiące łóżko, świeczka i wino to moi jedyni towarzysze. Do ósmej mam się wymeldować. Jestem spakowana. Na ścianie w lustrze szara twarz.

– Odpuszczasz? Dokąd pójdziesz? – pyta niewyraźne odbicie.

Mam wrócić do sfrustrowanej siostry, despotycznego szwagra, rozwrzeszczanych dzieciaków? Pociągam kolejny łyk wina i kolejny. Christina nuci: *Mówię ci o moich obawach, powiem wszystko. Mówienie prawdy daje mi skrzydła. Wolna z moimi słowami, wolna jak ptak, polecę wysoko.*

Robię się spokojniejsza. Przypominam sobie wczorajszy wieczór w klubie i postanawiam, że nie będę już naiwna i miła. Postanowić łatwo, ale jak to zrobić?

– Obserwuj, wyciągaj wnioski i pamiętaj: rozwiązanie zagadki jest najważniejsze – podpowiada odbicie.

Na zewnątrz się rozwidnia. Zamawiam taksówkę.

– Limanowskiego 53, proszę.

Miasto jest zakorkowane, wszyscy pędzą do pracy. Na przystankach ludzie znużonymi spojrzeniami wypatrują autobusu lub tramwaju. Taksówkarz stara się być uprzejmy.

– Przejezdna?

– Słucham?

– Mieszka tu pani czy jest przejazdem?

– To się okaże.

– Spodoba się pani tutaj.

Czy to wrodzony optymizm? Gdy jestem na miejscu, klikam w aplikacji pięć gwiazdek dla kierowcy.

Dzwonię i dzwonię domofonem. Telefonuję do rekruterki i upewniam się, czy podała mi właściwy adres. Obiecuje zadzwonić do którejś z dziewczyn, ale mijają kolejne minuty i nie ma żadnego efektu. Wybieram inny numer mieszkania. Drzwi wejściowe do kamienicy otwiera mi bez słowa przyszły sąsiad lub sąsiadka. Hałasuję kółkami walizki, obijając ją o schody.

Klatka jest zadbana i czysta. Tego samego spodziewam się po mieszkaniu.

Dzwonek do drzwi wyrwany z całą instalacją. Pukam. Nic. Pukam mocniej. Z sąsiednich drzwi wychyla się głowa:

– Cicho tam! Jak zwykle się tłuczecie, idiotki.

Kobieta zatrzaskuje drzwi, gdy otwierają się moje.

– Możesz ciszej pukać? – mówi rozczochrana mysia blondynka.

– Ciszej? Jaki jest cel pukania? Żeby cię ktoś usłyszał? – odpowiadam zła.

– Przymknij się i wchodź.

– Gdzie mogę się rozpakować?

– Nie obchodzi mnie to. Na pewno nie u mnie.

Suka, tak ją nazywam w myślach, chowa się w swoim pokoju.

W przestronnym korytarzu znajduje się komoda z jedną rozwaloną szafką, stolik nie wiadomo po co i obszerna szafa. Po lewej jest pokój, po prawej drugi i trzeci. Dalej na lewo łazienka z dużą wanną i toaletką, osobna ubikacja. Potem duża kuchnia. Wszędzie bałagan. Nie tak sobie wyobrażałam nowe mieszkanie.

Jestem w pokoju i mam ochotę przeżegnać się stopą. Trzy piętrowe łóżka. Jedno z nich przysłania pół okna. Stary PRL-owski kredens, materiałowa szafa z Ikei. W nos uderza mnie stęchły zapach ubrań rzuconych w kąt. Staniki, skarpetki i stringi.

Muszę zapomnieć o prywatności.

Biorę szybki prysznic i wchodzę do łóżka. Czy zniosę chrapanie i szuranie kapci? Jestem cierpliwa.

– Waleń, Waleń, oddaj, kurwa, moje hot wingsy – słyszę chyba z kuchni.

– Nie możesz jeść KFC, jesteś na diecie, pamiętasz?

– Zeżryj to sobie. I tak gorzej wyglądać się nie da.

– Co ty powiedziałaś? Wycofaj to!

Trzask jednych drzwi i drugich. Chwila ciszy.

– Dobra, rudzielcu, już mi przeszło. Chodź na browca! – To pewnie krzyczy Waleń.

– Zamknąć mordy tam! – wrzeszczy ktoś nade mną.

Jest tu łóżko, które nie skrzypi? Zasypiam.

Dżungla ma swoje prawa

Ze snu wyrywają mnie krzyki. Jest siedemnasta, współlokatorki już nie śpią. Idę umyć zęby. Potykam się o czyjeś buty, podnoszę czyjąś bluzkę z podłogi, mijam pokaźną wystawę bielizny na suszarce – niczym w przydrożnym sex shopie. Łapię za klamkę od drzwi do łazienki.

– Zajęte, nie widać?

W kuchni kilka dziewczyn. Fajka za fajką, jedną kończą, drugą zaczynają. Stół zastawiony kosmetykami, alkoholem, lusterkami, talerzami, papierosami i wszystkim, co zbędne albo niezbędne.

Nikt nie zwraca na mnie uwagi. Mysiowłosa kłóci się z Waleniem o zniszczoną torebkę. Anka, ubrana we wszystkie kolory tęczy, jak przekupka chwali się, co kupiła, ale chce odsprzedać za pół ceny. Zuza, przypakowana, trochę mniejsza od goryla, gotuje ryż i pyta, kto zapierdolił jej kurczaka z lodówki. Kasia przygląda się swojej twarzy w małym, różowym lusterku i zastanawia na głos, czy kwas hialuronowy czy nici 5D. Dorodna Nikola odpala marlboro i gestykulując ręką z zapalniczką, opowiada:

– Zaproponował mi anal, więc zabrałam go, wiecie, na „salę medyczną", wlałam w niego trzy szoty czystej i mówię: wypnij się.

– Chujek – podsumowuje Anka, a Nikola śmieje się głośno.

– A ja dzisiaj miałam śmierdziucha. Z ust zapodawało mu zapiekanką z salami. Pod paznokciami czarno, jakby przed chwilą kopał grządki. Frajer nie miał na koncie więcej niż tysiąc – mówi Zuza.

– Ja wyciągnęłam dziś trzy kafle z dziadziusia, któremu przypominałam zmarłą żonę – śmiejąc się, opowiada Mysiowłosa.

Przyglądam się i słucham, a ciekawość we mnie rośnie.

– Sieeema suki. Co wam tak do śmiechu? Komuś wpierdolić? – Wchodzi Wiki, pewnie królowa stada. Panoszy się. Podchodzi do Beaty ukrytej w kącie, klepie ją w tyłek i mówi:

– Jest tu jakiś problem? Mam komuś wyprowadzić jedynki na spacer?

Beata kuli się.

Odpalam fajkę. Obserwuję ten folwark i zastanawiam się, jakim jestem zwierzęciem.

Osiemnasta. Stado rozchodzi się golić nogi, robić mocną dwójkę i co tam jeszcze. Kasia odstrzelona wychodzi na miasto. Krzyczy na pożegnanie:

– Idę nakropić się procentami i złapać jakąś fujarę!

Zuza wybiega z kibla, oznajmia, że zmieniła tampon i należy jej się papieros i łyk wiśniówki. Wiki w przedpokoju grucha przez telefon jak gołąbek. Opowiada, jak lubi się ruchać. Zawieszam się na YouTube w telefonie: Nina zjeżdża zmysłowo z rurki na parkiet i z gracją wypina pupę do kamery. Czy to jest takie trudne?

W kurniku, czyli w kuchni, Becia i Zuza wołają:

– Ty!

– Ty!

Wiem, że to do mnie, ale nie zwracam uwagi na ich tykanie i zastanawiam się, ile razy będą w stanie powtórzyć. No dobrze, koniec liczenia. Podnoszę wzrok i oznajmiam:

– Ja, czyli Paulina. Tak się do mnie zwracajcie.

Beci porusza się żyłka na czole. Zwraca się do Zuzy:

– No, zapytaj żesz ją.

Gorylica opiera się o moje krzesło, w ręku trzyma drewnianą łopatkę do jajecznicy. Czy ona chce mi wpierdolić? Odkładam iPhone.

– Becia chce wiedzieć, czy tańczyłaś wcześniej – odzywa się Gorylica dość przyjaźnie.

Wybucham śmiechem.

– To wszystko?! Po to się czaiłaś na mnie z łopatką, zamiast skrobać po patelni?

– Siedzisz z nosem w telefonie i nie odzywasz się. Myślałyśmy, że nasz szefuńcio zaczął zatrudniać niemowy.

– Jak tancerka zarobiłaby, będąc niemową? – pytam.

– Są różne sposoby, byś się zdziwiła, kruszyno. Powiedz, tańczyłaś czy nie?

– Coś za coś. Najpierw pokaż mi, co robisz z facetem na prywatnym.

Zuza śmieje się i woła:

– Gorące krzesło!

Rozsiada się na krześle szeroko, bierze banana i z przewrotnym uśmieszkiem ubiera go w skarpetkę. Becia, w samych majtkach, siada jej na kolanach i sunie jedną ręką od szyi do podbrzusza Gorylicy, drugą przyciąga jej głowę. Szepcze do ucha:

– Jesteś taki rozpalony, powinieneś się napić.

Chwyta dłoń Zuzy i kieruje do kieliszka z wiśniówką stojącego na stole.

– Napij się, złotko – mruczy.

Zuza chwyta kieliszek, Becia pomaga jej wlać zawartość w rozchylone usta. Zuza oblizuje wargi i opuszcza banana w dół.

– Opadł mi – bełkoce i czka, udając pijaną.

– Zimne bąbelki postawią twój sprzęt na baczność. Kup nam szampana, złotko, zabawimy się – czule szepcze Becia i głaszcze podbrzusze Zuzy.

– Tak to się robi – mówi Zuza, obierając banana. – Teraz twoja kolej.

– Nie. Potrzebuję żywego narzędzia do instruktażu – odpowiadam, uśmiechając się niepewnie.

– Zepsułaś zabawę, nowa.

– Dzięki za pokaz. Oskar dla banana – mówię.

Co za pokręcone laski – myślę.

– Uwaga, na podłodze jest pinezka – dodaję, wychodząc z kuchni.

Koty za płoty

Brunet z drugiej loży, z przerzedzonymi włosami i lekko opuszczoną głową, cały czas wwierca się we mnie wzrokiem. Po co tu przyszedł? Tak mu się podobam, że nawet nie spogląda na inne tancerki? Czuję skurcz w żołądku.

Woła mnie Emi. Dobrze, że to nie warczący głos Marceliny.

– Nie stresuj się. Nie chcesz dziś chodzić na pokoje, nie musisz.

Rzucam okiem na drugą lożę, z ulgą stwierdzam, że brunet, który mnie tak natarczywie obserwował, zniknął.

Kierowniczka przygląda się stolikowi numer trzy, gdzie cytata Karolina mizdrzy się do jakiegoś szatyna.

– Kończ palić. Zrobimy wymiankę.

– To znaczy?

– Klient od godziny nie chce nic postawić. Wątpię, czy Karolina coś ugra.

– Ja mam tam iść?

– Tak. Jaką chcesz muzykę, wolną czy szybką?

– Wolną.

Kelnerka przywołuje Karolinę i włącza kawałek z *Pięćdziesięciu twarzy Greya*. Wchodzimy w takie klimaty? Mam wyciągnąć pejcz?

– Tańcz, jak potrafisz – mówi Emi i puszcza sztuczny dym.

Obracam się powoli wokół rury, przywieram do niej plecami i schodzę nisko, robiąc kotka. Dym opada, sięgam do zapinki, by odpiąć biustonosz. Tym razem się udaje. Rzucam go na podłogę. Szatyn nie odrywa oczu od moich piersi.

Podchodzę.

– Cezary – przedstawia się, nie wstając.

– Jestem Paulina.

– Mogę ci mówić Paula?

– Możesz, ale nie lubię zdrobnień, Czarusiu.

Marszczy czoło i patrzy mi uważnie w oczy.

– Ojej, przeszkadza ci, że zdrabniam twoje imię? – pytam słodko.

Uśmiecha się i puszcza do mnie oczko.

– Złośliwa jesteś.

– A może lubię żartować?

– A może ze mną flirtujesz?

– Pewnie tak, w końcu zrzuciłam stanik, gdy cię zobaczyłam.

– Idzie ci świetnie. Nie obraź się, ale twoja koleżanka… chyba zapomniałem imienia…

– Nazywam ją Cycata, ma na imię Karolina. Zakładam, że to przez jej piersi doświadczyłeś chwilowej amnezji.

– Tak. – Śmieje się – Cycata, sorry, Karolina w kółko powtarzała, żebym jej postawił drinka, a przy tym bezczelnie mlaskała, żując gumę. Ty jesteś ciekawsza – komplementuje.

Podchodzi Ola z czterema szotami.

– To dla was od kierowniczki – mówi.

– Za kierownictwo! – wznoszę toast.

Stukamy się kieliszkami i pijemy do dna. Ogarnia mnie przyjemne ciepełko wiśniówki. Czarek trochę się krzywi. Przyglądam mu się, jest przystojny. Ciekawe, ile szotów wlała w niego Cycata.

– Czaro, jakie masz tajemnice?

– Zdradzę ci, jeśli ty też mi coś zdradzisz.

– Dobrze, ale ty pierwszy.

– Sfałszowałem dokumenty, dzięki czemu dostałem awans. Jestem dyrektorem regionalnym w banku.

– To twój największy sekret? – pytam, spoglądając znacząco na jego rozporek.

– Ale mnie ciągniesz za język, przebiegły lisku. Teraz twoja kolej.

– Okej, ale muszę się napić, bo to, co ci powiem jest wielkim sekretem.

Uśmiecham się zalotnie, przygryzam wargę i podaję mu pełny kieliszek.

– Nikomu nie powiesz? Pamiętaj, będziesz z tym żył do końca życia i... możesz to wykorzystać przeciwko mnie.

Kiwa głową. Głaszczę jego biceps, potem dłoń leżącą na kolanie, potem udo. Szepczę mu do ucha:

– Ubrałam majtki na lewą stronę.

Wybucha śmiechem.

– Ubrałaś majtki na lewo! Jak ja z tym będę żył?

Śmiejemy się oboje.

– Lubię twój humor i twoją bieliznę. Napijemy się czegoś? – mówi.

– Szoty się skończyły.

– Zamówię drinki.

Rudy, a może szatyn

Jest wpół do szóstej. Jeszcze pijana, ciężko przekraczam próg służbówki. Pokoje są zamknięte. Rozbieram się w korytarzu i idę do kuchni. Marzę o gorącej herbacie, która rozgrzeje moje zmarznięte dłonie. Wita mnie Anka. Pije piwo bezalkoholowe, odpala papierosa i skroluje na komórce kolejną stronę AliExpress.

– Patrz, jaki mam świetny, cieplutki sweterek.

Pomarańczowy sweter razi w oczy.

– Oczojebny, co nie? – chichocze Anka.

Parzę herbatę i myślę o dzisiejszej nocy. Co mogłam zrobić inaczej?

Do kuchni wchodzi Waleń.

– Świeże kurczaczki, kurczaczki z KFC! – drze się.

Podaje pudełko, Anka z chęcią sięga do środka i zajada mięso z musztardowym dipem.

– A ty to kto? – Waleń kieruje wzrok na mnie, łapczywie przełykając ostatni kęs.

– Widziałyśmy się już.

– Ach tak? W sumie nie obchodzi mnie to.

No tak, jestem niewidzialna.

– Hanka, zgadnij, ile zer mi się dziś doklikało do jednego rachunku?

– Nie jestem Hanka, jestem Anka. Hanka to moja matka.

– Na jedno wychodzi. Słuchaj, do sześciu paragonów po jednym zerze. Wyciągnęłam 1500 złotych.

– To dużo? – parska Anka.

– Pewnie, że dużo. Jestem kelnerką, a nie pieprzoną tancerką.

– Waleń, zarobiłaś więcej niż ja – mówię.

– Świetnie, zostałam porównana do raczkującej tancerki. Chcesz w nagrodę lizaka?

Trzaska drzwiami od łazienki.

– Kurwa, nie ma nawet srajtaśmy w tym burdelu?! – krzyczy.

– Spłucz po sobie tym razem! – woła Anka słodkim głosem.

– Wal się!

Pieką mnie oczy. Klubowy i tytoniowy dym albo za długo patrzę w ekran telefonu. Właściwie odkąd tu mieszkam, robię to w każdej wolnej chwili. Odkładam telefon na stolik. Wychodzę na balkon i odpalam papierosa. Przymykam piekące oczy.

– Mamy drinki. Jak je skończymy, to zajmiemy się twoimi majtkami – rzuca Czarek.

– Co chcesz z nimi zrobić?

– Na co mi pozwolisz?

Trzepoczę rzęsami i dotykam jego torsu. Zerkam w dół i widzę powiększający się rozporek. Jak z tego wybrnąć?

– Dwa szoty dla was, zasłużyliście, by się pobawić! – woła entuzjastycznie Ola i mruga do mnie.

Kręci mi się w głowie. Czy jemu też? Co ma na myśli Ola, mrugając do mnie?

– To jak? – ponagla gość.

– Z czym?

– Pobawimy się? – Zniecierpliwiony łapie mnie za rękę.

Cholera, on chce iść na pokój prywatny. Spokojnie, dam radę. Przyklejam uśmiech do twarzy.

– Jasne, zróbmy to – mówię, ale tak naprawdę sama nie wiem, co.

– Prowadź zatem. – Uśmiecha się zawadiacko.

Nie cierpię tych schodów, w tej chwili są jak droga do piekła. Nieskończone i parzą. Nie wiem, czym sobie na nie zasłużyłam, więc idę powoli, wiedząc, że nie ma odwrotu. Odsłaniam kotarę. Lustra ożywają.

– Rozgość się. – Zapraszam gestem ręki.

Przygląda się uważnie i rzuca:

– Bywałem w lepszych miejscach.

– Szota? – Sięgam po kieliszek.

Co zrobiłaby Czarnowłosa? Odbicie po prawej szepcze: zmuś i upij.

Nie pije. Ściąga koszulkę i rozpina pasek u spodni. Staje przede mną półnagi. *Tańcz, głupia, tańcz* – słyszę w głowie stary kawałek. Jak go urobić? Myśl, myśl. Sięga do rozporka. Rzucam:

– Poczekaj, ty chyba nie chcesz…

– Oj, mała, chcę i to bardzo. Stoi mi, od kiedy cię zobaczyłem. Dalej, rozepnij. – Wskazuje na zamek.

Panikuję, nie mam planu. Czego on chce? Wyciągam rękę. Kładę mu dłoń na klatce piersiowej.

– Noc mamy długą, zabawimy się, ale potrzebuję alkoholu. Jestem nieśmiała – mówię słodkim głosem jeden z banalniejszych tekstów i o dziwo działa.

– Już nie mogę się doczekać na to, co potrafisz. – Śmieje się arogancko i siada na sofie.

Kim jest Czarek? Do czego jest w stanie się posunąć? Szemrany dyrektor regionalny. Pewny siebie, wie, czego chce i bierze to, co chce. Bezkompromisowy, a przy tym czarujący. Jaki jest na niego sposób?

– Podać coś jeszcze? Czas wam się skończył – oznajmia, wchodząc, trochę zdenerwowana Ola.

– Zamawiałem nielimitowaną whisky, gdzie ona jest? – pyta opryskliwie Czarek.

– Już podaję. A dla dziewczyny? Proponuję drinka za 576 złotych, będziecie mieli dostatecznie dużo czasu.

Ola ma pokerową twarz, z której nic nie mogę wyczytać. O co jej chodzi? Czy coś zrobiłam nie tak?

Czarek wyciąga kartę. Płaci z grymasem zniecierpliwienia, po czym uśmiecha się i mówi:

– Zajebiście, donieś alkohol i nie wracaj.

Z rozpiętym paskiem, bez koszulki, zapala papierosa i zwraca się do mnie rozkazującym tonem:

– Rób, co masz robić.

Przełączam muzykę, wybieram losowo Beyonce: *Nigdy nie wiem, jak bardzo mi zależy. Kiedy mnie obejmujesz, dostaję gorączki, która jest tak trudna do zniesienia.*

Podoba mi się ten kawałek. W lekkim rozkroku, oparta o ścianę, pochylam się i dłońmi sunę od stóp do bioder.

Nie odrywa wzroku.

Palcami rzeźbię sploty pończoch i koronki. Podążam przez brzuch do piersi, zatrzymuję się przy sutkach.

Wkłada rękę pod pasek spodni.

Głaszczę ramiona. Bawię się ramiączkami stanika, zsuwam jedno, potem spada drugie. Zdjąć teraz czy poczekać? Czekam. Patrzę mu w oczy. Odpinam stanik i rzucam. Trafia w jego ręce. Klękam między jego kolanami, dłońmi muskam uda.

– Drinki dla was.

Ola zjawia się niespodziewanie, stawia szklanki na stoliku i szybko wychodzi. Sięgam po drinka, a Czarkowi podaję whisky. Bardzo chce mi się pić, więc piję do dna. Ile już minęło czasu?

– Dosyć mam czekania. Wezmę to, za co zapłaciłem – mówi Czarek, oblizując wargi. Spuszcza spodnie do kostek, a ze slipek wyciąga swój sprzęt.

Duży, średni, mały? Rzucisz okiem? Jesteś ciekawa jakiego ma kutasa pan dyrektor? – z lustra po lewej kpi Czarnowłosa.

Gorączka, jeśli żyjesz i się uczysz. Gorączka! Dopóki nie skwierczysz. Cóż za piękny sposób na spalenie. Cóż za piękny sposób na spalenie. Już mi się nie podoba ten kawałek.

Chwyta za kutasa, dysząc i przybliża się.

– Hej, hej! Widzę, że u was już gorąco! – woła Ola, uchylając kotarę.

Skąd wiedziała, że ma wejść akurat teraz?

– Mówiłem ci: nie wracaj – rzuca ostro Czarek w jej stronę.

– Drinki? A może jakiś szampan? – kelnerka pyta z uśmiechem, patrząc mu w oczy.

– Mamy wszystko, wyjdź!

Olka przygląda mi się uważnie. Czy odczytuje z mojej twarzy niepewność, zażenowanie i strach?

– Nie mogę, taka praca – odpowiada hardo.

– Tak to z wami jest, obiecanki cacanki. Spierdalam stąd.

Ubiera się w ekspresowym tempie i wychodzi.

– Jesteś na mnie zła? – pytam, ubierając stanik.

– Klient powinien więcej wypić. Masz dyrygować klientem, a nie on Tobą. Masz myśleć tylko o tym, jak wyczyścić facetowi kartę.

Ma rację.

– Halo, halo! – słyszę z kuchni głos Zuzy. – Ile już siedzisz na tym balkonie? Dawno skończyłaś pracę?

– Która jest godzina? – pytam.

– Siódma – odpowiada Zuza.

Do kuchni wchodzi Beti z dwiema potężnymi siatkami zakupów i już obie ślęczą nade mną, nie dając spokoju:

– Jak ci dzisiaj poszło?

– Nawaliłam. Nie upiłam go dostatecznie, rozebrał się i bawił fujarą.

– Nowa, dobra tancerka nie pozwala klientowi się rozebrać – poucza Zuza.

– Najgorsze co może być, potem nie ma, jak pracować na takim kliencie – wtrąca Beti.

Niedobrze mi, w ciągu nocy spaliłam całą paczkę papierosów.

– A co miałam zrobić? – pytam poirytowana, odpalając kolejnego papierosa.

– Masz grać głupią, uśmiechać się i chwalić. A przede wszystkim upijać. Zrobiłaś tak? – pyta Zuza.

– Mówił, że jestem urocza, że ceni mój humor.

– Zerozłotowy humor będziesz miała we wtorek, gdy będą wypłaty.

Wstaję ze stołka, przytrzymując się metalowej poręczy.

– Nowa, nowa, aż tak źle było, że chcesz skakać z balkonu? Nie bądź durną cipą! – z udawaną troską woła z kuchni Waleń.

Nie odpowiadam, macham ręką z rezygnacją i idę ciężko do łóżka.

Część 2 – Dokąd biegniesz

Wszystkie dzieci zrodziły się z wielkiego bólu, który się powtarza. Wszyscy zrodzili się z wielkiego bólu. Wszystkie dzieci płaczą z powodu zapomnienia.

Sinéad O'Connor

DOKĄD BIEGNIESZ

Chłopiec biegnie przez most, usiłuje w pędzie zapiąć nauszniki, zimny wiatr kąsa małżowiny.

– Dokąd biegniesz, chłopcze? Gdzie twoja mama? – Nieznajomy chwyta go za ramię, trzyma mocno, więc Chłopiec się nie szarpie.

– Nie mogę zapiąć czapki – mówi. Postanawia poczekać na odpowiedni moment, żeby się wywinąć i uciec. Spogląda na duże, ubłocone buty, podnosi głowę i widzi ogromny, czerwony nos wystający spod kaptura kurtki.

Na zewnątrz było jeszcze ciemno, gdy matka obudziła go i zdenerwowanym, ostrym głosem kazała mu się umyć i ubierać.

– Pospiesz się – ponaglała gniewnie.

– Nie idę – odburknął.

Więc szorstka dłoń umyła mu twarz nad miednicą, nerwowe ręce krzywo zapięły płaszcz i niedokładnie zawiązały buty. Doczepiony do chropowatej, mocnej dłoni frunął niczym sflaczały balonik ciemnym wąwozem ulicy Fredry, drewnianym mostem nad cuchnącą rzeką, śmierdzącymi uryną podcieniami domów tkaczy. Wylądował wepchnięty za furtkę piekielnego przedszkola.

– Bądź grzeczny – usłyszał.

– Nie chcę – odparł stężałymi od zimna ustami.

Nie mogła go już usłyszeć. Biegła niezgrabnie po krzywym chodniku do huczącej nieopodal fabryki. Na ceglanym murze witał ją napis: „Zakłady Przemysłu Jedwabniczego w Nowej Rudzie".

Mężczyzna ciągnie grubymi palcami za nauszniki czapki Chłopca. Mozoli się, wciskając mały guzik z lewej klapki w pętelkę prawej. Od czasu do czasu na czubku jego nosa pojawia się duża kropla, wtedy głośno wciąga powietrze nosem i kropla znika. Wzdycha z ulgą, kiedy udaje mu się zapiąć czapkę.

– Biegnij partyzancie! – woła wesoło. Wymierza Chłopcu lekkiego kopniaka. – Na rozpęd! I nie wywal się, sznurówki ci się rozwiązują.

Ołtarz z gwiżdżącym czajnikiem

„Biegnij, partyzancie!" – kołacze się Chłopcu w głowie. Chłopiec zna jednego partyzanta. To przyjaciel wujka Ludwiga z ulicy Martwej. Teraz nazywa się Kiełbasa, ale jak był partyzantem, nazywał się Czort i polował na esesmanów.

Chłopiec dociera na ulicę Cmentarną. Kuca przy kościele, w którym mieszkają nietoperze. Pośpiesznie zawiązuje sznurowadło i znowu biegnie. Mija kościół z dziurą po bombie i drewniany most. Sznurówka prawego buta ciągnie się po błocie, ale Chłopiec nie zwalnia, biegnie w górę stromej ulicy Martwej. Nie zatrzymuje się, gdy wlecze się za nim i drugie sznurowadło. Mija kościół, w którym Murzynek macha główką, jak mu się wrzuci złotówkę do skrzyneczki, potem Rynek i ulicą Kolejową dociera do kościoła, na którego drzwiach wisi kartka z napisem: „Dni sprzedaży towarów z NRD".

Uspokaja oddech, rozglądając się po wnętrzu, ale nie przybiegł tu tylko po to, żeby popatrzeć na ustawione w miejscu ołtarza stoły przykryte zieloną tkaniną, a na nich czajniki z gwizdkiem, aluminiowe garnki z pokrywkami, patelnie, plastikowe wiadra i miski. Nad tym wszystkim kołyszą się na sznurkach dwa kartonowe, namalowane farbami banery. Jeden w pasy, czarno-czerwono-żółty, z dwoma snopkami zboża na środku, które wygięte w okrąg tulą pomiędzy sobą młotek i cyrkiel. Drugi biały, z napisem. Chłopiec zna alfabet, nauczył go ojciec, żeby uwolnić się od ciągłego nagabywania o czytanie bajek i „Świerszczyków". Literuje: „25-lecie Polskiego Handlu Zagranicznego. Dni sprzedaży towarów z NRD". Ale w głównej nawie nie ma tego, co Chłopcu jest potrzebne. Zapuszcza się więc do bocznej, gdzie stoi kilka pralek „Frania", lodówek i pieców do gotowania na gazie, i gdzie duży napis na ścianie głosi: „Stoisko pod patronatem Polskich Zakładów Metalowych POLAR", a mniejszy pod nim: „Lodówka w każdym domu".

W prawej nawie stoją łopaty, kilofy, grabie i motyki. Za nimi ciągną się drewniane regały z farbami, lakierami, linami i łańcuchami. Na jednym z regałów Chłopiec wreszcie coś dostrzega. Podchodzi szybko i bierze do ręki zwój grubej, białej gumy. Prosi sprzedawcę, żeby mu odciął dwa metry.

Płaci dwa złote. Właśnie tyle, ile sobie wyciągnął z kieszeni marynarki ojca.

PUSTELNIK

CIĘŻKIE, WOJSKOWE BUTY

Na Górę Anny Chłopiec biegnie stromą, gliniastą drogą. Mija ruiny kapliczek dżumowych i kościółek. Pod kamienną wieżą na szczycie góry kładzie się zmęczony na zmierzwionej, żółtej, trawie. Wysoko nad nim szybuje kruk. Chłopiec zamyka oczy, a po chwili oddycha równo i spokojnie.

Rozkłada skrzydła, czarne pióra prostują się w słońcu. Podskakuje kilka razy. Skrzydła wypełnione wiatrem sprawiają, że robi się lekki, wybija się mocno, wznosi i już za moment szybuje wysoko. Rozgląda się zaciekawiony. Gdy nagle wyrasta przed nim żelazny krzyż, wieńczący czubek zielonej wieży kościoła, skręca gwałtownie, żeby nie zahaczyć skrzydłem. Wyrównuje lot, spogląda w dół: na szare miasteczko i majaczące w brudnej mgle ceglane kominy z gejzerami śmierdzącego dymu. Przez koc smogu dostrzega ludzkie postacie. Dziwi się, że na dole każdy człowiek ma swój cień, mimo że słońce tam nie przenika. Dziwne są te cienie. Jeden spogląda w niebo, chociaż jego człowiek patrzy w błoto. Drugi pląsa tanecznie, choć jego człowiek kuleje. Inny ciągnie się za swoim człowiekiem jak kula u nogi. Postanawia odwiedzić kiedyś miasto cieni. Zawraca w stronę słonecznej góry. Ląduje pod wieżą, składa skrzydła i machnięciem ręki pozdrawia kruka siedzącego na czubku drzewa.

Chłopiec otwiera oczy. Podnosi się z ziemi. Wyciąga z kieszeni stary, rozkładany kozik z drewnianą rączką, który wziął sobie kiedyś z szuflady pana Oremusa i odnajduje na krzaku odpowiednią gałąź. Kozik jest ostry, więc bez trudu wycina z krzaka patyk, który przechodzi w dwa cieńsze, tworząc widełki. Na końcach widełek Chłopiec robi nacięcia. Z kupionej gumy odcina półmetrowy kawałek, zawiązuje końce na widełkach i przepoławia kozikiem. Wyciąga z kieszeni kawałek skóry znaleziony w szufladzie pana Oremusa, robi w nim otwory, przewleka przez nie luźne końce gumy i zawiązuje mocno. Sprawdza działanie procy: kamienie lecą daleko i dokładnie w cel.

Schodzi ze szczytu góry przepełniony dumą. Mija opuszczone, drewniane schronisko turystyczne. Zatrzymuje się przy niewielkim, kamiennym budynku pustelni, przyklejonym do ściany kościółka.

Miejsce przy schronisku i kościółku jest lubiane przez mieszkańców miasta. W niedzielę piknikują tu godzinę czy dwie i patrzą na siną górę w oddali, która kojarzy się Chłopcu z masywnym stołem dla olbrzymów. Przyszedł tutaj kiedyś w czasie niedzielnego spaceru z ojcem, wujkiem Ludwigiem i ciotką.

Wujek ułożył krąg z dużych kamieni i rozpalił w nim ognisko. Smażyli kiełbasy na patykach, gdy nagle rozległ się zgrzytliwy dźwięk. Stare, żelazne drzwi pustelni otworzyły się i wyszedł z niej mężczyzna w szarym habicie. Narzucił na głowę kaptur, chwycił w lewą rękę długi kij oparty o mur, w prawą wziął wiadro. Gdy mijał ognisko, wujek Ludwig odłożył patyk z kiełbasą, podniósł się z kamienia i zastąpił mu drogę. Pustelnik, równy wzrostem wysokiemu Ludwigowi, zatrzymał się i popatrzył groźnie wujkowi w twarz. Stali tak chwilę, mierząc się spojrzeniami. W końcu wujek powiedział:

– Grüss Gott.

Przez pociągłą, kościstą twarz pustelnika przebiegł grymas zaskoczenia. Opanował się jednak szybko i odparł:

– Niech będzie pochwalony Jezus Chrystus.

Ominął wujka i ruszył stromą ścieżką w stronę strumienia, wzbijając czerwony kurz ciężkimi, wojskowymi butami. Wujek usiadł na kamieniu. Wpatrzony w masyw stołowej góry, półgłosem międlił w ustach słowa. Chłopiec dosłyszał trzy wyrazy: „esesman", „złoto" i „strażnik"

Chłopiec zagląda przez zakratowane okienko w głąb pustelni. Wewnątrz nikogo nie ma. W kącie stoi żelazna prycza, nad nią, na ścianie wisi brzozowy krzyż. Przy ścianie dostrzega dużą, drewnianą skrzynię. Niedaleko okna, na drewnianym krześle stoją miska, dzbanek i jeszcze coś. Chłopiec próbuje wcisnąć głowę między pręty, przygląda się długo. Przedmiot, który go zainteresował, leży obok dzbanka i lśni. Teraz widzi wyraźnie. Na krześle leży nóż. Długie, smukłe ostrze przechodzi w brązową rękojeść, na której lśnią perłowo białe smoki.

Chłopiec mocuje się z drzwiami pustelni, ale są zamknięte na klucz. Szarpie za kraty okienka, ale są osadzone solidnie w murze. Obok przy ścianie stoi wiadro z wodą, na haczyku wisi żelazny kubek. Chłopiec nabiera wody do kubka i gasi pragnienie.

Biegnie. Leśna ścieżka niesie go w dół. Przyspiesza, pędzi po zabłoconej stromiźnie, jakby stopami nie dotykał ziemi. Często mu się zdaje, że wystarczy w biegu podnieść ramiona, żeby polecieć i ścigać się z krukami między koronami drzew. Mija kapliczki, potem przebiega przez most nad torami i przez ulicę Martwą, która prowadzi w dół, do rzeki. Wzdłuż rzeki dociera do stromych, kamiennych schodów, po których mógłby się wspiąć do kościoła z Murzynkiem. Przedziera się jednak przez pokrzywy i łopiany, by zejść nad wodę. Na drugim brzegu rzeki zieje wielka czeluść wylotu miejskich ścieków.

Chłopiec wyjmuje procę, zbiera z ziemi kilkanaście obłych kamieni i wkłada je w kieszenie. Ostatni ładuje do procy. Nieruchomieje.

Przy wylocie ścieków mają swoje królestwo duże, czarne szczury. Właśnie pierwszy z nich wyszedł z otworu, więc polowanie się zaczyna. Ciężkie kamienie, miotane przez mocną gumę lecą ponad wodą, ranią i zabijają.

Odkąd pamięta, czuł do szczurów odrazę. Widywał je często w śmietniku, w korytarzu czynszówki, w której mieszkał, w piwnicy i na strychu. Zaczął nienawidzić, gdy odkrył szczury w skrzyni tapczanu, na którym leżała jego malutka siostra. Wyobraził sobie wtedy, że szczury ostrymi zębami najpierw rozrywają becik, a potem dziecko na strzępy. Tamtego dnia walczył z dwoma i wygrał.

Głodny i zziębnięty chowa wreszcie procę do kieszeni. „Proca jest wspaniała" – myśli, spoglądając na przeciwległy brzeg rzeki, na leżące tam nieżywe lub ranne szczury.

Przedziera się przez chaszcze w kierunku mostu. Nagle słyszy charakterystyczny zgrzyt metalu, trącego o kamień. Hałas wydobywa się od strony gęstych krzaków, które przysłaniają w tym miejscu mur oporowy pod kościołem. Chłopiec natychmiast przykuca w liściach łopianu.

Z krzaków wychodzi pustelnik, rozgląda się, dostrzega Chłopca i gwałtownie rusza w stronę jego kryjówki. Chłopiec zrywa się do ucieczki, odwraca głowę dopiero po drugiej stronie mostu, ale pustelnik zniknął. „Tam są jakieś drzwi" – myśli, patrząc w stronę krzaków. – „Muszę to kiedyś sprawdzić".

Wraca do domu lewą stroną ulicy Fredry, żeby nie czuć smrodu bijącego od rzeki. Wchodzi do swojej kamienicy. Ciemny korytarz cuchnie szczurami i jeszcze czymś, co kojarzy się Chłopcu z zapachem przypalonych sznycli, wsadzonych do mokrych gumowców. Wspina się po drewnianych schodach. Mija swoje mieszkanie. Chowa procę za belką na strychu.

Gdy staje w drzwiach, doskakuje do niego matka:

– Gdzie ty znowu się włóczyłeś?

Pochyla się nad nim z rękami opartymi o biodra. Chłopiec wymija ją i zagląda do kredensu.

– Ile można ci mówić, żebyś tego więcej nie robił! – matka podnosi głos. – Powiem ojcu, skórę ci złoi.

Chłopiec sięga po chleb i talerzyk z masłem.

– Zostaw to. Idź najpierw umyć ręce. Ostatni raz pytam: gdzie byłeś?

Odgania Chłopca od kredensu, kroi grubą pajdę chleba i smaruje ją masłem.

– Byłem na Górze Anny, tam zrobiłem sobie procę, potem próbowałem się włamać do pustelni, ale się nie dało, poszedłem nad rzekę i polowałem na szczury, potem uciekałem przed pustelnikiem – odpowiada Chłopiec, mydląc dłonie nad miską z wodą.

– Co ty znowu wymyślasz? – denerwuje się matka. – Byłeś u Tadzika?

– Tak – rzuca na odczepnego.

– Dlaczego znowu uciekłeś z przedszkola? – drąży matka.

– Bo pani z byle powodu na mnie krzyczy i bije.

Chłopiec wyciera ręce i siada przy stole. Matka podsuwa mu talerz z kromką polaną gęstą śmietaną i posypaną cukrem.

– Bzdury opowiadasz. Dlaczego przedszkolanki nic nie wiedziały o tym, że cię przyprowadziłam do przedszkola?

– Nie wszedłem do przedszkola – odpowiada Chłopiec z pełnymi ustami.

Gdy uciekł z przedszkola pierwszy raz, dostał lanie gumowym wężem od pralki. Matka była wściekła, bo szukała go milicja. Zrozumiał, że matka go zbiła, bo najadła się wstydu, odtąd uciekał tylko wtedy, gdy przedszkolanki nie wiedziały, że matka go przyprowadziła.

– Nie uciekaj już. Przecież może ci się coś stać – mówi matka błagalnym tonem. – Przyrzeknij, że już więcej nie uciekniesz, to nie powiem ojcu.

– Dobra – rzuca Chłopiec na odczepnego, dosypując cukier na chleb.

Ojciec wrócił późnym wieczorem, pachniał dymem papierosowym i gorzkim piwem. Matka wiedziała, że jak opowie o ucieczce z przedszkola, to ojciec zbije syna. Nie znosiła, gdy mąż stawał nad Chłopcem i krzycząc, bił go otwartą dłonią po głowie. Błagała, żeby bił po dupie, bo zrobi z syna debila. Ale ojcu nie chciało się dobierać synowi do tyłka. Bicie po głowie było łatwiejsze. Zresztą nie lubił bić i robił to byle jak.

Matka nie poskarżyła na syna i nigdy potem też tego nie zrobiła. Kochała go bardzo. Nieraz płakała w nocy, ubolewając, że nie ma dla niego czasu, że jej synek jak mały Cygan włóczy się po świecie zdany tylko na siebie. Patrzyła, jak z apetytem zajada kromkę chleba ze śmietaną i cukrem, jak zlizuje z dłoni słodkie resztki, jak przeciera brązowe, zaspane oczy, jak ziewa.

Tego wieczoru usłyszała w głowie głośny trzask, dokładnie taki sam jak wtedy, gdy w tkalni na jej krośnie zrywa się osnowa i czółenko z wielką siłą uderza o obudowę. To było olśnienie.

Wiedziała, co ma zrobić: zawiesi synowi klucz na szyi, tak na wszelki wypadek, żeby nie musiał się włóczyć, gdyby znowu uciekł z przedszkola.

Chłopiec się budzi, jeszcze przez chwilę widzi resztki snu: lśniące smoki, pustelnika, kruka, czarne szczury i duży scyzoryk z ebonitową, zieloną rączką na wystawie w kiosku Ruchu. Wpadające przez okno, mdłe światło ulicznej latarni rozświetla pokój. Wstaje z łóżka i wchodzi do kuchni. Podnosi pokrywę nocnika, sika ostrożnie, żeby nie zmoczyć podłogi. Kładzie pokrywę na nocnik, sięga do kieszeni marynarki ojca wiszącej na oparciu krzesła. Wyciąga kilka monet i chowa je do wnęki za piecem. Leżąc pod kołdrą, liczy w pamięci, czy wystarczy mu pieniędzy na scyzoryk. Sennie rozmyśla, że kocha matkę, bo go nie wydała i że jest jej wdzięczny, bo nie zostanie debilem. Powieki mu się zamykają, ziewa. Nagle jak błyskawica przeszywa go myśl: „Za drzwiami w murze pod kościołem jest skarb. Pustelnik w wojskowych butach jest jego strażnikiem".

Otwiera oczy. Siada na łóżku.

Wraca do kuchni i ponownie sięga do kieszeni marynarki. Wyjmuje dwie monety. Dorzuca je do skrytki.

„Teraz mi wystarczy na scyzoryk" – myśli – „jak ukradnę skarb, to oddam".

Kładzie się do łóżka. Zamyka oczy, rozkłada skrzydła, wiatr go unosi. Szybuje nad ciemną doliną. Dostrzega samotną, szarą postać, siedzącą na stopniach kościoła. Przychodzi mu na myśl, że to sprzedany diabłu cień uciekł z niewoli. Cień podnosi oczy. Chłopiec zagląda w nie jak w studnię. Tam, na samym dnie drga kolorowa pajęczyna losu pieśnią o zdradzie, upokorzeniu i wściekłości.

Zdrada

Chłopiec często uciekał z przedszkola, ale gdy Tadek był na tej samej zmianie co on, nigdy tego nie robił. Byli przyjaciółmi od zawsze i byli nierozłączni. Dla przyjaciela mógł znosić najgorsze przykrości od przedszkolanek.

Gdy bawili się w wojnę, jeden był Gustlikiem, a drugi Jankiem Kosem. Gdy bawili się w Indian, jeden był Winnetou, a drugi Grzmocącą Ręką. W przedszkolu najchętniej bawili się w stołówce. W wymyślanie.

– A ja ucieknę helikopterem.

Bułka z kiełbasą zamienia się w helikopter i leci nad stołem.

– A ja wsiądę do czołgu i cię zestrzelę.

Bułka z serem zamienia się w czołg i sunie po stole w kierunku bułki z kiełbasą.

– A ja mam rakietę w helikopterze.

Bułka z kiełbasą zawraca, wysuwa się spod niej palec i celuje w bułkę z serem.

– Bum! – grzmi Chłopiec.

– Nie trafiłeś! – cieszy się Tadek. Bułka z serem chowa się za kubkiem.

Twarda podeszwa buta uderza w dłoń Chłopca i bułka z kiełbasą spada na podłogę.

– Będzie się gówniarz bawił jedzeniem! – wrzeszczy przedszkolanka i przymierza się do drugiego uderzenia trzymanym w ręku drewniakiem. Chłopiec chowa dłonie pod pachy, zaciska powieki, powstrzymuje łzy.

– Łachudro, matka nie nauczyła cię szacunku do jedzenia?! Dawaj łapę, już ja cię nauczę!

Nachyla się, by wyszarpnąć dłoń. Chłopiec gwałtownie wstaje, prześlizguje się pod jej ramieniem i wybiega na korytarz. Ubrana w biały fartuch, duża i gruba, idzie w jego stronę, szurając drewniakami. Chłopiec się nie boi, korytarz jest długi i szeroki, nie ma szansy, by go tutaj złapała. Nagle Tadek wyprzedza przedszkolankę i macha przyjaźnie. Chłopiec czuje ulgę, bo nie jest sam. Uśmiecha się, gdy Tadzio obejmuje ramieniem jego szyję, traci oddech, gdy ramię nagle zaciska się mocno i ciągnie na podłogę.

– Mam go, proszę pani! – wrzeszczy Tadek.

Chłopiec stoi zbity w kącie pokoju przedszkolanek. Nie zamyka powiek. Łzy ciekną swobodnie, a spuchnięta dłoń pulsuje: oszustwo, zdrada, zniewaga. Coś szarpie. Coś gryzie. Coś rozdziera serce. COŚ wyłazi z piersi. Rozgląda się żółtymi ślepiami, patrzy na spuchniętą dłoń, na jasne żłobienia łez spływających po umorusanej twarzy. COŚ chce mówić, nie może, ma pysk zaszyty nicią. COŚ mruczy gardłowo. Chłopiec zna tę rymowankę: *Beksa-lala pojechała do szpitala, a w szpitalu było mokro, wyrzucili ją za okno.* COŚ chce się bawić w zemstę. Chłopiec wyciera łzy.

ZEMSTA

Chłopiec wychodzi na plac przed domem i rozgląda się. Tadek zdrajca stoi obok trzepaka z dwoma kolegami. Chłopiec podchodzi od tyłu i klepie go w ramię. Zdrajca się odwraca.

Widział tę scenę w telewizji: dzielny kowboj podchodzi do bandziora, klepie go w ramię, zadaje potężny cios w szczękę i bandzior unosi się w powietrze, spada w błoto, wypluwa zęby.

Chłopiec wyprowadza uderzenie prawą prostą, celuje w podbródek. Niewprawna ręka chybia. Pięść trafia w splot słoneczny. Zdrajca zwija się, purpurowieje na twarzy, pada, wyje z bólu.

Tę scenę też widział w telewizji: dzielny kowboj odwraca się plecami do leżącego bandziora, pewny zwycięstwa powoli odchodzi. „To jeszcze nie koniec" – charczy, leżący w błocie bandyta. Słychać szczęk odwodzonego kurka rewolweru. Dzielny kowboj jest szybki, posyła dwie ciężkie, ołowiane kule prosto w głowę bandyty.

Chłopiec odsuwa się o krok, lewą ręką dotyka klucza wiszącego na szyi na długim sznurku. COŚ kołysze się na kluczu jak na huśtawce i mruczy przez zasznurowane usta: *Palec pod budkę, bo za minutkę zamykam budkę.* Chłopiec mruży lewe oko, celuje w leżącego. Kciukiem odciąga niewidzialny kurek rewolweru, palcem wskazującym naciska wymyślony spust: – Bam, bam.

COŚ kończy rymowankę: *Budka zamknięta, nie ma klienta.*

Z bramy pod piątką wybiega Leon. Podchodzi do leżącego Tadka, który chrapliwie łapie oddech, przygląda mu się z ciekawością, przenosi wzrok na Chłopca.

– Ja pierdykam, aleś go jebnął. Widziałem przez okno. Kozak z ciebie – mówi z uznaniem. Kładzie ciężką dłoń na barku Chłopca.

Pułapka

Są już na ulicy Piastów. Kamienica jest jak inne w tym miejscu: szara elewacja łuszczy się liszajami tynku po sam szczyt. Przechodzą przez bramę i długi, ciemny korytarz, śmierdzący szczynami, na podwórko pokryte czarnym od sadzy błotem. Przed nimi płynie brudna rzeka, po prawej i lewej ciągną się drewniane komórki z jednej strony przyklejone do kamienicy, z drugiej przylegające do nadrzecznej skarpy.

– To wygląda jak pułapka – mówi ściszonym głosem Leon. Wyciąga z kieszeni spodni dwie butelki piwa i trzyma je w ręku jako symbole dobrej woli.

To Leon poprosił o audiencję. Nie wziął ze sobą przydupasów, bo Ilewicz jest nerwowy i mógłby to uznać za wrogi akt.

– Usiądźmy – mówi Leon i wskazuje murek przy rzece.

Chłopiec nie siada. Na drugim brzegu jest wylot miejskich ścieków. Tam, zaledwie dziesięć metrów od niego, paradują wielkie szczury. Wyciąga procę i rozgląda się w poszukiwaniu kamieni.

– Schowaj to – syczy Leon.

Chłopiec wkłada procę do kieszeni bez ociągania. Z ciemnego korytarza wychodzi krępy dwudziestolatek. Ma na sobie wytartą, brązową kurtkę lotniczą. Chłopiec wie, że jest to kurtka lotnicza, bo podobną ma wujek Ludwig. „Trofiejna" – powiedział kiedyś do ojca Chłopca, gdy ten zapytał, gdzie zdobył taki rarytas. Chłopiec widzi pierwszy raz Ilewicza, ale rozpoznaje go po złamanym nosie, który razem z jasnoszarymi tęczówkami oczu nadaje jego twarzy wyraz bezwzględności. Zza pleców Ilewicza wysypuje się kilkunastu szczyli w wieku od siedmiu do dwunastu lat. Ilewicz siada obok Leona i bierze od niego alkohol.

– Mam interes – mówi Leon. Otwiera swoje piwo o krawędź klamry paska przy spodniach.

– A ile można stracić? – pyta Ilewicz. Nie otwiera swojego piwa, tylko ogląda pod światło dno butelki.

– Głowę można stracić – odpowiada poważnie Leon. Zerka z ukosa na butelkę Ilewicza i pociąga łyk ze swojej.

Ilewicz potrząsa szkłem. Obserwuje pod światło, jak męty unoszą się z dna.

– Czyli grubsza robota – mówi.

– Chodzi o Pustelnika – rzuca Leon. Zerka z ukosa tym razem na twarz Ilewicza. – Mały coś odkrył – dodaje, klepiąc Chłopca po ramieniu.

Ilewicz ostrożnie odstawia butelkę na murek i spogląda na Chłopca z zaciekawieniem.

Od grupy szczyli Ilewicza, trzymającej się dotąd na uboczu, odłącza się jeden i podchodzi do Chłopca. Staje przed nim na szeroko rozstawionych nogach. Ma krzywy, kpiący uśmiech i zmrużone cały czas lewe oko. Jest nieco mniejszy i chudszy niż Chłopiec. Za szczylem już kłębią się inni. Czekają w napięciu, jakby wiedzieli, co się święci. Szczyl szturcha Chłopca w ramię, odskakuje i wrzeszczy:

– Co się, kurwa, zaczepiasz! Co, kurwa, taki cwaniak z ciebie?!

– Co jest?! – krzyczy Ilewicz.

Chłopiec chce coś powiedzieć, w tym momencie szczyl wpada na niego z impetem i próbuje wywrócić. Ilewicz doskakuje do nich, łapie szczyla za kołnierz i jak szczeniaka odciąga od Chłopca.

– Co jest, Jabłona? – warczy.

– Zaczepia się palant, zajebe gnoja!

– Jabłona, debilu, to są nasi goście, gości się nie napada. – Ilewicz odpycha szczyla tak mocno, że ten wywraca się na ziemię. Podnosi się natychmiast, wrzeszcząc:

– Zajebe i tyle!

Leon przygląda się Jabłonie, przenosi wzrok na Chłopca. Na usta wypełza mu chytry uśmiech. Bierze duży łyk piwa i zwraca się do Ilewicza:

– Niech się biją. Honorowo, jeden na jednego.

Ilewicz nie wygląda na zaskoczonego propozycją. Lustruje wzrokiem Jabłonę i Chłopca, porównując ich gabaryty

– Może obstawiajmy, który wygra? – rzuca Leon.

– Co ty na to, Jabłona? – pyta Ilewicz.

– Ja na to jak na lato. Już po gnoju! – krzyczy Jabłona, zdejmując potarganą, ortalionową kurtkę.

– O skrzynkę piwa – proponuje Ilewicz. – Możesz już lecieć do sklepu – dodaje lekceważąco.

Chłopiec znowu otwiera usta, żeby coś powiedzieć, ale Jabłona rzuca się na niego, obejmuje za uda i próbuje wywrócić. Gwałtownymi szarpnięciami Chłopcu udaje się uwolnić nogi, więc szczyl chwyta go mocno w pasie, unieruchamiając przy tym również jego lewą rękę i skręca tułów. Chłopiec utrzymuje równowagę, opiera się. Jabłona wściekle kopie go po kostkach nóg, nie zwalniając uchwytu. Chłopiec wkłada prawe przedramię między głowę Jabłony, a swój tułów i odpycha z całej siły. Nagle czuje przeszywający ból, który od nagiego przedramienia rozchodzi się po całym ciele. Jabłona zaciska zęby na jego ręce i nie puszcza. Chłopiec zdaje sobie sprawę, że jest w pułapce: z lewą ręką uwięzioną w uchwycie Jabłony, z prawą w jego szczęce. Wie tylko, że musi jak najszybciej załatwić gnojka.

Czarny gawron, czarny, czarne piórka ma, czarny ma ogonek i oczka czarne dwa – COŚ mruczy Chłopcu do ucha. Chłopiec wyszarpuje gwałtownie ręką. W zębach Jabłony zostaje kawałek skóry. Krew cieknie z przedramienia po dłoni i plami tenisówki jednego i drugiego.

Oczka czarne dwa – ponagla COŚ.

Chłopiec wpycha kciuk w oko Jabłony. Ten wrzeszczy, ucieka głową na boki, w końcu zwalnia uchwyt. Chłopiec ma już miejsce, by zacisnąć jak w kleszczach ramienia i przedramienia szyję Jabłony. Dusi z całej siły. Szczyl krótko się szarpie, nagle krzyczy zdławionym głosem i wiotczeje. Chłopiec zwalnia duszenie. Jabłona osuwa się na ziemię, a jego koledzy rzucają się, by go ocucić. Po chwili Jabłona wstaje i zataczając się, ponownie rusza na Chłopca. Ale Chłopiec kopie go z całej siły w brzuch. Jabłona zwija się na ziemi, jęcząc, a gdy wstaje i szykuje się do ponownego ataku, Ilewicz krzyczy ostro:

– Dość!

Jabłona siada na mokrej ziemi i trzymając się za brzuch, cicho skomli. Pomiędzy stojącymi wokół niego szczylami przepycha się łebek wyglądający na młodszego brata Jabłony. Przyjechał na rowerze – myśli Chłopiec, patrząc na podwinięte nogawki spodni i zrolowane wokół kostek podkolanówki. Łebek klęka przy Jabłonie, zagarnia jego głowę i szepcze mu coś do ucha.

Ilewicz wyciąga z kieszeni banknot i podaje Leonowi.

– Powinno wystarczyć na skrzynkę piwa – mówi. Przygląda się zgrai rozgorączkowanych, odgrażających się szczyli i dorzuca: – Uważaj, oni nie wiedzą, co to walka honorowa. Sam ich tego nauczyłem.

– Dokończymy rozmowę? – pyta Leon.

Ilewicz chwyta butelkę z piwem za szyjkę. Staje blisko Leona, przysuwa swoją twarz do jego twarzy i mówi z naciskiem:

– Chcesz zadzierać z Pustelnikiem? – z impetem rozbija butelkę o krawędź murka. – Chyba cię pojebało. – Rzuca szklanego tulipana na ziemię. – To piwo jest przeterminowane – dodaje zgryźliwie.

Chłopiec kuca, by zawiązać sznurówki. Krew wciąż sączy się z rany. Wyciąga z kieszeni kraciastą chusteczkę, którą codziennie, czystą i wyprasowaną, wkłada mu do kieszeni matka przed wyjściem do przedszkola i okręca nią rękę jak bandażem. Plamy krwi na jego tenisówkach układają się w kształt Afryki. Chłopiec zna atlas świata na pamięć. Wielokrotnie palcem po mapie przemierzał najbardziej odległe zakątki globu. Afryka kojarzy mu się z przygodami Tomka Wilmowskiego i jego psa Dingo. Nagle słyszy:

– Zabiję cię, skurwysynu.

Podnosi się szybko i odwraca. Młodszy brat Jabłony stoi naprzeciwko z rozbitą butelką po piwie. Chłopiec wie, że już nie zdąży się uchylić. Gdy młody bierze zamach, z impetem rzuca się na niego, zasłaniając twarz rękami. Młody traci równowagę, siła zderzenia obraca go i szczyl pada twarzą w błoto. Chłopiec podchodzi, by go kopnąć. Młody podnosi się i odwraca w jego stronę. Czarna od błota twarz, od prawej brwi aż do ust, przecięta jest szarpaną raną, z której cieknie krew.

Zgraja podbiega do młodego Jabłony, któryś ściąga koszulkę i owija młodemu głowę. Szczyle gorączkują się, z nienawiścią patrzą na Chłopca, czekają na znak od Ilewicza, żeby się na niego rzucić.

– Masz przejebane – cedzi Ilewicz, jednocześnie gestem dłoni powstrzymując zgraję.

– Gdzie jest Leon? – pyta Chłopiec, rozglądając się po podwórku.

– Uciekł – odpowiada krótko Ilewicz i dodaje: – Dzisiaj ci się upiecze. Za kilka dni przyjdę na Fredry, żeby z tobą pogadać o tym, co się dowiedziałeś o Pustelniku.

Chłopiec podnosi na Ilewicza zdziwiony wzrok.

– Leonowi nic nie mów. Spierdalaj. I to w podskokach! – Popycha Chłopca w stronę ciemnego korytarza, wychodzącego na ulicę.

Kołysanka siedmiolatka

Chłopiec za miesiąc pójdzie do szkoły. Od matki dostał tornister, drewniany piórnik i zeszyty. Ojciec powiedział, że będzie uczył się w „dwójce", bo jest najbliżej i nie trzeba przechodzić przez ulicę, więc nie trzeba go będzie odprowadzać.

– Czy ty zwariowałeś? Wysyłasz dziecko do szkoły przy domu dziecka? Nasz syn będzie się uczył z cygańskimi sierotami? – Matka, aż się trzęsie z oburzenia.

Chłopiec ma gorączkę, nie może zasnąć. Matka siada na skraju łóżka, gładzi Chłopca po głowie. Śpiewa cicho:

Za tobą jeszcze nie ma
zbyt wielu dróg,
mrocznych spraw, chudych lat,
tragedii i trwóg.
Nad ziemią lecisz dziś,
wyżej nie da się.
Póki co, dziecię, śpij,
podziwiaj swój sen.

Chłopcu śni się, że w szkole uczy się używać wściekłości jak bojowego psa.

KLUCZ NA SZNURKU

– To będzie walka Jędrzejewskiego z Trelą! – woła Leon. – Mówię wam, nasz chojrak z Fredry na bank dopieprzy byczkowi z Włodowic.

Ciasny krąg przydupasów Leona i Cyganów Wacka wymienia głośno uwagi:

– Bula go zajebie.

– Pitolisz, nie widziałeś jeszcze małego w akcji.

– Mały jest dobry, ale ten Bula to mocny cielak.

– Spryt się liczy, koleś, nie moc.

– Cielskiem go przygniecie i po sprycie.

Chłopiec stoi przy ścianie kamienicy, z dala od grupy. Patrzy w górę. Pod dachem błyszczy żółte okno jego mieszkania. Ciepły deszcz smakuje sadzą.

Pierwszą walkę stoczył, gdy miał siedem lat. Ilewicz z Piastów wystawił swojego szczyla, a Leon jego. Hersztowie konkurujących ulic założyli się wtedy o skrzynkę piwa. Bał się. Najbardziej wstydu przegranej.

Wtedy szczyl wczepił się w Chłopca, kopał i gryzł. Chłopiec nie wiedział, jak ma się do niego dobrać. Z pomocą przyszedł mu COŚ. Było to kilkanaście walk temu.

Leon stoi już w kręgu. Chłopiec przeciska się między ciałami kibiców i zatrzymuje obok niego. Przez krąg przepycha się Wacek, a za nim duży, krępy jedenastolatek.

– Samo sadło – mówi z lekceważeniem Leon, wskazując palcem Bulę.

Przeciwnik jest starszy, wyższy i cięższy. Chłopiec czuje złość. Nie taka była umowa. Spogląda na mokry beton, podarte tenisówki, zwisający z szyi klucz od mieszkania, na okno swojego domu.

– Nie pękaj mały. – Leon mierzwi mu włosy.

Nie musi go pokrzepiać. Chłopiec bardziej niż nierównej walki boi się, że nazwą go tchórzem.

Bula zerka spod byka na Chłopca i zaciska w pięści zaprawione w walkach, poharatane dłonie.

– To jest walka roku, zapamiętacie ją na długo. Robimy zakłady! – woła Leon do chłopaków. Podnosi do góry rękę z góralem. – Stawiam pięćset na małego!

Chłopiec spogląda na banknot. Nigdy na jego walkach nie było tak wysokich stawek. Już rozumie, dlaczego ma walczyć z Bulą.

Wacek wyciąga pomiętego górala z kieszeni i mówi spokojnie:

– Stawiam na Bulę.

– Dycha na małego! – krzyczy Warchoł, wciskając banknot w dłoń Leona.

– Co tak skąpisz?! – woła Jasio Kózka. – Boisz się, że mały przejebie?

– Ty się boisz! Cielak skończy jak wszyscy, którzy bili się z małym.

– Głupi jesteś! – zacietrzewia się Jasio.

– A ty jesteś... głupi – docina mu Warchoł.

Robi się harmider, zgraja opróżnia kieszenie. Ekscytacja sięga zenitu. Łepki z Fredry, Teatralnej i Jeziornej stawiają na Chłopca, ci ze Spacerowej, Martwej i Włodowic na Bulę. Kilkudziesięciu chłopców w wieku od siedmiu do piętnastu lat tłoczy się wokół Leona, który góruje nad wszystkimi wzrostem. Wkładają mu w ręce banknoty i monety. Leon liże co chwilę końcówkę kopiowego ołówka i skrupulatnie notuje w zeszycie zakłady. Po chwili tłum wokół Leona rzednie.

Chłopiec odpina dwa guziki koszuli, wsuwa pod nią klucz, zapina, wkłada koszulę do spodni i zaciska mocno pasek. Wyjmuje z kieszeni spodni sprężynowy nóż z brązową, rogową rękojeścią, ozdobioną perłowymi smokami i podaje Leonowi.

– Pilnuj, żeby się nie zapodział – mówi.

Tłoczno robi się teraz wokół Chłopca i Buli. Wyciągają się ręce, by poklepać zawodników. Deszcz zlepia w strąki włosy Chłopca, krople osiadają na jego długich rzęsach.

– Byk kontra mokry pies! – tonem komentatora woła Wacek.

– Chyba cielak kontra wściekły pies! – zaczepia Leon.

– Cielak nie cielak, krzepę ma – wtrąca się Kózka.

– Ale młody umie się wywinąć – ripostuje Warchoł.

– Zróbcie im miejsce! – woła Leon.

– Rozsuńcie się! – krzyczy Wacek.

Chłopiec czuje w piersiach drapanie. COŚ próbuje rozewrzeć żebra i wyskoczyć. Chłopiec schyla się, stawia stopę na napisie „Neurode” wytłoczonym w żeliwnej pokrywie kanału i rozwiązuje sznurowadło. Ściąga tenisówkę, wysypuje żwir ze środka, zakłada ją i mocno zawiązuje. COŚ się niecierpliwi. Chłopiec wytrząsa żwir z drugiej tenisówki. Nie czuje ciężaru kilkudziesięciu par podnieconych oczu, czuje jak COŚ wychodzi z piersi i bawi się kluczem na sznurku, mrucząc przy tym gardłowo: *Aniołek, fiołek, róża, bez. Konwalia, balia, wściekły pies.*

Chłopiec zgarnia dłonią deszcz z twarzy i strzepuje na beton. Bryła zmrożonego spokoju ogarnia jego umysł.

– Ring wolny, starcie pierwsze! – krzyczy Leon. Rozlega się głuche brzdęknięcie, gdy uderza kawałkiem metalu w butelkę z resztką piwa.

Bula rusza. Pochyla głowę, zaciśnięte pięści trzyma przy bokach. Gdy jest blisko, bierze szeroki zamach, by uderzyć w głowę. Chłopiec chowa twarz za osłonę z ramion i błyskawicznie skraca dystans. Łapie Bulę za pasek przy spodniach i skręca ciało, podstawiając jednocześnie nogę. Cielak traci równowagę i wali się w kałużę. Upada na brzuch.

Chłopiec mógłby wskoczyć mu na plecy i udusić. Ocenia jednak, że Bula jest zbyt duży i z łatwością go z siebie strąci. Staje więc przy głowie Buli i wali go pięściami po skroniach i potylicy. Bez skutku. Bula wstaje, młóci rękami jak cepami. Chłopiec cofa się, chowając za gardą. Nagle jego plecy natrafiają na ścianę kamienicy. Bierze kilka ciosów na ramiona i przedramiona, potem błyskawicznie nurkuje pod pachą Buli i gdy jest za nim, kopie go dwa razy od tyłu w zgięcie kolanowe. To powinno powalić cielaka, jednak masywne nogi Buli wytrzymują uderzenia. Chłopiec nie może się powstrzymać i zanim Bula zdąży się odwrócić, kopie go jeszcze w tyłek dla śmiechu. Rozlega się głośny rechot gapiów. Bula odwraca się z furią.

Chłopiec szuka u Buli oznak zmęczenia, ale cielak nie traci sił. Walczy skupiony i pewny zwycięstwa. Ale umysł Chłopca jest zaprogramowany na wiele wariantów walki, działa jak automat. Gdy Bula szarżuje, Chłopiec umyka w bok. Gdy Bula bierze zamach, Chłopiec chowa się za gardą, robi unik pod jego ramieniem, żeby się znaleźć za nim. Gdy Bula próbuje go chwycić,

Chłopiec zbija jego rękę przedramieniem i odpycha. Chłopiec jest zwinny, wie, że jego szansa to zmęczyć przeciwnika.

Bula wciąż atakuje, próbując wywrócić lub złapać Chłopca. Znowu szarżuje. Chłopiec rzuca się w bok. Bula wpada z impetem w kordon gapiów, odwraca się i z dodatkową siłą, jaką dają mu odpychające ręce tłumu, naciera ponownie. Chłopiec dostrzega, że Bula łapczywie otwiera usta, by chwycić oddech, umyka przed dość ślamazarnym atakiem. Jest przygotowany na to, że zmęczony Bula przestanie za chwilę nacierać. Zamierza wtedy nękającymi kopnięciami z dystansu zakończyć walkę. Bula ponownie szarżuje, po jego ruchach i czerwonej z wysiłku twarzy widać, że będzie to jeden z ostatnich ataków. Chłopiec robi unik, ale kotłujący się gapie ograniczają mu miejsce i Bula chwyta go za rękaw. Chłopiec uwalnia się, lecz Bula zaciska dłoń na przodzie jego koszuli i pociąga do siebie. Chłopiec miota się. Zerwane guziki spadają na beton. Na torsie Chłopca błyszczy klucz. Bula desperacko łapie obiema rękami za sznurek i ciągnie. Chłopiec stara się wyswobodzić głowę, ale sznurek wrzyna się głęboko szyję. Chłopiec szarpie się gwałtownie, odpychając cielsko Buli. Sznurek pęka. Chłopiec pada na plecy, zderzenie z betonem pozbawia go oddechu. Cielak siada mu na brzuchu, na jego twarz wypełza uśmiech satysfakcji. Wali pięściami systematycznie: po głowie, po ramionach osłaniających głowę, po torsie. Chłopiec, wciąż na bezdechu, traci siły. Pięść Buli trafia go w nos. Ciepła krew pulsuje: poniżenie, zniewaga, drwina, wstyd. Wrzawa cichnie, twarz Buli traci ostrość.

Wpadła bomba do piwnicy, napisała na tablicy, wściekły pies... – do świadomości Chłopca przebijają się słowa rymowanki nucone chrapliwym głosem przez COŚ. Chłopiec łapie oddech, odwraca głowę na bok. COŚ wpatruje się żółtymi ślepiami w kałużę. *...Tam go nie ma, a tu jest* – kończy wierszyk.

Chłopiec przestaje zwracać uwagę na ciosy. Sięga ręką, drapie dno kałuży, zaciska dłoń na kluczu. Ostry koniec wysuwa spomiędzy palców. Wbija klucz w udo Buli i pociąga, wbija i pociąga. COŚ wchodzi Chłopcu do gardła i wściekle warczy. Bula wrzeszczy, próbuje umknąć, ale Chłopiec wczepia się dłonią w jego kołnierz. Klucz kąsa w ramię, szyję, policzek, głowę.

– Dość! – krzyczy Leon i łapie Chłopca za rękę. Wacek podnosi płaczącego Bulę.

Chłopiec wstaje. Odnajduje sznurek na betonie, przewleka przez oczko klucza i zawiązuje końce. Opłukuje zakrwawiony klucz w kałuży i wiesza sobie na szyi. COŚ wciąż warczy, lecz chowa się w piersi pod sercem.

Chłopiec podchodzi do Leona.

– Ostatni raz dla ciebie walczyłem – mówi.

– Co ty świrujesz, mały. W przyszłym tygodniu jedziemy do Słupca. Łatwa walka, niezły pieniądz.

– Sam sobie jedź.

– Nie wpieniaj mnie, gówniarzu! Dzisiaj zarobiłeś jakieś siedem stów. Mało ci?

– Nie dotrzymujesz słowa.

Chłopiec wyciąga dłoń. Leon z ociąganiem wyjmuje z kieszeni smoczy nóż.

– Ładne cacko – mówi, naciskając guzik na rękojeści. Z metalicznym „prztyk" pojawia się smukłe ostrze.

Leon kładzie nóż na palcu, sprawdzając wyważenie.

– Prima sort – mruczy do siebie pod nosem. – Skąd go masz? – pyta.

– Trofiejny – odpowiada Chłopiec.

– Kupię go od ciebie.

Chłopiec błyskawicznie wyjmuje mu z ręki nóż, odwraca się i idzie w stronę swojej kamienicy.

– O żesz ty, kurwa, szczylu. Dawno chyba wpierdol nie dostałeś.

Chłopiec nie reaguje. Słyszy za sobą przekleństwa, ale nie robią na nim wrażenia. Dopiero szarpnięcie za ramię zmusza go, by się zatrzymał i spojrzał na Leona.

– Twoja dola za walkę – mówi Leon, wyciągając rękę z plikiem banknotów.

Chłopiec bierze pieniądze, odwraca się i popycha ciężkie, drewniane drzwi. Ciemny korytarz cuchnie szczurami i nadgnitą kapustą.

PONURY
ŻNIWIAR

JESTEM...

Dwudziestu trzech mężczyzn stoi w dwuszeregu. Obok mnie, po prawej, wysoki, barczysty komandos z Indii, przede mną niski, krępy policjant z narkotykowego w Rzymie, po prawej od Włocha czarnobrody niedźwiedź z Petersburga, żołnierz Specnazu, za niedźwiedziem rosły, muskularny Norweg, zawodnik MMA. Obok niego potężny, jasnobrody strażnik leśny z Kanady, dalej Niemiec z antyterroru, czarnoskóry rangers z Parku Narodowego Virunga. W sumie dwudziestu trzech facetów w oparach adrenaliny, wypełniającej nosy kwaśnym smrodem.

Przed nami stoi komandos z Shayetet. Szara, pociągła twarz, wąski, długi nos zakończony nozdrzami w kształcie grotu strzały, blisko nosa żywe oczy, pod nosem wąskie wargi. Kwadratowy podbródek porośnięty czarnym zarostem dopełnia wizerunku człowieka bez skrupułów. Wygląda jak assassin z popularnej gry komputerowej. Przygląda nam się długo, wreszcie odzywa się dźwięcznym głosem:

– Omówię dwie rzeczy. Po pierwsze tutaj nie używacie imion i nazwisk. Każdy z was obierze sobie pseudonim i tylko pseudonimem może się posługiwać pod rygorem wykluczenia. – Taksuje wzrokiem twarze, jakby się upewniał, że wszyscy zrozumieli. – Mój pseudonim to Assassin. Po drugie. Jesteście tu z własnej woli, w związku z tym będę z wami zupełnie szczery.

– Przenosi wzrok z twarzy na twarz. – Do końca dotrwa zaledwie kilku. – Wkłada ręce do kieszeni. – Wiecie, dlaczego? – Wyciąga pudełko zapałek, a z niego zapałkę. – Bo moim zadaniem jest was złamać. – Zgniata zapałkę w dłoni i rzuca na podłogę. – Ci, którzy dotrwają do końca selekcji – wykrzywia usta w coś, co przypomina uśmiech – będą mogli uścisnąć moją dłoń. Potem będzie tylko gorzej.

Milknie na chwilę.

– Pierwszy etap selekcji to wojna wszystkich ze wszystkimi – kontynuuje. – To prosty sposób, żebym już na początku przekonał się, ile każdy z was jest wart. Stańcie do mnie tyłem. W pojemniku mam dwadzieścia dwie piłeczki tenisowe, was jest dwudziestu trzech. Ten, który nie przyniesie do mnie piłki wypada z gry, ale wciąż biernie, bez chwytów, ciosów, rzutów będzie uczestniczył w kolejnych rundach, przeszkadzając grającym. Wojna będzie trwać, aż do ostatniej piłki. Nie ma żadnych zasad dotyczących walki, krótko mówiąc, full kontakt. Po każdej rundzie jest minuta na przygotowanie się do walki.

Assassin wysypuje piłki. Odpada trzech, bo ktoś doniósł więcej niż jedną piłkę. Teraz o dziewiętnaście piłek walczy dwudziestu, za chwilę o piętnaście szesnastu. Mija pierwsza godzina nieustannej walki.

Gdy ma się piłkę, jest się zwierzyną dla tych, którzy jej nie mają. Donieść do pojemnika – to znaczy walczyć. Walki są zażarte, trwają długo i coraz częściej na jednego zawodnika z piłką poluje dwóch lub trzech bez, na dodatek ci, co odpadli, blokują drogę.

Mija druga godzina gry. Zostały dwie piłki i trzech wojowników. Zawodnik MMA z Norwegii, który próbuje własną koszulką zatamować krwotok z rozciętego łuku brwiowego,

Niedźwiedź z Petersburga, który nastawia złamany palec lewej dłoni. Trzeci opiera się o ścianę i zamyka oczy – to ja.

Sturm und Drang schodzi w praniu, pora na yin i yang – chrapliwie podpowiada COŚ, który każe się nazywać się Ponurym Żniwiarzem.

Gwizdek. Piłki wysokim łukiem lecą w przeciwległy koniec sali. Sprint. Łapię piłkę, nie biegnę jednak, by ją oddać Assassinowi, musiałbym po drodze walczyć z potężnym Rosjaninem lub zwinnym zawodnikiem MMA. Wybiegam z sali na korytarz. Wrzucam piłkę do kosza na śmieci w toalecie i błyskawicznie wracam. Niedźwiedź właśnie obejmuje wpół Norwega. Podnosi i wali nim o podłogę. Norweg spada na brzuch, amortyzując upadek rękami, wypuszcza piłkę. Niedźwiedź wykorzystuje to, biegnie do toczącej się piłki, ale złapany za nogę, upada. Wolną nogą kopie Norwega w głowę. Piłka się toczy. Norweg puszcza nogę Rosjanina, błyskawicznie wstaje, wskakuje mu na plecy, zakładając duszenie krzyżowe. Niedźwiedź jest w pułapce, przekręca się na wznak, próbuje zerwać duszenie, ale mu się nie udaje. Wygląda na to, że Norweg go zadusi.

Postanawiam wyciągnąć Rosjanina z opresji, jest bardziej wycieńczony, więc z nim w ostatniej rundzie będę miał większe szanse.

Chwytam piłkę. Norweg podrywa się z podłogi, uwalniając Niedźwiedzia. Zaraz po nim podnosi się szybko Niedźwiedź. Mógłbym spróbować oddać piłkę komandosowi, ale jest to zbyt ryzykowne. Musiałbym przebiec obok obydwu przeciwników. Pędzę więc w przeciwnym kierunku. Oni za mną. Kluczę. Czuję za sobą ich ciężkie, zmęczone oddechy. Nie ryzykuję starcia, odrzucam piłkę wysokim lobem nad ich głowami. Biegną za nią. Norweg jest pierwszy, chwyta ją, w tym momencie Rosjanin łapie go wpół i podnosi do rzutu. Norweg zaplata stopę wokół łydki Rosjanina, uniemożliwiając rzut. Rosjanin ledwie dyszy. Długo nie wytrzyma walki ze zwinniejszym Norwegiem. Zmagających się otacza ciasno dwudziestu biernych graczy. Nagle z dwudziestu gardeł wydobywa się okrzyk dezaprobaty: Niedźwiedź z pełną mocą wyprowadza cios kolanem w pachwinę Norwega. Mimo, że Norweg ma założony ochraniacz, to potężne kopnięcie go paraliżuje. Wypuszcza piłkę, łapie się za krok, zwija i upada. Niedźwiedź podnosi piłkę, biegnie w kierunku Assassina. To tylko kilka kroków, ale między nim a komandosem wyrasta nagle bariera z ciał biernych graczy. Zachodzą mu drogę, wpadają na niego, robią zaporę ze swoich ciał. Niedźwiedź ciężko dyszy, ale mozolnie przedziera się przez kordon i gdy już ma wrzucić piłkę do siatki trzymanej przez Assassina, ten szybko się oddala. Niedźwiedź z wysiłkiem idzie za nim, dociskając rękę z piłką do brzucha. Muszę go bardziej zmęczyć. Wpadam na niego z impetem. Uderzam barkiem, Rosjanin upada, nie wypuszcza jednak piłki. Wstaje. Powtarzam uderzenie, uważając, by nie zdołał mnie chwycić. Rosjanin upada, nie wypuszczając piłki. Postanawiam skończyć tę rundę. Wybiegam z sali, wyjmuję piłkę z kosza na śmieci i wymijając szerokim łukiem wyczerpanego Niedźwiedzia, wrzucam ją do pojemnika. Po chwili Rosjanin robi to samo. Dochodzi trzecia godzina gry.

– Ostatnia piłka – woła Assassin. – Macie minutę, żeby się przygotować.

Niedźwiedź zgięty wpół stara się wyrównać oddech. Gwizdek. Piłka leci wysoko, łapię ją w powietrzu, bez wysiłku omijam wycieńczonego Rosjanina. Kilka sekund zajmuje mi przedostanie się przez kordon biernych graczy i wrzucam piłkę do pojemnika. Runda trwa kilkanaście sekund.

– Strategia kontra siła – podsumowuje grę Assassin i zwraca się do mnie: – Jak się nazywasz?

– Jestem… – milknę i zastanawiam się, kim jestem. Jestem Czerwoną Chmurą, jestem Deszczem w Twarz, jestem Cochise. Za długie na pseudonim.

– Jestem Jot – mówię.

Część 3 – Ambicje

Wczesnym rankiem zapukałeś do mych drzwi, A ja powiedziałem: „Witaj, Szatanie, myślę, że już czas ruszać." Ja i Diabeł szliśmy ramię w ramię.

Robert Johnson „Me And The Devil Blues"

Prywatne pokoje

Sprężyna wbija mi się w plecy. Wiercę się, by ją ujarzmić. Materac budzi się i głośno skrzypi.

– Młoda, owsiki masz? – upomina mnie zaspanym głosem Becia, wychylając głowę z górnego piętra łóżka.

– Beti, jak ty to robisz? Masz wątpliwości? Czy ta praca jest okej?

– Daj mi spokój, ciężko harowałam wczoraj, chcę pospać do osiemnastej.

– Masz wyrzuty sumienia po tym, jak odzierasz ich z kasy? – nie odpuszczam.

– Sumienie? – parska kpiąco. – Rozejrzyj się, gdzie jesteś i z kim masz do czynienia. Przychodzą do stripa zaspokoić swoje ego za pieniądze. Masz moralniaka, wyjdź na ulicę i świeć cyckami charytatywnie.

– Jak wyglądały twoje początki?

– Tak samo jak teraz. Udaję nierozgarniętą idiotkę. – Ziewa głośno.

Przypominam sobie, jak Beti siedzi Zuzie na kolonach i odgrywa scenę skubania frajera.

Jest osiemnasta trzydzieści. Łazienka zajęta, a kolejka do niej się nie kończy. Spóźnię się. Mam powiedzieć kierowniczce, że się tam zabarykadowały? Poczekam jeszcze pół godziny.

– Niki, ogoliłaś wreszcie brochę?! – wrzeszczy Waleń.

– Kurwa, chcę tylko szczoteczkę do zębów. – Do łazienki dobija się Mysiowłosa.

Jest dziewiętnasta, wysyłam smsa: „Zaspałam, będę najszybciej jak to możliwe". W odpowiedzi: „Lepiej się pośpiesz".

Zegar wskazuje dwudziestą piętnaście. Klientów brak. Do czego miałam się śpieszyć?

Emi prowadzi zebranie. Dostrzegam dwie nowe dziewczyny. Jedna ma zielone włosy, drobniutką sylwetkę i delikatną twarz. Druga to mocno umalowana brunetka, wąska w pasie, z pokaźną pupą i piersiami przy brodzie bez push-upu.

Idę do szatni. Na schodach mijam się z jakimś chłopakiem. Widziałam go z ulotkami przed klubem.

Dziś mam nowy strój: czerwony model, podobny do tego, którym pierwszego dnia urzekła mnie Czarnowłosa i pachnące nowością czarne szklanki. Potężne platformy z dwudziestocentymetrowym obcasem pokryte są kolorowym brokatem. Własne szklanki to podstawa. Zakładam je i czuję się o szczebel wyższa w hierarchii tancerek. Przeglądam się w lustrze. Mam wrażenie, że schudłam.

– Dzisiaj musisz zarobić, wydałaś ostatnie pieniądze – szepcze do mnie odbicie.

Przeczesuję palcami włosy.

Może by to zmienić? – podpowiada odbicie Czarnowłosej, patrząc na moje blond kosmyki.

– Wow, świetnie wyglądasz – zagaduje do mnie nowa, Pamela.

Czy ona mi się podlizuje? Na schodach do sali zauważam, że w nowych szczudłach chodzi mi się znacznie lepiej.

– Paulina – przywołuje mnie kierowniczka. – Tu jest kolejność tańczenia. Dopisałam też nową, Pamelę. – Pokazuje kartkę leżącą na barze.

– Jak ona chce tańczyć w kiecce, zwłaszcza tak opiętej? – pytam.

– Ona i ta druga, nie wiem jak jej na imię, są hostessami. Jak chcą, niech tańczą. Muszą się ze wszystkim zapoznać. Przekaż im co nieco, ale skup się na dobrych stronach. Nie zniechęcaj ich.

– Ja mam je uczyć? – pytam z niedowierzaniem.

– Wejście! – woła donośnie kierowniczka.

Karolina tańczy pierwsza. Ma worki pod oczami. Jest dziś wyraźnie zmęczona. Kręci się wokół rury bez życia i pomysłu. Jest to na tyle nudne, że Angol, który właśnie wchodzi, nawet na nią nie patrzy. Dopiero, gdy jej olbrzymie cycki wyskakują z rozpiętego stanika, zerka zaszokowany, po czym spogląda na mnie. Rozkładam ręce w geście: Tak, stary, większych tu nie znajdziesz.

Moja kolej.

Dajesz mi gorączkę. Kiedy mnie całujesz, gorączka, kiedy mnie mocno trzymasz, gorączka! Gorączka przez całą noc. Beyonce mnie rozpala.

Odbicia w lustrach są zachwycone: mój seksapil jest podkręcany przez nowy, koronkowy komplet. Zatracam się w tańcu. Nowe, błyszczące szklanki stukają dźwięcznie. Czuję siłę. Moje uda robią się gorące, gdy zjeżdżam po rurze na parkiet. Trzymam drążek nisko, tuż przy podłodze, wypinam pośladki i kołyszę biodrami. Zostaję w tej pozycji przez chwilę i sycę oczy swoim odbiciem w lustrze. Opadam na kolana. Odpinam stanik. Jak czerwona błyskawica ląduje na stoliku Angola.

Schodzę ze sceny i dyszę. Zdaję sobie sprawę, jak kiepską mam kondycję. Uczę się tańczyć, podglądając, jak robią to inne dziewczyny tutaj i w Internecie. To był zaledwie czterominutowy taniec. Piję łapczywie wodę i potrzebuję czasu, by uspokoić oddech.

– Idzie ci już lepiej – mówi Panda, po czym jednak dodaje: – Ale daleko jeszcze do Natalii.

– Kto to Natalia?

– Musiałaś ją widzieć na rozmowie kwalifikacyjnej. Była wtedy. Miała nawet podobną do twojej bieliznę.

– Czarnowłosa? – upewniam się. – Jaka była?

– Jak pracowała? Dla nas zawsze miła, dla tych chujków bezwzględna. Rzadko zdarzało się, by nie wyciągnęła nic z gościa. – Zastanawia się przez moment. – Niestety zniknęła, jakby zapadła się pod ziemię – wzdycha. – Pewnie wygrzewa się na plaży. Popija drogie bąbelki, a jakiś włoski ogier z oddaniem smaruje jej plecy olejkiem, licząc na łaskawość. Naiwniak.

Zastanawiam się, jak wyglądałaby moja znajomość z Natalią?

– Paulina, na pokój! – woła Emi.

– Do Cycatej? – pytam.

– Do Karoliny – poprawia mnie, unosząc brwi.

Odsłaniam kotarę, robię dwa kroki i potykam się o nogi Angola. Jacob leży na podłodze jak ukrzyżowany. Cycata siedzi na sofie, uśmiecha się zadowolona i mówi:

– Patrz, jak skończył. Biedaczek.

– Wysłali mnie, żebym ci pomogła, ale nie wygląda na to, że masz kłopoty.

– Jemu jest potrzebna pomoc. – Śmieje się głośno. – Zezgonował. Nie ma co się pierdolić, bierzemy wodę i lód, ocucimy go i wyczyścimy do zera.

Karolina dzwoni po kelnerkę. Wchodzi Emi i krzyczy:

– Ja pierdolę, co zrobiłyście?!

– Ja? Dopiero weszłam, sama mnie tu wysłałaś – protestuję.

– Daj nam wodę i lodu na gratis. Wiem, co robię – Karolina poucza Emilkę, a do mnie mówi: – Wysypię na niego lód. Jak się przebudzi, pokażesz mu się i powiesz, że źle się poczuł. Będziesz miła, podasz mu wodę i pogłaszczesz po ramieniu. Wmów mu, że zanim stracił przytomność zamówił dla ciebie i koleżanki drinki, i kelnerka je zaraz doniesie.

– Okej. – Kiwam głową.

Emilka wychodzi, zostawiając cooler z lodem i szklankę z wodą. Karolina z dziką satysfakcją wsypuje Angolowi za koszulę sporą porcję lodu i znika za kotarą. Jacob przytomnieje, bełkotliwie mówi coś po angielsku, coś po włosku, zauważa mnie, patrzy zdumiony.

– Hej! – mówię. – Tak się o ciebie martwiłam. Już dobrze się czujesz?

– Karolina? – pyta.

– Karolina to moja koleżanka, poszła do toalety, a kelnerka robi dla nas drinki, które zamówiłeś.

Dźwiga się chwiejnie, dyszy, próbując wcelować prawą nogą w lewą nogawkę spodni, a wystający brzuch mu w tym nie pomaga.

– Poczekaj, nie śpiesz się tak. – Chcę go uspokoić. – Spójrz na mnie. Mam dla ciebie wodę. Zaopiekuję się tobą.

Podaję mu szklankę, pije łapczywie i siada niezdarnie na sofę. Dosiadam się i gładzę blond kudły.

– Zamówiłeś drinki. Napijemy się z moją koleżanką, a ty odpoczniesz.

– Nie zamawiałem – protestuje naburmuszony.

– Oczywiście, że zamówiłeś. Kelnerka za chwilę przyniesie.

– Nie!

– Ależ tak, kotku.

– Nie, nie zapłacę.

– Mam wezwać policję? – głośno pyta Karolina, odsuwając kotarę. – Zabawa w klubie kosztuje – dodaje groźnie.

Jacob ociąga się, ale wyjmuje kartę, bełkocząc niewyraźnie na zmianę po włosku i angielsku. Karolina siada obok niego i zarzuca mu nogę na kolano. Robię to samo z drugiej strony i Angol tkwi między nami zablokowany. Próbuje się niezdarnie uwolnić. Karolina naciska przycisk dzwonka raz za razem. Przychodzi Emi i bacznie nas obserwuje. Zauważa w ręce Angola kartę i nagle staje się entuzjastyczną kelnerką.

– Ojej, ty to masz branie. Drinki dla dziewczyn, tak?

Wpisuje 1800 złotych za rzekomo zamówione dwa drinki, podsuwa terminal pod kartę.

– Proszę wpisać pin i zatwierdzić – komenderuje.

Jakie tu właściwie panują zasady? Jacob majaczy, a terminal przyjaznym dźwiękiem oznajmia akceptację transakcji.

– No, dobra, nic już z niego nie będzie. – Klepie mnie po nodze Karolina. Przykładam palec wskazujący do ust, dając jej do zrozumienia, że Angol nas słyszy.

– Przecież on nie rozumie po polsku. – Śmieje się Cycata.

– Ale to niegrzeczne. Pomyśli o nas coś złego i nic więcej nie postawi – mówię.

– I tak tego nie zrobi. Przed twoim przyjściem próbowałyśmy go kasować na dwa tysiące. To co zapłacił, to wszystko, co miał na koncie.

– Co teraz?

– Poczekamy z dziesięć minut, aż zrobi mu się lepiej. Spójrz na niego, jak wygląda.

Jacob z determinacją walczy ze spodniami, zakłada je tyłem do przodu, ślina cieknie mu po brodzie, tworząc flegmowaty ślad aż na torsie, krztusi się, błądzi przekrwionymi, spanikowanymi oczami po naszych twarzach.

Wypijam swojego drinka, odwracając wzrok.

AMBICJA VS SUMIENIE

Jestem na scenie. Wchodzą dwaj elegancko ubrani mężczyźni, zastanawiają się, gdzie usiąść, a gdy przechodzą obok mnie, łapię spojrzenie jednego z nich. Oparta plecami o rurę gładzę się po brzuchu i piersiach. Brunet nie spuszcza ze mnie wzroku. Staję do niego tyłem, sięgam dłońmi stóp i powoli się prostuję, sunąc palcami zmysłowo po łydkach, udach, pośladkach, do piersi. Brunet zajmuje stolik numer cztery, świetne miejsce, by mnie obserwować. Odwracam się w jego kierunku. Dotykam brzucha, przenoszę dłonie niżej i wsuwam je pod cienkie paski stringów. Do końca piosenki została może minuta. Brunet odwraca wzrok i skupia się na karcie z drinkami, którą podsuwa mu Emi. Patrz na mnie – rozkazuję w myślach i decyduję się zdjąć biustonosz. Podnosi na mnie wzrok, gdy czerwony stanik spada na jego kartę menu.

Teraz tańczy Pamela: energicznie i nie przejmując się estetyką. Jej taniec przypomina ten z domowych imprez.

– Karolina, ty idziesz do blondyna – oznajmia Emi, gdy wracam do baru – Paulina, ty do bruneta. Widziałam, że ci się przyglądał.

Skończyły się wygłupy Pameli i scenę przejmuje Cycata.

Przyglądam się mężczyznom, próbując odgadnąć, czym się zajmują i jaki jest na nich sposób.

Gdy Karolina kończy występ, dosiadamy się z szerokimi uśmiechami do klientów.

Brunet, Paweł, jest koło trzydziestki, pracuje jako doradca podatkowy. Ma śnieżnobiały uśmiech i zadbane dłonie, bordowa koszula świetnie na nim leży i pasuje do muśniętej słońcem karnacji.

– Okropną mamy pogodę, jest pewnie z minus trzy. Ale ciebie to chyba nie obchodzi? – mówi, patrząc na moją bieliznę.

– A ciebie obchodzi?

– Ciężko mi się przyzwyczaić, dwa dni temu wróciłem z Hiszpanii.

– Zasłużony urlop?

– Tak, zdecydowanie. Ostatnie pół roku dało mi w kość, ale teraz zbieram owoce ciężkiej pracy – odpowiada, pokazując w uśmiechu białe zęby.

– Na to wygląda. Co cię tutaj sprowadza? – zataczam ręką koło, dając mu do zrozumienia, że pytam o klub.

– Sam nie wiem. Lubię popatrzeć na piękne kobiety i napić się whisky.

– Masz jedno i drugie. Co teraz?

Nie odpowiada, ale na jego twarzy dostrzegam zaskoczenie, potem nieśmiałość, wreszcie zaciekawienie.

– Tchórzysz? – pytam, patrząc wyzywająco w jego niebieskie oczy.

Jestem zdecydowana, pewna siebie i nieustępliwa. Czy to na pewno ja?

– Nie tchórzę, dlaczego?

Czyli gra się zaczyna.

– Napijemy się czegoś? – mówię i głaszczę go po ramieniu.

– Jasne – odpowiada i przywołuje Emi.

Namyśla się długo, lecz to, co wybiera, nie jest szczytem moich marzeń. Ciekawa jestem, czy teraz będzie się stroszył, bo kupił mi drinka za dwie stówy? Stukamy się szkłem i wznosimy toast za dobrą zabawę. Dobra zabawa? Dla kogo? Dla niego to pewnie oznacza zobaczyć mnie obnażoną, komplementującą jego męskość i wytrenowane na siłowni ciało. Ja chcę zarobić i chcę jak najmniej dobrej zabawy – postanawiam. Przenosimy „dobrą zabawę" na priv.

Głośnik w pokoju prywatnym rozbrzmiewa piosenką *Seven rings*. Opieram dłonie na kolanach Pawła, eksponując dekolt. Patrzę mu prosto w oczy i nucę cicho z Arianą: *Rzęsy i diamenty, bankomaty. Kupuję sobie wszystkie moje ulubione rzeczy. Przeszłam przez niezłe gówno, powinnam być smutną suką. Kto by pomyślał, że stanę się okrutna.*

– Gotowy na zabawę?

Nie czekając na odpowiedź, wręczam mu szota. Wypija.

– To może drugi?

– Chcesz mnie upić?

– Chcę cię wykorzystać – szepczę i puszczam do niego oczko.

Wypija duszkiem, a ja zabieram się do pracy. Rozsiadam się między jego udami, plecy opieram o tors, chwytam za jego dłonie i zabieram je na wędrówkę po moich udach. Czuję, jak przyspiesza mu bicie serca. Ocieram się pośladkami o jego krocze, potem klękam i wypinam się w pozycji pieska. Spoglądam na niego przez ramię. Traktuje to jak zaproszenie i wyciąga dłoń, by dotknąć mojego tyłka. Halo, nie tak szybko – stukam brokatowymi szklankami o siebie, tak jak robiła to Karolina na scenie. Wspaniały, ostry dźwięk przywołuje go do porządku. Tarzam się po dywanie i zastanawiam, ilu gości tu zwymiotowało.

Obracam się twarzą w jego kierunku, wysuwam daleko ręce, opieram na nich głowę. Oblizuję zmysłowo usta i wypinam się wysoko. Niczym kotka zmierzam w jego kierunku. Wchodzę na sofę, siadam mu na biodrach i zdejmuję stanik. Nieruchomieję. Czuję się niezręcznie. Kompleks małych piersi towarzyszy mi od gimnazjum, kiedy uroczy, turkusowy biustonosz wypychałam wacikami kosmetycznymi. Paweł też zastyga, ale jego dłonie na moich biodrach zaciskają się coraz mocniej. Oddycha głęboko i wygląda tak, jakby chciał mnie natychmiast posiąść. Podaję mu szota, połyka trunek posłusznie.

– Jestem gotowy – mówi, próbując dotknąć ustami moich piersi. Łapię jego twarz w dłonie i zmuszam, żeby spojrzał mi w oczy. Wyrywa się i odwraca głowę w bok, w stronę naszych odbić w lustrze. Idę za jego wzrokiem. Jest tam Czarnowłosa, dosiada frajera i mruga do mnie porozumiewawczo.

– No, dalej, suko. Dosiądź mnie. Na co czekasz? – mówi frajer, dysząc z podniecenia.

Podaję mu kolejnego szota i przypominam sobie słowa rekruterki: „Kto odmówi półnagiej kobiecie?". Jej teoria się sprawdza. Paweł posłusznie wypija trunek i sapie:

– Jestem gotowy, dawaj.

Co ja mu mogę dać? Niech spyta raczej, co on mi może dać.

– No, cześć! – Wchodzi Emi, udając entuzjazm. – Widzę, że się nieźle bawicie. Może podkręcimy atmosferę?

Zerka na mnie i wnikliwie patrzy na klienta.

– To co? Drinki się przydadzą, byście mogli dokończyć zabawę – mówi zalotnie, głaszcząc Pawła po torsie. – Coś ty taki sztywny? Weźże się zabaw.

Nie odpowiada naburmuszony, a Emilka przewraca oczami i kiwa do mnie głową, by dać mi do zrozumienia, że mam się odezwać.

– Hej, na co czekamy? – gdy to mówię, podnoszę się wyżej, by moje piersi znalazły się przed jego twarzą.

– Widzisz, dziewczyna musi się wyluzować – dodaje Emi.

Paweł wzdycha ciężko i sięga do kieszeni po kartę kredytową.

– Czterysta dwanaście – mówi Emi i podstawia terminal. Kładzie wydruk na stoliku i zabiera szkło.

– Twoja brzoskwinka jest tego warta – sapie Paweł.

Już wiem, że moja wartość spoczywa w majtkach i wynosi cztery stówy i tuzin złotówek.

– Przyniosę trunki, a wy się bawcie. Nie przeszkadzam.

Emi daje mi buziaka w policzek, a do ucha syczy:

– On ma być pijany.

To takie proste? Ma być pijany?

Disco polo z magnetofonu psuje erotyczny klimat. Odwracam się, by włączyć inną muzykę. Czuję uderzenie. Palący pośladek domaga się mocnego rewanżu. Powstrzymuję się i pytam z uśmiechem:

– Lubisz tak?

Wraca Emi z niezliczoną ilością alkoholu. Jest Opera, mój drink za ponad cztery stówki, który naprawdę jest gazowanym winem za czterdzieści złotych na sklepowej półce. Jest gin, tequila i wiśniówka.

– Spójrz, przyniosłam ci gin na mój koszt – przymila się Emi, głaszcząc Pawła po ramieniu. – A jak nie lubisz, to jest tequila i wiśniówka.

Wiem, wiem. Mam go upić, a ten zestaw ma mi pomóc.

– Stukniemy się? – pytam, wznosząc lampkę.

Bierze gin i ledwie macza usta. Cholera! Pawełku, w takim tempie nie zrealizuję planu, rozczarowałeś mnie. Co dalej? Rozpinam mu koszulę i klnę w duchu, a on zadowolony rozpina pasek spodni.

– Spokojnie, nigdzie się nie śpieszymy. – Powstrzymuję jego dłonie. Wzdycha ciężko i mówi zniecierpliwiony:

– Jestem gotowy, na co czekasz.

Prowadzę grę wstępną jak z podręcznika, a jego interesuje tylko czubek własnego penisa!

– Twoje zdrowie. – Macham lampką i podaję mu tequilę.

Krzywi się i odsuwa moją rękę ze szklanką.

– Ojej, popij ginem – udaję zatroskaną.

Wytrąca mi szklankę. Dźwięk rozbijającego się o ścianę szkła sprowadza Emilkę.

– Coś się stało? – pyta Pawła.

Nie odpowiada wściekły.

– Paulina, zajmij się panem, by się uspokoił – mówi do mnie Emi z wyrzutem.

Podnoszę z podłogi jego koszulę i otulam się nią zalotnie. To działa. Paweł zaciska dłonie w pięści i patrzy pożądliwie. Dotykam jego paska.

– Zrób to! – ponagla.

Mrużę oczy, udając, że nie rozumiem, o czym mówi.

– Uwielbiam lodziki – sapie.

Spodziewałam się takiego tekstu, ale w głowie mi szumi od wypitego alkoholu. Już mi się odechciało być miłą.

– Coś ci się chyba pomyliło – odpowiadam i odsuwam się od niego.

Zrywa się z kanapy i staje nade mną wściekły.

– Co powiedziałaś?

– To, co słyszałeś – odpowiadam i czuję, jak bąbelki za czterysta dwanaście złotych wybuchają fajerwerkami w mojej głowie.

Rozwścieczony uderza pięścią w ścianę.

– Ty kurwo! – wrzeszczy.

Mam ochotę kopnąć go w jaja i powiedzieć mu w twarz, że jest gnojem, ale zwabiona krzykiem Emilka wpada z ochroniarzem i zdecydowanie wypraszają delikwenta. Próbuję jej podziękować, ale przerywa mi:

– Miałaś tylko go upić, to takie trudne? Dostajesz karę.

– Słucham? Za co? – pytam zdziwiona.

– Za brak pracy.

– Co?! Twoim zdaniem leżałam tu i pachniałam? – oburzam się.

– Jesteś mało ambitna albo cię sumienie ruszyło! Ogarnij się wreszcie!

Patrzę na jej grymasy, gdy tak wrzeszczy o ambicji i sumieniu. Nagle zdaję sobie sprawę, że ambitnie i z czystym sumieniem walnęłabym ją w esesmański ryj.

Pierwszy szampan

Nie mogę już spać. Ból rozsadza mi czaszkę. Dochodzi szesnasta. Zakradam się do kuchni, by zagotować wodę. Kawa postawi mnie na nogi. Desperacko przeglądam kuchenne szafki. Drzwiczki skrzypią upiornie. Łykam dwie tabletki paracetamolu. Czajnik gwiżdże na całe mieszkanie.

– Kurwa, wyłącz!

– Która to godzina?!

– Daj spać!

Piję kawę. „Jesteś mało ambitna albo cię sumienie ruszyło! Ogarnij się wreszcie!" – dudni mi w głowie

– Jak już mnie obudziłaś, to zrób mi też kawę – cierpko odzywa się Beti.

Gapię się w okno.

– Halo, jest tam ktoś? Widziałaś się w lustrze? Halo! O której wróciłaś?! – woła.

O której wróciłam? Sama jestem ciekawa.

– Nie wiem, nie pamiętam.

– Wyglądasz, jakbyś miała kaca. Ja byłam o piątej i ciebie jeszcze nie było.

Kiwam głową i próbuję poukładać sobie zdarzenia.

– Miałaś rację, Beti. Nikt się tutaj z nikim nie liczy. Klienci to pasożyty, kierowniczka to pasożyt, szefostwo ze swoimi karami to pasożyty. Błędne koło.

– Chcesz powiedzieć, że rezygnujesz?

– Nie, ale wkurwia mnie to wszystko. – Wstaję gwałtownie.

– Więc jutro rano chcę zobaczyć cię z twoją pierwszą butelką szampana! – woła za mną, gdy zmierzam do łazienki.

Gorąca woda w wannie działa kojąco. Pachnie lawendą, z telefonu śpiewa Grace: *Nie jesteś moim właścicielem. Nie masz mnie na własność.*

Jestem gotowa do wyjścia. Jeszcze raz przeglądam się w lusterku. Moja twarz wygląda inaczej niż wczoraj. Wyczyścisz dzisiaj niejeden portfel – mówi odbicie kusicielki. Czerwoną szminką poprawiam usta.

Wchodzę do klubu zdecydowanym krokiem, jest za dwadzieścia ósma.

– Powiedz dziewczynom na dole, że będzie przeszukanie – rzuca Emilka na dzień dobry.

W szatni nowe bawią się czerwonym, piórkowym boa, chichocząc przy tym idiotycznie. Karolina już jest ubrana w czarne kabaretki podkreślające jej długie nogi i gorset zakrywający fałdki na brzuchu i dyscyplinujący duże piersi. Wygląda ponętnie w stroju pokojówki. Blond włosy ułożyła w loczki, podkreśliła usta matowym brązem. Na paznokciach połyskuje granat. Idealna kompozycja.

– Karola, przeszukanie ma być zaraz – mówię, poprawiając ostatni raz oko.

Odrywa się od lusterka z lekkim przerażeniem.

– Chodź, potrzebuję pomocy. – Chwyta mnie za ramię, a ogromną kosmetyczkę wciska pod swoją pachę.

– Mam cię poklepać po pleckach, jak będziesz robić siku? Zapomnij – mówię.

– Potrafię się sama wysikać i podetrzeć – oznajmia, ale wciąga mnie do toalety i przekręca zamek. Wyjmuje z kosmetyczki dwusetkę wiśniówki. Patrzy na butelkę i na mnie, unosząc jedną brew.

– Chcesz? – Uśmiecha się. – Przestań, nowa. Musisz być taka poważna?

– Już nie jestem nowa. Nowe masz za drzwiami.

– Wypiję to sama na raz i będę pijana. Emilka się domyśli. Jak wypijemy na pół, to obie będziemy zrelaksowane. Obie skorzystamy. Pomożesz mi to wypić?

– To ma mnie przekonać? – pytam.

– Po alkoholu lepiej się pracuje. Chujki wydają się mniej obleśni. Nie udawaj, że nie wiesz, o co mi chodzi.

Cycata odkręca butelkę, bierze kilka haustów i mi ją podaje. Pierwszy łyk rozluźnia barki, drugi przyjemnie łaskocze w brzuchu, a trzeci, ten ostatni, pazerny, wymazuje aksamitną ściereczką ponure myśli.

– Witaj w drużynie, nowa. – Śmiejąc się, klepie mnie w pupę.

Wszystkie torby, siatki i plecaki są otwarte. U Cycatej lakier do włosów i do paznokci, skarpetki z zeszłego dnia i notes. U Laury zielona farba do włosów, trzy pomadki nawilżające, w tym jedna, która zmienia kolor na ustach, wisiorek z zawieszką łapacza snów i gumy do żucia. U Pameli bronzer, którym kontruje swój dekolt, by wyglądał na większy, dwie paletki cieni, zupka chińska i czerwona czapka z daszkiem. U mnie dwa komplety bielizny, czarny i biały, perfumy, czerwona szminka i pończochy.

– Okej, za pięć minut na górze – rzuca Emi, a Cycata uśmiecha się do mnie.

Staję przy barze i obserwuję nowe, gdy podchodzą do Emi.

– Możemy spróbować potańczyć? – pytają.

– Tak, tak. – Emi kiwa głową, patrząc w grafik.

Zadowolone wchodzą na podest. Pamela kręci się tylko wokół rury, ale Laura nie odpuszcza i próbuje się wspinać. Gdy kończą, sprawdzam drążek. Lepi się od balsamu.

– Łap za szmatę, alkohol da ci barmanka i czyścisz rurę – rozkazuję Laurze.

Zbita z tropu szuka wzrokiem pomocy u Pameli, która już dawno zasiadła w loży.

– Na co czekasz? – mówię.

Dochodzi dwudziesta druga, a w lokalu wciąż pusto.

– Wiecie, miałam klienta, który dosłownie zwymiotował mi na cycki. To był mój trzeci szampan, a on wypił jedynie sześć szotów. Biedak, miał słabą głowę i przed oczami jedynie te dwa skarby – mówi Karolina, chwyta i potrząsa dorodnymi melonami.

– A ty? – zwraca się do mnie Laura.

– Ja mam klientów, którzy wyzywają i rzucają szkłem – odpowiadam, nie wchodząc w szczegóły. Przypominam sobie sępią sylwetkę wpatrującą się we mnie z drugiej loży i przechodzą mnie ciarki.

– Co zrobić, żeby płacili? – pyta Pamela.

Karolina odpala kolejną fajkę, zakłada nogę na nogę.

– Moje początki były fatalne. Totalnie nie wiedziałam, co z czym się je. Uświadomiła mnie Natalia: „Na pokoju prywatnym wy rządzicie. Wasz pokój, wasze zasady. Nie możecie powiedzieć, że w lokalu jest seks, ale też nie możecie powiedzieć, że go nie ma. Musicie znaleźć złoty środek. Uczcie się na błędach, wszystko wychodzi w praktyce".

Doskonale rozumiem, o czym mówi Cycata i dziewczyny też kiwają ze zrozumieniem głowami. Ciekawe, czy zniosą presję na tyle długo, by wykorzystać radę.

– Żałuję, że wzięłam tylko dwusetkę – szepcze mi do ucha Karola i oblizuje usta. – Chciałabym zarobić. Nie mógłby tu zawitać jakiś nadziany szejk?

Wstaje zrezygnowana i idzie do baru.

– Wejście! – woła Emi.

Jesteśmy gotowe. Cycata, uśmiechając się do myśli o nadzianych klientach, energicznie wije się na podeście, ale jej uśmiech szybko znika i szczęka się zaciska.

– Dawid! – wita gościa Emilka.

Karolina zdejmuje stanik i schodzi ze sceny.

Emi daje znak, żebym zajęła się gościem.

Przedstawia się z szerokim uśmiechem. Mam wrażenie, że pucułowate policzki wchodzą mu na oczy. A gdy podaje mi rękę, czuję, jaka jest spocona. Ma na sobie szerokie jeansy i białą bluzę założoną na lewą stronę.

– Denerwujesz się? – pytam, wycierając dyskretnie dłoń o brzeg sofy.

– Troszkę. Ciebie jeszcze tutaj nie widziałem.

– Czyli jesteś stałym klientem? – pytam

Czy możliwe, żeby w klubie, w którym czyszczą do cna, znalazł się stały klient?

– Coś w tym stylu. Lubię napić się piwka i popatrzeć na dziewczyny. – Wzrusza ramionami.

– Czym się zajmujesz? – ciągnę.

– Trzy miesiące temu wróciłem z zagranicy. Zbierałem szparagi. Ciężka praca, ciężka. Teraz nie pracuję, odpoczywam tak sobie tutaj i pomagam siostrze w remoncie.

– Lubisz pomagać. Twoja dziewczyna to szczęściara – mówię z udawanym uznaniem.

– No co ty, nie mam dziewczyny. Z taką jedną tylko piszę, ale ona nie chce wysłać mi swoich zdjęć.

– Jak ma na imię?
– Aleksandra. Fajnie, co?
– Może to Aleksander? Jaką masz pewność?
– No, weź – chichocze i szturcha mnie w ramię.
– Dawid, wypij za jej zdrowie! – Podaję mu tequilę.
Przechyla kieliszek, sięga po drugi, popija piwem.
– Dawid, napij się z dziewczyną, nie bądź taki – z kpiącym uśmiechem mówi kelnerka.
– Oleńko, skarbeńku, nie mam pieniędzy, dobrze o tym wiesz. Oskubałyście mnie dwa miesiące temu i zablokowałyście kartę.
– Ale pieniądze na piwo masz. Nie mam sił do ciebie. Znasz zasady.
– Dobra, już idę. A dasz mi jeszcze jednego szota wiśniówki? No, wiesz, taki rozchodniaczek – szczerzy się pokornie.
Ola wzrokiem wskazuje mu wyjście i niemo mówi: wypierdalaj. Dawid wychodzi ze spuszczoną głową, a mijając kotarę żegna się z ochroniarzami jak z najlepszymi kumplami.
– Poznałaś paczaja – zwraca się do mnie Karola, przeżuwając orzeszki.
– Paczaj to jego ksywka?
– W sumie mogłaby być. Paczaj to klient, który tylko patrzy i nie płaci. Nie ma reguły, czy ma kasę, czy nie. Jeśli paczaj ją ma, to wyda, ale zwykle na swoje piwo.
Znudzona i znużona, oparta o bar oglądam filmiki na YouTube. Zdumiewa mnie film, w którym instruktorka pole dance wydaje się nie mieć kości.
– Wejście! – krzyczy Emi.
Do klubu wchodzi dwóch Azjatów upitych na tyle mocno, by bawić się rudymi dredami Emilki. Ta nie próżnuje, stoi z nimi przy barze i namawia na nielimitowany alkohol. Ten po lewej, który wygląda zupełnie jak ten po prawej, ma kartę kredytową.

Emi przygląda się jej bacznie, a gdy barmanka polewa, podbiega do nas:

– Paulina, ty do tego po lewej. Karola, bierz tego z prawej. Nie ma czasu. Od razu zabierajcie ich na pokoje, są gotowi do kasowania.

– Hej, przystojniaku! – mówi Cycata do swojego klienta i bierze go pod rękę.

– Pokażemy wam coś – mówię przymilnie, puszczając oczko do swojego i wszyscy razem schodzimy na dół.

– Wyczuwam kaskę – szepcze do mnie podekscytowana Karola i niemal podskakuje. – A ty, gdzie idziesz? Nie chodzi się do ostatniego pokoju! Tam straszy! – woła za mną.

Pukam się w czoło, po czym zasłaniam kotarę. Delikatnie popycham Chunga, by usiadł na kanapie i mówię mu, żeby się odprężył. Próbuję włączyć muzykę, ale odtwarzacz się zaciął. Tańczę na sucho. Stoję pod ścianą, bawiąc się stringami, zmysłowym krokiem zbliżam się w jego stronę, chwytam Chunga za guziki koszuli. Nie chcą się odpinać, więc pociągam mocno za poły i guziki sypią się na podłogę.

„Chcę zobaczyć butelkę twojego szampana, nie świeć cyckami za darmo" – słyszę w głowie głos Beti. Klękam, chwytam Chunga za pasek od spodni, jego wąskie oczy zachodzą mgłą.

Włącza się odtwarzacz. *Moly, Moly, Moly* – rozlega się rytmicznie. Idę na środek pokoju i tańczę. Zamykam oczy, a gdy je otwieram, widzę przed sobą twarz. Czarne oczy nadają szczupłemu, blademu obliczu upiornego piękna, czarne włosy falują, jakby żyły własnym życiem. Dziewczyna unosi obie ręce nad głowę, łączy dłonie i obraca się na palcach stóp obutych w zniszczone, zabłocone trzewiki. Przód białej, długiej sukni jest poplamiony rdzawo. Przestaje wirować, celuje we mnie długim palcem. „Snują złe plany. Ich pyski pełne są wściekłych kłów" – tłucze mi się w głowie. Jej suknia spada, obnażając ciało piękne dziewczęcą nagością i straszne: na plecach drgają brudne, postrzępione skrzydła. „Jest takie słowo" – słyszę jej myśli – „Lilith – uczyni cię równą".

Och, kochanie, nie mów, że masz się dobrze. Nie krzywdź samej siebie. Słyszę nagle z odtwarzacza Elise Legrow. Chung, wpatrzony we mnie, walczy z paskiem od spodni.

– Wróciłam, robaczki! Dobrze się bawicie?! – wrzeszczy z przesadną wesołością Emilka.

– Ona jest niesamowita – mówi Chung, gdy kończę taniec.

– Wow, to może zabawicie się jeszcze lepiej, gdy zostawię was samych? – mówi kierowniczka milutkim głosikiem i łapie go za kolano.

Chung przytakuje ochoczo, śmieje się jak mały ogier, zasysając głośno powietrze:

– Patrz, co zrobiła z moją koszulą.

– To może zamówimy jakieś procenty? – pyta Emi i daje mi znak, żebym przekonała go do kupna.

Odpinam stanik i rzucam na jego głowę. Łapię za guzik przy jego spodniach i pytam:

– Pobawimy się?

– Tak, tak – sapie.

Emilka ma zielone światło, więc stuka w klawisze. Chung, nie patrząc na cyferki, przykłada kartę do czytnika.

– Wpisz pin i potwierdź zielonym. Misiu, żółty – instruuje Emilka.

Jedną ręką masuję mu kark, drugą głaszczę udo.

– Przeszło – oznajmia z chytrym uśmiechem Emi.

– Co skasowałaś? – pytam.

– Zaraz zobaczysz – mówi entuzjastycznie, odkładając wydruk na stół.

Zżera mnie ciekawość. Sięgam po szota, zerkając na paragon. 4360 złotych. Moje ego tańczy kankana.

Emilka wychodzi, by przynieść cooler z lodem, a w nim moją pierwszą butelkę szampana.

– *Happy Birthday to You* – intonuje Emi, po czym rozlewa alkohol i wznosimy toast za doskonałą zabawę.

– *Happy Birthday to You* – podśpiewuje Chung, wychodząc rozkołysanym krokiem z klubu godzinę później. Poszarpana koszula, wiśniowa plama z tyłu płaszcza i kraciasty szalik obwiązany wokół głowy. Kung Fu Panda – myślę, patrząc za nim.

– Jeszcze wrócę, czekaj tu na mnie, śliczna! – woła na progu.

Nie stać cię już – mówię do siebie i uśmiecham się. Gdy zatrzaskuję głośno drzwi wejściowe, budzą się ochroniarze.

– Nareszcie – mówi starszy, wydłubując śpiochy z oczu.

– I jak tam? Oskubałaś frajera? – interesuje się młodszy.

– Tak myślę – odpowiadam ostrożnie.

– Gdybyś miała problem, to mnie wołaj – dodaje, strzelając chrząstkami w dłoniach. – Jestem Grzesiek.

Wstaje i wyciąga dłoń, by się przywitać. Wysoki, obcisła koszulka podkreśla każdy wypracowany na siłowni mięsień, wygolony na łyso jak na ochroniarza przystało.

– Coś nie tak? – zauważa, gdy mu się przyglądam.

– Zebranie! – słyszę nieznośny głos Emilki.

– Nie, nie, zawiesiłam się, to pewnie przez alkohol. Muszę już iść.

– Do zobaczenia – krzyczy zza kotary.

PAMELA

Blacha

– Wstawaj, śpiochu, wstawaj! – słyszę głos Beti. – Jest osiemnasta. Idziesz do pracy czy masz wolne?

– Chciałabym się w końcu wyspać. – Ziewam.

– Chwal się! Widzę butelkę po szampanie koło łóżka. Tylko jedna? Mów, ile?

Nogi mam ciężkie. Zwlekam się z łóżka i szuram do kuchni, a Beti za mną. W kuchni zadziwiająca cisza jak na tę godzinę. Zaczęły wcześniej zmianę? Bardziej prawdopodobne, że poszły drinkować.

Becia niczym cień nie odstępuje mnie na krok i skomli:

– Ile zarobiłaś? Czemu nie chcesz powiedzieć? Tak mało czy tak dużo? Lubię cię. Myślałam, że gadamy o wszystkim.

– Powiem, ale zrób kawę – mówię w końcu zirytowana. Ciekawość Beti oplata mnie jak macki.

– Ma być mocna?

– A na jaką wyglądam?

– Okej, okej! Ale ty drażliwa jesteś na kacu. Więc? – docieka.

– Nie było dużego ruchu. O czwartej weszło dwóch pijanych Azjatów. Mój wydał około czternastu tysięcy.

– Nieźle. Szybko się uczysz – klepie mnie w ramię, a potem bije brawo.

Stawia przede mną kawę i pyta:

– Sprawdzałaś swój KWB-ar?

– Aplikacja mi się zawiesiła, nie umiem naprawić.

Pokazuję jej na telefonie wyskakujący komunikat „Error". Odbiera mi aparat.

– O, widzisz tutaj? – Wskazuje nieoznaczone pola. Kopiuje link strony, otwiera ją w nowej karcie i bez czytania treści akceptuje wszystkie powiadomienia oraz regulaminy.

– Gotowe. Wiesz, co tu masz? Każdy twój dzień pracy jest rejestrowany. Są zarobki i kary. – Przesuwa stronę w dół i kontynuuje: – Dziś w nocy zarobiłaś prawie 3 kafle, dokładnie 2800.

– A kary?

– Nie masz.

– To niemożliwe. Emi mówiła, że dostanę karę za spóźnienie, patrzenie w telefon i chyba za brak pracy.

Zabieram Beci aparat i przeglądam rubryki.

– Niczego tam nie szukaj, tylko cię postraszyła. Nie mogą dawać kar dziewczynom, które nie pracują dłużej niż trzy albo cztery tygodnie, jakoś tak – oznajmia, częstując mnie suszonymi owocami.

Przegryzam morelę i zastanawiam się, kim jest Beti. Dlaczego została tancerką go-go?

– Masz jutro wolne? Wyskoczymy coś zjeść? – pytam.

Jest trochę zdziwiona moją propozycją, ale mówi:

– Pewnie, o ile nie wrócisz utopiona w szampańskich bąbelkach.

Zapalam papierosa i siadam na kamiennym schodku. Mam stąd dobry punkt obserwacyjny. Za plecami wejście do sąsiadującej z klubem kamienicy, przed sobą zatłoczoną ulicę. Jedni spacerują, drudzy przyszli na najlepsze zapiekanki w mieście, inni wpadli się napić w "Pijalni Śledzia i Wódki".

Brakuje tylko mężczyzn ustawiających się w kolejce, by zobaczyć tańczące kobiety.

– Szukasz potencjalnego klienta? – pyta chłopak z odblaskową opaską na ramieniu. Wydaje mi się znajomy. Obok niego stoi blondyn z rozczochranymi włosami i złożoną, czerwoną parasolką.

– Słucham? – pytam zdezorientowana.

– Luz, też tu pracujemy. Widzieliśmy się w klubie, ale chyba nie miałaś nastroju do rozmów – mówi ten z odblaskiem.

– Kto powiedział, że teraz mam? – Zadeptuję niedopałek i wstaję.

– Źle zaczęliśmy znajomość. Jestem Maciek.

– Patryk – przedstawia się drugi.

– Warto z nami trzymać – ciągnie Maciek – wczoraj dobrze naciągnęłaś tego Azjatę, twoje konto urosło pewnie o jakieś trzy tysie. Chcesz powtórkę?

– Do celu – ponaglam.

– Jesteśmy promotorami. My ich zapraszamy i my możemy im kogoś polecać.

– Co miałabym robić?

– Pracuj jak wczoraj. My zapraszamy frajerów, którzy na nasze oko są przy kasie. Będziemy im rekomendować ciebie. Wprowadzamy takiego i dajemy ci sygnał.

– Jaki?

– Mmm...Pomacham ci. – Demonstruje, wywijając radośnie rękami przed moją twarzą.

– Przestań, tak tylko odstraszysz gości. – Łapię Maćka za rękę, by się uspokoił. – Puścisz oczko i tyle.

– Zgoda.

– A wy co z tego macie?

– Premię. Wczoraj dzięki tobie wpadły mi trzy stówki. Czas na nas – oznajmia i wyjmuje z plecaka ulotki.

Na mnie też – myślę.

Przy wejściu do klubu uderza mnie intensywny zapach popcornu i serowych chipsów. Faceci w czerni zajadają przekąski, popijając coca-colą.

– Cześć, Paulinka – zwraca się do mnie Grzesiek.

– Nie lubię zdrobnień, wystarczy Paula. – Wywracam oczami.

– Jasne, Paula – odpowiada i patrzy na mnie wyzywająco. – Masz ochotę?

Wstaje i śmiejąc się, podsuwa mi śmierdzący kubełek.

– Dopisuje ci humor – rzucam i odsuwam pojemnik sprzed swojego nosa. – Kalorie zachowaj dla siebie.

– Ktoś tu wstał lewą nogą – rzuca wesoło.

– Prawą, ale o jakieś trzy godziny za wcześnie. Marzę o ciepłym łóżku – marudzę.

– Moje łóżko jest idealne! – Znowu patrzy na mnie zuchwale.

– Na pewno lepsze niż moje – mówię z przekonaniem.

– Flirtujesz ze mną? – pyta rozbawiony.

– A ty ze mną?

Nie czekam na odpowiedź, ale czuję się już mniej sfrustrowana.

– Wejście! – chrypi Emilka.

Pamela jest najbliżej rury, więc wskakuje pierwsza. Do lokalu wchodzi sześciu barczystych facetów. Każdy z nich kroczy z pańska, ogarniając wzrokiem cały klub. Nie dostrzegam w nich entuzjazmu, podniecenia czy choćby zainteresowania. Gdy Karolina tańczy, patrzą na nią wszyscy z tym samym chłodnym wyrazem twarzy. Wchodzę na podest. W tle The Weekend ze swoim kawałkiem robi przyjemny klimat. *Aniele, wiedziałem, że jesteś wyjątkowa, od momentu, kiedy cię ujrzałem, ujrzałem.*

Przechadzam się wokół rury, sprawdzam, czy któryś jest zainteresowany, ale ich twarze nie zdradzają wiele. Utwór się kończy. Emi wyznacza, która do kogo idzie. Piję łyk wody, zapinam stanik i kieruję się do szatyna przy piątym stoliku.

– Cześć, jestem Paula. – Uśmiecham się i siadam obok niego.

– Daruj sobie, nie jestem jednym z tych – mówi niskim głosem, spoglądając na moje pończochy.

– Tych, czyli jakich?

Zakładam nogę na nogę, ręką sięgam za jego kark, by oprzeć dłoń na sofie i delikatnie przysunąć się do niego.

– Frajerów, których doicie tu na kasę. Coś ci powiem, skarbie, mnie nie nabierzesz – mówi i odsuwa się.

– Skąd ten osąd? Widzimy się pierwszy raz. – Znowu przybliżam do niego ciało. – Może jak porozmawiamy i poznamy się lepiej, to zmienisz zdanie.

– Sądzisz, że kogo ty masz przed sobą? – Wybałusza gały i czeka na odpowiedź.

– Nie wiem, nie mówisz nic o sobie – rzucam swobodnie, zerkając, jak radzą sobie dziewczyny.

Pamela kręci kosmyk włosów na palcu i gładzi swojego gościa po udzie, Karolina pali fajkę, bawiąc się zapalniczką klienta, Laura swojemu wciska szota, a ten kategorycznie odmawia i przygląda się Emilce. Nowe trajkoczą i chichoczą do swoich amantów, którzy patrzą na nie z politowaniem.

Odwracam się do mojego i zamieram. Przed oczami mam policyjną odznakę. Serce mi przyspiesza. Policyjna blacha zamiast karty kredytowej to jakiś głupi żart. Nie wiem, co powiedzieć.

– Ładna i nawet połyskuje – wysilam się.

Chowa ją do kieszeni, rozgląda się i wskazując Emilkę, pyta:

– To wasza szefowa?

– Tak – odpowiadam i udaję, że nie widzę zwitka banknotów, który chyba wypadł gliniarzowi z kieszeni, przy wyciąganiu odznaki i leży tuż przy sofie.

– Zapewne zdenerwuje się, gdy nie wydamy żadnej kasy.

– Z szefostwem różnie bywa i zazwyczaj się go nie lubi – odpowiadam wymijająco.

– Znam takie jak ty – mówi, nachylając się do mnie – frajerzy, którzy zostawiają tu tysiące, budzą się z pustym kontem i z płaczem zeznają, że niczego nie pamiętają.

– Nie wiem, o kim mówisz. Może mają słabe głowy? – udaję głupią, rozkładam bezradnie dłonie i wzruszam ramionami. – Sama mam słabą głowę.

– Na wszystko macie odpowiedź. Ktoś was tego uczy? Macie wzory pytań i odpowiedzi?

– Hej, staram się być po prostu miła – odpowiadam spokojnie.

Jestem naprawdę bardzo miła, jestem naprawdę bardzo miła – powtarzam w myślach i przesuwam obcasem forsę głębiej, w szparę pod kanapą.

– Rozejrzyj się, gdzie jesteś. Teraz świecisz dupą na drążku, za dwa miesiące trafisz do burdelu, a potem na wysypisko – cedzi przez zęby. – Panienki twojego pokroju często ostatnio znikają, a my mamy dodatkową robotę. Gdyby to ode mnie zależało, nie robiłbym w tej sprawie nic. Dziwka zawsze będzie dziwką. – Pochyla się niżej, wbijając w moją twarz szare, rozmyte gały.

Budzi się we mnie agresja.

– Morały, rady i złote myśli zachowaj dla siebie. Czego chcesz? Wstąpiłeś przypadkiem? Ojej, potknąłeś się i wpadłeś do środka? Poinformować kogoś, że się zgubiłeś? Może żonę? – dorzucam, patrząc na obrączkę.

– Ty mała zdziro! – bluzga i unosi rękę.

Odsuwam się gwałtownie. Jego dłoń uderza z głośnym plaskiem w oparcie kanapy. Podbiega Emilka.

– Co tu się dzieje? – pyta, marszcząc brwi.

– Zasłaniasz mi, suko – odpowiada gliniarz, przechylając się na bok, by widzieć scenę, gdzie Karola ściąga stanik.

– Trochę grzeczniej – mówi Emilka z rękoma opartymi na biodrach.

– Skończyłaś? To wszystko? – pyta, podnosząc whisky w jej stronę.

– Co chcesz od mojego kolegi? Masz jakiś problem? – klient Laury, potężny misiek, groźnie buczy, doskakując do Emilki.

Wycofuję się powoli, gdy cała uwaga skupiona jest na kierowniczce. Idę do ochroniarzy, którzy oglądają mecz na telefonach.

– Nie przepadam za Emilką, ale nie mam zamiaru znosić gburowatych frajerów – mówię, ciągnąc Grześka za koszulkę.

– Co jest? – pyta, przytrzymując moje dłonie na swoim torsie.

– Chodźcie!

Wchodzimy do sali. Naprzeciwko Emilki stoi szóstka zbuntowanych gliniarzy.

– Jak rozwiążemy ten problem? – rzuca w ich stronę Grzesiek.

– Panowie już skończyli się bawić – oznajmia pewnie Emi i dodaje, zwracając się do starszego ochroniarza: – Zdzichu, pomóż Grześkowi wyprowadzić panów.

Czterech decyduje się wyjść dobrowolnie, dwóch upiera się, że zostaje.

– Koniec zabawy, panowie. Możecie wyjść jak wasi koledzy albo wyprowadzimy was siłą. Takie panują tu zasady – oznajmia Grzesiek.

– Wypierdalaj – ze stoickim spokojem, lecz stanowczo odpowiada mój klient.

– Uderz, na co czekasz? – prowokuje drugi, szturchając Zdzicha w ramię.

Ochrona bez umiaru traktuje ich gazem łzawiącym. Gliniarze wrzeszczą, a Grzesiek i Zdzichu wyprowadzają ich, unieruchamiając im ręce.

Emilka kończy rozmawiać przez telefon i przywołuje nas. Stajemy przy barze, czekając na to, co ma do powiedzenia.

– Jak widziałyście, ci goście wyraźnie przyszli, żeby z nas zadrwić. Nie chcę, by ich wulgarne zachowanie wpłynęło na resztę waszej pracy. Nie zniechęcajcie się – wypowiadając ostatnie słowa, kieruje je w stronę nowych. Przesuwa po barze okrągłą tackę. – Po rozmowie z monitoringiem ustaliliśmy, że każdej przydadzą się po dwa szoty.

– Jebać frajerów! – woła Karolina, chwyta szkło i szybko wypija.

– Za mamonę! – Pamela wznosi toast nie mniej ważny niż Cycata.

Grzesiek wbiega z rozbitym nosem.

– Pojebało cię?! – ostro rzuca do Emilki. – Czemu nie powiedziałaś, że to są psy?! Będziemy mieli przejebane.

– Kurwa! – klnie Emilka.

Grzesiek wymachuje dłońmi i nie może się uspokoić.

Emilka dzwoni do szefostwa.

– Mieliśmy gliniarzy – mówi i relacjonuje wydarzenie. Potem tylko odpowiada: – Głównie obserwowali. Nic mi nie przychodzi do głowy, po co mogli przyjść. Mamy wyluzować? Okej.

Grzesiek przenosi na mnie wzrok i siada ciężko na kanapie.

– Mogę? – Podchodzę do niego.

Staję tak, by moja noga znalazła się między jego udami.

– Boli? – pytam, wycierając serwetką zasychającą krew.

– Coś ty, w ogóle – odpowiada, ale krzywi się od mojego dotyku. Czuję na sobie zazdrosne spojrzenia dziewczyn.

– Trzymaj się Johnny Bravo – mówi Panda i podaje Grześkowi worek z lodem.

Wracam do Emilki. Podsuwam jej kieliszek.

– Mamy gliniarzy z głowy? – pytam.

– Jebać frajerów – odpowiada i wznosi toast.

– Mam jego kasę.

– Jak to? Przecież nie było żadnego kasowania.

– Nie wiem ile, ale pod sofą znajdziesz pieniądze – oznajmiam.

Emilka zagląda pod sofę. Dziewczyny przypatrują się bacznie.

– Jak to możliwe? – pyta Emi i zaaferowana rzuca na bar cztery stówki.

Po czyjej stronie stanie w tej sytuacji? – myślę i zaczynam ostrożnie:

– Nie wiem, jak to się stało. Nie wiem, kiedy je zgubił. Może wtedy, gdy płacił za alkohol.

– Jak znalazły się aż tak głęboko pod sofą? – Świdruje mnie wzrokiem.

– Nie wiem. – Wzruszam ramionami. – Banknoty są pomięte. Może gdy wstawał, kopnął nogą.

– Dobra, dobra. – Macha dłonią z rezygnacją. – Nabij, Amelka, dla Pauliny drinka za 315 złotych, a resztę zapisz jako napiwek.

Moje ego triumfuje.

Zodiakalny Rak

Jest po północy. Resztki gazu łzawiącego drażnią oczy i gardła. Emi tłumaczy się przez telefon, że zrobi utarg, jak promotorzy przyprowadzą nadzianego gościa. Karolina wypytała mnie, o czym rozmawiałam z moim gliniarzem i ostrzegła, że w sali też jest podsłuch i że nigdy nie wiadomo, co zainteresuje tych z góry.

– Wejście! – krzyczy Ola.

Cycata nie sprawia wrażenia, że gdzieś się śpieszy. Spokojnie gasi papierosa, chwyta dłońmi swoje piersi, jakby chciała sprawdzić, czy są tam, gdzie powinny, poprawia wrzynające się stringi i wskakuje na podest.

Ola prowadzi dwóch starszych mężczyzn do stolika numer cztery. Za nimi idzie Maciek, promotor. Nieudolnie puszcza do mnie oczko. Imituje ruch poprawianego krawata, dając mi jednoznaczny sygnał, komu mam wyczyścić konto.

Ty śnisz i knujesz mroczne intrygi, robisz to. Jesteś trucizną – śpiewa Two Feet. Karolina kończy występ. Chwytam rozgrzany drążek. Nie spuszczam wzroku z czerwonego krawata. Zmysłowo okrążam rurę, obnażam się i półnaga patrzę w piwne oczy właściciela. Intuicja szepcze, bym się zawstydziła, więc robię to, spuszczając wzrok.

Emi przydziela klientów:

– Paulina, idziesz do tego po lewej. Wlepiał gały, więc liczę na to, że będzie płacił. Pamela, idziesz do drugiego. Już nie jesteś hostessą, postaraj się.

Przedstawiamy się i zajmujemy miejsca między nimi. Tworzymy z ciał barierę, dzięki której skupią się tylko na nas. Mój klient ma na imię Marek, przyjechał właśnie z Mediolanu, gdzie załatwiał interesy. Musi być po czterdziestce, ale nie widzę ani jednego siwego włosa. Jego czupryna jest bujna i czarna.

– Ślicznie tańczyłaś – mówi.

– Dziękuję, ale muszę przyznać, że było mi ciężko się skupić – odpowiadam i znów spuszczam wzrok.

– Dlaczego? – marszczy brwi i kładzie dłoń na moim kolanie. Delikatnie przekładam jego rękę na sofę, a on równie delikatnie odgarnia kosmyki włosów z mojej twarzy. Czarujący.

Zerkam mu nieśmiało w oczy i mówię:

– Onieśmielasz mnie.

– Nie spodziewałem się, to brzmi jak komplement – oznajmia, przechylając kieliszek tequili.

Rozsiada się wygodnie i pyta:

– Dlaczego się tu znalazłaś i jak długo się tym zajmujesz?

– Ojej – udaję zakłopotaną – trudno mi o tym mówić. Ale jak chcesz posłuchać, musisz się napić.

Wręczam mu kolejną tequilę.

– Jak mamy pić, to obydwoje. Napijesz się czegoś?

– Taki masz plan? Upić mnie? – pytam, udając przestrach.

– Tak – odpowiada zdecydowanie.

– Dobrze. Upij mnie – mówię, uśmiechając się szczerze. Marek naciska guzik i przywołuje Franczes.

– Cześć, wzywaliście mnie? – pyta ze swoim obłędnym uśmiechem.

– Tak. Bardzo byśmy prosili jakiegoś drinka dla tej pani – oznajmia Marek, zagarnia mnie pod swoje ramię jak pod skrzydło i głaszcząc po ręce, naznacza: „Zobacz jaka ona piękna i należy do mnie".

Franczes unosi brwi.

– Cudownie razem wyglądacie – schlebia, patrząc z udawanym podziwem na Marka.

– Też tak uważam – odpowiada Marek, uśmiechając się szeroko.

– Proponuję naszego koronnego drinka Pleasure, który kosztuje trzysta pięćdziesiąt – mówi Franczes.

Miziam Mareczka po uchu.

– Dobrze, weźmiemy. – Kiwa głową i wyciąga kartę bankową.

Dźwięk zaakceptowanej transakcji działa na mnie kojąco.

– Wejście! – krzyczy Emilka.

Karolina błyskawicznie wspina się na drążek. Po jej desperacji wnioskuję, że postanowiła zawalczyć o kasę.

– Może przeniesiemy się gdzieś, gdzie jest nieco ciszej? – mówię do Marka, gładząc jego tors.

– Dobry pomysł – odpowiada z rozbudzoną nadzieją.

Biorę go za rękę i idziemy do VIP-roomu. Po drodze informuję Franczes, żeby drinki przyniosła do pokoju. Zasuwam szklane drzwi. Zostawiam za sobą Pamelę i Cycatą. Krzepi mnie myśl, że sobie odpocznę, a one będą zasuwać na rurze.

Mój pan rozsiada się wygodnie, kładzie ręce na oparciach i czeka na mój ruch. Nie wychodzę z roli dziewiczej Pauli, siadam blisko i pytam:

– Na czym skończyliśmy?

– Skąd pomysł na klub?

– To miejsce dobrze leczy kompleksy. Scena, światła, klimat klubu mają swój urok i zawsze jest szansa, że spotkam kogoś takiego jak ty – mówię z zaangażowaniem. Przytulam się do jego ramienia.

Nie przesadziłaś. Odważniej, mocniej! – dodaje mi animuszu Czarnowłosa, gdy zerkam w lustro.

– Poza tym jestem na pierwszym roku studiów weterynaryjnych – dorzucam na koniec, bo przychodzi mi na myśl, że lubi zwierzaki.

– Kocham psy. Pokażę ci mojego – mówi nagle podekscytowany i energicznie sięga po telefon.

Zachwyca się zdjęciem swojego labradora, a ja zastanawiam się, co skłoni klienta do postawienia następnego drinka.

– Ojej, jaki słodki! Wydaje się taki przyjazny – udaję zainteresowanie, bawiąc się włosami Marka.

– Dobrze mi się z tobą rozmawia i ciekaw jestem, dlaczego? – mówi, poważniejąc. Blokuje telefon i odkłada go na stół. – Może wyda ci się to śmieszne, ale muszę zapytać.

Wydaje się skrępowany.

– Spod jakiego znaku zodiaku jesteś? – pyta poważnie.

– Rak – odpowiadam, starając się zachować powagę.

– Wiedziałem. Wszystko jasne. Też jestem rakiem. Kiedy masz urodziny?

– W lipcu, w drugiej połowie.

– A ja piętnastego. Moglibyśmy spędzić je wspólnie – zaczyna snuć plany.

Bierze telefon i czyta:

– Rak należy do wodnych znaków, a główne jego cechy to niezwykła empatia i wrażliwość. Wrodzona intuicja pomaga mu niemalże czytać w myślach ludzi i zgadywać, jakie są ich potrzeby i marzenia.

Przechodzi do podziału na pana raka i panią rak. Na koniec dodaje od siebie:

– Staram się być realistą, jednak, gdy chodzi o uczucia, nie potrafię podejmować trudnych decyzji.

Zawiesza się, wpatrując w swoje wspomnienia.

Kończę drinka, odkładam szkło obok jego ginu, który (ups!) przez przypadek strącam na podłogę.

– Przepraszam cię, bywam niezdarna.

– Nic się nie stało – uspokaja.

Sprawdza, czy telefon nie zmoczył się zanadto, a ja wzywam dzwonkiem kelnerkę.

– Wszystko w porządku? – pyta Franczes, spoglądając na puste szklanki i dodaje: – Widzę, że potrzebujecie świeżych drinków.

Marek pociera dłońmi o spodnie. Dostrzegam, że się waha, więc przykrywam swoimi dłońmi jego i szepczę mu do ucha:

– Zacznijmy zabawę.

Moja ręka zaczyna wędrować pod jego koszulką. Czuję, jak Marek drży, gdy palce delikatne ślizgają się wokół jego sutków i pępka. Przykłada kartę do czytnika. Ja widzę 2590 złotych. Co on widzi, gdy wpisuje PIN? Siedzę na jego kolanach, a on wpatruje się w moje sterczące sutki, widoczne przez cienki materiał. Wyciąga dłonie do piersi, ale ja postanawiam się z nim podroczyć. Zsuwam się na podłogę, klękam przed nim, opierając dłonie na jego udach. Nucę cicho piosenkę Two Feet: *Ty śnisz i knujesz mroczne intrygi, robisz to. Jesteś trucizną.* Podaję mu kolejną dawkę wiśniówki i wołam z entuzjazmem:

– Zacznijmy zabawę!

Do pokoju wchodzi Franczes z szampańskim zestawem i szerokim uśmiechem, a jej spojrzenie mówi: Dalej, mała, chcę zarobić. Nasz entuzjazm nie udziela się jednak Markowi. Dziwi go widok szampana, więc obejmuję jego głowę i dociskam twarz do moich piersi. Łapie mnie za pośladki i łapczywie ugniata.

Kolejny szot, tym razem tequili, następny czystej. Alkohol działa uspokajająco na jego dłonie, więc tańczę przed nim i co rusz dolewam sobie szampana.

– Hej, to znów ja! – Raźnym krokiem wchodzi Franczes.

Siadam obok mojego amanta, z którego nagle uciekły siły. Franczes przygląda mu się wnikliwie i szepcze do mnie:

– Rozruszaj go, nakręć. Wrócę za pięć minut.

Zasłania tak niedbale kotarę, że widzę znudzone dziewczyny. Dosiadam Marka. Zdejmuję z niego koszulę i mówię mu do ucha:

– Wiem, czego chcesz.

Przeciera ciężkie powieki, patrzy na mnie i kolebie się na boki. Obejmuję dłońmi jego twarz, zbliżam policzek do jego policzka i szepczę:

– Zostań ze mną.

– Cześć, robaczki – znów Franczes. – Nie chcę wam przeszkadzać w przytulankach, przyszłam z propozycją. Napijecie się jakiegoś drinka? Nie zaschło wam w gardłach?

– Pewnie. Może jakieś bąbelki? – pytam Marka.

– Dobrze, a ile muszę zapłacić? – mówi, zerkając na terminal Franczeski.

– Cztery, cztery, trzy, zero – odpowiada Franczes, prawie literując.

– Czterysta trzy? Dobrze, płacę – bełkocze Marek.

Gdy karta dosięga terminala, słyszymy straszliwy dźwięk odmowy.

– Mareczku, mam problem z zasięgiem, spróbujmy jeszcze raz – pieszczotliwie mówi Franczes.

Nie czeka na odpowiedź, wystukuje 3590 złotych. Marek zbliża kartę, ale karta wypada mu z dłoni.

– Marek skup się. PIN i zielony. Marek, teraz wpisz PIN. Marek! – stanowczym głosem mówi Franczes, starając się złapać jego uwagę.

– Osiem, trzy, dziewięć, nie... zero i siedem. – mówi Marek, wpisując kod.

– No, nareszcie udało się – informuje go Franczes.

– Dobrze, dobrze – mamrocze Mareczek.

– Wyższa transakcja nie przeszła, kończymy – mówi Franczes cicho i kładzie wydruk na stoliku.

Patrzę na niego, jak niezgrabnie usiłuje zapiąć koszulę i zastanawiam się, czego tutaj szukał?

Dzień wolny

Jest po drugiej. Piję kawę, walcząc z chęcią powrotu do łóżka. O 16.30 umówiona jestem z Beti na obiad, więc ślamazarnie zmierzam do łazienki. W małym lusterku oglądam zmęczone oczy. Czy to normalne, że właśnie w tej chwili napiłabym się wina? Rozkołysałoby, zagłuszyłoby.

Wchodzę do wanny z lampką alkoholu. Myśli się kotłują.

Bolą mnie wszystkie mięśnie, nawet te, o których nie wiedziałam, że istnieją. Gorąca woda rozluźnia ciało, a waniliowy zapach żelu wprowadza mnie w lepszy nastrój. W pomieszczeniu rozlega się Disclosure – *Help me lose my mind*. Nucę: *Mów do mnie i patrz, jak się rozpadam. Zobaczysz, jak tracę nad sobą panowanie. Wiernie będę się rozglądać dookoła, aż odkryję, czym się dla mnie stałeś.* Rozcieram płyn na nogach. Przyglądam się fioletowym siniakom po wewnętrznej stronie ud i na piszczelach. Na stopach mam odciski. Te na dłoniach są duże i przesuszone od nadmiernego używania magnezji. Dziewczyny radzą wycinać je nożem.

Piosenka cichnie, gdy na wyświetlaczu iPhona pojawia się zdjęcie mojej przyjaciółki Justyny.

– Hej! Jak tam u ciebie? – pyta.

– Dobrze, właśnie biorę kąpiel. Dziś mam wolne. Idę z Beatą na miasto.

– Ona też jest striptizerką?

– Tak.

– Jak w pracy? Ze wszystkim się zapoznałaś?

– Raczej tak, chociaż mam wrażenie, że jeszcze wiele się dowiem.

– Co to znaczy? – zniża głos.

Wyobrażam sobie, jak teraz dociekliwie by na mnie patrzyła.

– Czy można to porównać do randki? – pyta.

– Jak ci to wytłumaczyć? Jesteś na randce, podczas której, zastanawiasz się, czy mu się podobasz, czy zauważy twoją szminkę, czy wybierając deser, pomyśli o tobie.

– Jak to ma się do stripa?

– Mam takie randki codziennie. Miarą tego, jak im się podobam jest to, ile pieniędzy wypływa z ich kont na moje. Wydawało mi się, że mężczyzna jest skomplikowany, tymczasem oni wszyscy są tacy sami.

– Paulina, martwię się o ciebie. Zrobisz, jak zechcesz, ale wydaje mi się, że to nie jest praca dla ciebie.

– A może przeciwnie?

W słuchawce zapada cisza. Przerywa ją pukanie do drzwi łazienki.

– Jesteś tam? – pyta Beti.

– Muszę kończyć, zadzwonię jeszcze – mówię i się rozłączam.

– Już wychodzę! – krzyczę do Beti.

Opróżniam kieliszek i myślę o słowach Justyny. Owinięta ręcznikiem idę do kuchni. Beti paraduje w chabrowej bieliźnie i nalewa do kieliszków wino.

– O której wstałaś? – pytam, widząc jak ładnie wygląda w lekkim makijażu.

– Po trzynastej, nie chciałam cię budzić. Idziemy na obiad? Już nie mogę znieść tej nory.

– Muszę się tylko ogarnąć.

Włosy wiążę w koczek, robię makijaż – beżowy podkład, błyszczyk, róż na policzki. Zakładam bordowe dresy, które doskonale podkreślają pupę. W tym czasie Beti wypija całe wino. Rozmawia teraz z kimś przez telefon. Gdy dostrzega mnie kątem oka, mówi:

– Dobrze, synku, mamusia kończy, później zadzwonię.

Posyła w ekran całusy i się rozłącza.

– Jesteś matką? – pytam.

– Dziwne? Mam swoje lata – rzuca.

– Twoja mama opiekuje się synem?

– Rzuciła pracę, żeby zająć się Karolkiem. Wysyłam jej pieniądze, poza tym zbieram na salon kosmetyczny. Jak myślisz, dlaczego jeszcze siedzę w tej dziurze? – Zatacza ręką krąg. – Bo jest za darmo. – Rozgląda się i dodaje stanowczo: – Chcę wyjść i się napić.

Ubrana jest w obcisłe jeansy, musztardowy sweterek odkrywający ramiona i camelowe botki za kostkę, w których jej zgrabne nogi wydają się jeszcze dłuższe.

Wsiadamy do taksówki. Kobieta, która ją prowadzi, obserwuje nas w lusterku, a Beti plecie:

– Zarobiłam dziś w nocy marne osiemset złotych. Chuje ustawili sobie limity, których potem nie potrafią zmienić. Idioci, przecież nie mogę wziąć do łap ich telefonu i zrobić to za nich, bo dostanę karę. Durnie.

– Beti, pani niekoniecznie chce o tym słuchać – mówię.

Kobieta pewnie jest po trzydziestce. Włosy do ramion, a na nich niemodny balejaż. Bluza z podobizną myszki Mickey nie ukrywa oponki.

– Pani Moniko – zwraca się do niej Beti, odczytując jej imię w aplikacji – Pani ma faceta?

– Proszę nie odpowiadać, koleżankę zanadto rozluźniło wino.
– Staram się zapanować nad sytuacją.

– Gdzie w noc można zarobić osiem stówek? – interesuje się Monika.

– W klubie go-go – chwali się Beti i czkając, dodaje: – Osiem stówek to nic, może być więcej.

Pragnę już wysiąść.

– Zabawne, wystarczy przyłożyć im jędrne cycuszki do twarzy, a oni zapominają o bożym świecie i nieznośnych żonkach narzekających na cellulit – gada dalej jak nakręcona.

– Beti, może tutaj zjemy? – wskazuję mijaną restaurację w nadziei, że zgodzi się wcześniej wysiąść.

– Żaden pierdolony kutas się temu nie oprze – dodaje i chwyta się za krocze.

– Beti, zamknij się!

– Monia, a może to twojego starego wczoraj skubałam?

Chwyta zagłówek fotela i przechyla się, jakby chciała mówić wprost do ucha Moniki. Nagle parska śmiechem:

– Jaka mała, nędzna obrączka! Ile za to dał? Tysiaka?

Auto gwałtownie hamuje.

– Wysiadacie w tej chwili! Zabieraj ją stąd! Wynocha, latawico! – krzyczy wściekła Monika.

Zmieszana zostawiam gotówkę na siedzeniu i ciągnę za sobą oporną Beti.

– Co ty, Monia, nie gniewaj się – szydzi Beti, trzaskając drzwiami.

Stoimy na nieznanej nam ulicy, ale Beata nie przejmuje się. Zapala papierosa i nonszalancko zarzuca małą, czerwoną torebkę na ramię.

Ruszamy, kierując się mapą Google. Jestem zła na Beti, na jej obsceniczne zachowanie, ale wiem, że ma rację: kto odmówi półnagiej kobiecie?

Dochodzimy do Rynku. Włoska restauracja Tutti Colori prezentuje się dobrze. Okrągłe stoły, kolorowe krzesła, czarno-białe obrazy.

Zajmuję stolik na końcu sali, na wypadek, gdyby Beti wróciła chęć rozmowy o stripie i panach Kutasińskich.

– Zamówię butelkę wina – oznajmia Beti, wieszając swój płaszcz na oparciu krzesła. – Co jemy?

Wertuje strony menu, a ja zastanawiam się, co jej przyjdzie do głowy, gdy butelka będzie pusta.

– Wezmę sałatkę Con Prosciutto di Parma – mówię w końcu z żalem, marząc o steku.

– Zielenina? Ja biorę pizzę Quattro Formaggi i poproszę o dodatkowy parmezan.

Do stolika podchodzi kelner i zalotnie się do nas uśmiecha. Beti taksuje go od dołu do góry i z powrotem. Zatrzymuje się na kroczu.

– Pizzę z pozycji dziewięć z dodatkowym parmezanem i sałatkę numer trzy – mówię.

– Zamówienie będzie gotowe do dwudziestu minut, wino za chwilę przyniosę – odzywa się, notując, a potem mruga do Beti i odchodzi.

– Ślinisz się – stwierdzam i zadziornie rzucam w nią serwetką.

– Widziałaś, jak na mnie patrzył?

– Widziałam, że liczysz centymetry jego penisa.

– Dosiadłabym go. Byłabym jego Wilmą, a on jak na Freda przystało, waliłby mnie swoją maczugą.

– Wilmo, opanuj się, bo kisiel z gaci ci się leje – parskam.

Nasz Fred przynosi wino.

– Gdybyście czegoś potrzebowały, jestem w pobliżu – mówi.

– Zapamiętam – Beti odpowiada zalotnie.

Do toalety idę przez całą restaurację. Czuję spojrzenia mężczyzn na moich pośladkach, słyszę ich grzeszne myśli. Rozpiera mnie seksualna emanacja czy to w obcasach czy adidasach.

– Dobrze, że wróciłaś – mówi Beti, gapiąc się w ekran telefonu. – Sprawdzam właśnie swój KWB-ar i mózg mi zaraz eksploduje.

– Co się stało? – pytam.

Beti przechyla kieliszek i pije do dna. Podsuwa go, bym dolała kolejną porcję znieczulenia i mówi zdenerwowana:

– Mam już dość. Dostałam piątą karę w tym tygodniu, a mamy, kurwa, czwartek.

– Za co?

Przewija strony w telefonie i co chwila sięga po wino.

– Przeczytam ci. „Nieutrzymanie gości na Sali", „brak wejścia na rurkę", „nieprawidłowe przenoszenie napiwku" i kara za „niezmieniony strój w ciągu nocy" – te są z poprzedniego tygodnia.

Rozwścieczona sięga po wino.

– Jak prawidłowo przenieść napiwek? – mówię przejęta.

– Tak, jak został wręczony! – mówi podniesionym tonem – Koleś wciska ci stówę za ramiączko stanika, więc pieniądze tam zostają, dopóki nie dotrzesz do baru i nie poinformujesz kierowniczki, że ten banknot to twój tip.

– Idiotyczny wymysł! – rzucam. – A ta pierwsza kara, nieutrzymanie gości na sali?

– To byli frajerzy z Ukrainy, weszli napić się piwa. Gdy namawiałyśmy ich z Dianą na pokój prywatny, wstali i wyszli, nie mieli kasy. Zwykłe paczaje.

– Ile łącznie wyszło?

– Za tamten tydzień 500 złotych – mówi zrezygnowana.

– A za ten? – dopytuję.

– „Brak pracy”, „niestosowne zachowanie wobec klienta”, „brak obuwia (szklanek) podczas wejścia gości”, „kara za patrzenie klientowi w telefon” i niesubordynacja” – czyta.

– Sporo tego – dziwię się. – Większości nie rozumiem.

– Zrozumiesz, jak będziesz podliczać swoje kary – mówi cała w nerwach.

– To ile wyszło razem? – zadaję okrutne pytanie.

– Tysiąc złotych. Koło się toczy, raz ci dają, a potem zabierają. – Wzrusza ramionami i nagle staje się apatyczna.

Kelner przynosi zamówienie. Przy pizzy i sałatce pytam Beti o syna. Ożywia się, uśmiecha i z entuzjazmem pokazuje mi zdjęcia, jak Karol siedzi na nocniku, jak trzyma w ręku pierwszego, zgubionego mleczaka. Starsza kobieta to jej matka, która od dwóch lat opiekuje się dzieckiem. Potem Beti chłodno wspomina byłego męża, który zostawił ją dla młodszej.

– Dosyć tego gadania – oznajmia nagle – Fred kończy zmianę.

Podążam wzrokiem za wychodzącym kelnerem.

– Nie odpuszczasz – mówię.

– Nie uprawiałam seksu od czterech miesięcy, moja cipka jest jak tonący Titanic. – Łapie się za krocze. – Ty płacisz – dodaje, chwyta płaszcz i biegnie za kelnerem.

Spaceruję po ulicach i nie mam pojęcia, co ze sobą zrobić. Co robią striptizerki na wolnym? Dziko imprezują? Kupują kolejne torebki Gucci? Gdy przechodzę koło witryny jakiegoś pubu, czuję na sobie wzrok. Za szybą czai się kredowo-biała twarz. Szybko przechodzę na drugą stronę jezdni. Chwytam komórkę i drżącymi palcami wybieram numer.

– Taxi Wawel, słucham.

Z zieloną glinką na twarzy, w rozciągniętym, długim podkoszulku snuję się po pustej służbówce. Próbuję uciec od strachu. Próbuję zwalczyć niepokój, ale jest jak bzycząca, wściekła mucha. Czy nieszczęścia zaskakują? Czy może nadchodzą powoli wraz z przeczuciami? Zmęczona uciekam pod koc i zasypiam.

Budzi mnie dźwięk telefonu. Jest dwudziesta druga, wyświetlają mi się smsy z dwóch nieznanych numerów. Pierwszy: „Gdybyś się nudziła, to zapraszam, Grzesiek". Do wiadomości dołączone jest jego zdjęcie bez koszulki. Druga wiadomość: „Wiem, że masz wolne, ale potrzebuje cię dziś w pracy, Marcelina".

JULKA

Dzień niewolny

Taksówkarz jest uprzejmy, dowcipny i młody. Gdy dojeżdża pod wskazany adres, widzi, że macha do mnie jeden z promotorów nocnego klubu.

– Pracujesz tutaj? – pyta zrezygnowany. Znajomość pęka jak mydlana bańka.

– Wszystko na to wskazuje – odpowiadam bez zakłopotania i wręczam mu gotówkę. – Reszty nie trzeba.

Promotorzy stoją pod czerwonymi parasolkami osłaniającymi ich przed deszczem. Przyklejam się do Maćka i mówię:

– Powinnam mieć wolne, więc postaraj się. Przyprowadź jakąś kartę do wyczyszczenia.

– A było inaczej? – odpowiada zawadiacko, po czym zwraca się do Patryka: – Ty pospacerujesz w terenie, ja będę naganiał tu, na okrąglaku. Młoda, rozchmurz się – dodaje.

Wchodzę do klubu, wzrokiem szukam Grześka, ale jego miejsce zajmuje Zdzicho. Asystuje mu starszy mężczyzna z tatuażem motyki pod uchem.

– Cześć Zdzichu. Pożyczyć ci korektor, żebyś nie musiał się wstydzić? – przekomarzam się, wskazując na jeszcze widoczne limo pod jego okiem.

– Kolejnego nie chcę, więc baw się dziś spokojnie – rzuca żartobliwie.

Nowy bad boy przedstawia się i dodaje:

– Nie przejmuj się Zdzichem, marudzi jak pizda. Gdyby coś się działo, to ja chętnie rozprostuję kości. Energia mnie roznosi.

Pociąga nosem. Podaję mu chusteczkę.

– Władek, widzę twój biały zapał w prawej dziurce nosa – mówię. – Jak będziesz potrzebny, to usłyszysz.

Marcelina rozmawia z wysoką blondynką, której nie znam. W przezroczystych szklankach blondyna ma chyba metr dziewięćdziesiąt. Ubrana jest w pomarańczowe majtki z wysokim stanem, który świetnie kamufluje wystający brzuszek i w czarny, niepasujący stanik.

Podchodzi do mnie i przedstawia się:

– Jestem Julka.

Podaję jej rękę.

– Paulina – przedstawiam się. – Idę się przebrać – mówię, rozpływając się za kotarą.

Wkładam delikatnie prześwitujące koronki ecru i czarne pończochy, które stabilnie trzymają się ud. Patrzę w lustro z aprobatą.

– Paulina – słyszę nieznośny głos Marceliny.

Na sali zastaję kobietę, której nie znam. Ma na sobie czarne, skórzane spodnie i luźną, kremową bluzę. Poprawia białą czapkę z daszkiem, spod której wystają platynowe kosmyki. Mierzy mnie wzrokiem, trzepocze sztucznymi rzęsami i wydyma wypełnione kwasem usta.

– Rozmiar S? – pyta.

– Mm? – Zaskoczona zakładam ręce na biodra.

– Szyję kostiumy dla tancerek, chcesz wybrać coś dla siebie? – spokojnie oznajmia, żując gumę.

Opada ze mnie napięcie. Wypuszczam głośno powietrze.

– Wow, przez chwilę myślałam, że jesteś żoną jednego z tych świrów, których tu skubiemy.

– Znam temat – mówi łagodnie – to jak, przymierzasz coś?

W VIP-roomie na łożach porozrzucane są kolorowe szmatki, a ich twórczyni, Kasia, pokazuje mi stroje tematyczne. Ma seksowny strój policjantki, wyuzdanej pielęgniarki, posłusznej uczennicy czy słodkiego, różowego króliczka. Wybieram pokojówkę. Lubię sprzątać, zwłaszcza konta bankowe. Przymierzam kostium. Składa się z koronkowego gorsetu z białymi, satynowymi falbankami przy dekolcie i czarną kokardą pośrodku, do tego spódniczka mini złożona z kilku warstw koronek i siateczek, zawiązana w pasie satynową kokardką. Poprawiam czarne kabaretki. Kasia układa mi włosy i wręcza uroczą opaskę z koronką.

– I jak się czujesz w tym stroju? – pyta. – Leży idealnie, sprzątniesz w nim niejednego frajera.

– Wezmę. Pielęgniarkę również.

– Super. Interesuje cię coś jeszcze? Mam dwa świetne komplety, będą ci pasować.

– Biorę w ciemno. Ile płacę?

– Dwie przebieranki, plus dwa stroje to pięćset złotych. Dodatkowo masz ode mnie w prezencie trzy pary stringów.

– Wejście! – krzyczy Marcelina, patrząc w monitor komputera, który odbiera kamery z zewnątrz.

– Ja pierwsza, ty po mnie – mówi Julka, po czym biegnie niczym kaczka w stronę rurki.

Stoję przy barze obok niecierpliwie wpatrzonej w drzwi Marceliny. Patryk wprowadza czterech mężczyzn, ale nie daje mi żadnego sygnału.

– Uważajcie, to Ruscy, jeden z nich na pewno ma hajs, widziałem, jak stawia w restauracji – zwraca się do Marceliny.

– Stawiać kolejkę piwa, a kupować szampana za dziesięć tysi to różnica. Dobra, sprawdzimy ich – odpowiada Marcelina.

Julka kończy swój występ, klęczy na podeście, zachęcająco wypinając pupę.

– Paulina, włączę muzykę do Lesby Show. Wskocz na rurę, a Julka dołączy – rozkazuje Marcelina.

W głośnikach rozbrzmiewa Tender: *Jestem jak wyspa otoczona głębokim, niebieskim morzem. Jesteś falą, która napiera i ściąga mnie. Wymywasz mnie po trochu.*

Wchodzę na podest i z moimi koronkami celebruję moment, gdy klienci wlepiają we mnie gały i szepczą między sobą. Obejmuję udami rozgrzany drążek, podciągam się wysoko pod sufit, wiruję wolno, pochylam głowę, pozwalając rozpuszczonym włosom głaskać powietrze, zamykam oczy. Uda płoną, gdy zjeżdżam na parkiet i układam się na plecach z rurą między nogami.

Powoli ulegnę erozji, aż nic nie zostanie. Prawdopodobieństwa układają się w stos. Przeciwko mnie. Przeciwko mnie.

Na szyi czuję ciepłą dłoń, sunie po moim ciele, pieści delikatnie piersi, wnętrza ud, druga dłoń rozchyla mi nogi. Julka kładzie się na mnie, krępując moje dłonie. Jej ciężkie piersi lądują mi na twarzy.

– Robimy dodatkowo Boa Show – szepcze mi do ucha.

– Co? – Odgarniam arbuzy z twarzy.

– Wybierz sobie gościa i rób to, co ja. Mój jest ten po lewej – dyszy mi do ucha.

Julka rozpina pierwszy guzik koszuli swojego klienta, a ja niczym kotka wolno zmierzam między nogi mojego. Patrzę z dołu, robię potulną minę, obejmuję go za szyję, podciągam się i siadam mu na biodrach. Ocieram się rozgrzanym ciałem o jego tors, czuję jego przyspieszony oddech, usta mu drżą, obejmuje mnie w talii i dźwiga, chcąc posadzić na swoim kutasie wybrzuszającym rozporek. Podnoszę się, poruszając biodrami, czuję jego oddech na mojej cipce, odwracam się i powoli zsuwam po jego torsie. Zatrzymuję pośladki na twardym już członku.

– No dalej, nie przestawaj – sapie.

Klaps jeden i drugi, zerkam na Julkę, która ściąga biustonosz, więc robię to samo.

– Ja pierdolę. – Słyszę głos kolesia, któremu Julka miażdży twarz swoimi zderzakami.

Obie półnagie zerkamy na siebie, Julka kiwa na mnie palcem. Podchodzę wolno, przytulone bawimy się wzajemnie sutkami.

– Hu hu, brawo! – krzyczy Marcelina, gdy muzyka się kończy.

– Dobra, są napaleni. Show zadziałało, teraz ich upijcie i zabierajcie na pokoje – mówi kierowniczka, gdy zakładamy staniki. – Jesteście dwie, ich czterech. Każdy z nich ma być sprawdzony.

Wracamy do głodnych sępów.

– Nie zdążyłam się przedstawić. Jestem Paula, a ty? – Wyciągam dłoń.

– Igor.

Igor ma łysą glacę, sprośny uśmiech i zielone, wyłupiaste oczy.

– Zajebiście tańczyłaś – mówi, bawiąc się zegarkiem.

– Ładny – chwalę jego zabawkę. – Twoje zdrowie – dodaję, wręczając mu szota.

– Nasza wódka jest lepsza, nie tak jak to gówno, które tu podajecie.

– Wódka to wódka, ma jedno zadanie.

– Paula, tak? – pyta, upewniając się, czy dobrze pamięta i odkłada pusty kieliszek na stół.

– Tak.

– Masz faceta?

– Nie.

– Jak to? Taka piękna kobieta musi mieć swojego ogiera.

– A ty, Igor, masz kogoś?

– No pewnie, zobacz.

Wyjmuje z kieszeni telefon i pokazuje mi zdjęcie. Kobieta o pełnych kształtach leży na prześcieradle w skąpych, czarnych majtkach.

Kolejne szoty wiśniówki, tequili i czystej De Luxe nie robią na Igorze wrażenia, ale po każdym kieliszku wali się pięścią po klacie jak goryl. Marcelina przynosi dodatkowe cztery szoty i mówi:

– Paula, napij się z panem.

– Za idealne dziewczyny – wznosi toast Igor.

Wypijam od razu dwa kieliszki wiśniówki.

– Jaka jest według ciebie idealna dziewczyna? – pytam.

– Taka, która liże loda, ale go nie gryzie – odpowiada Igor, podnosząc kieliszek do ust.

– No to siup, Igor. – I ja podnoszę szkło, wykorzystując moment, że kierowniczka zajęta jest przy barze.

Zarzucam nogę na jego kolano i chwytam silną dłoń. Prowadzę ją na moje pończochy, przygryzam delikatnie dolną wargę, patrzę mu w oczy i pytam:

– Czego chcesz, Igor?

– Wszystkiego. Mów, ile?

Przyciskam guzik, który przywołuje Marcelinę.

– Co dla was, misie kolorowe? – pyta wymuszonym, słodkim tonem, ale Igor nie odzywa się, marszczy jedynie brwi.

– Proponuję drinka za 302 złote – mówi Marcelina.

– Dobra, dawaj – rzuca Igor, wyciągając gotówkę.

– A nie wolisz kartą, misiu? – pieszczotliwie pyta Marcela.

– Nie mam karty. Zobacz – odpowiada, wyciąga portfel i pokazuje puste przegródki.

– Okej, może być gotówką – mówi Marcelina, zabierając banknoty ze stolika. – Idźcie na pokój prywatny, doniosę drinki.

Igor wstaje, wypija kieliszek tequili i zagryza cytryną. Krzywi się. Z sofy zabiera swoją granatową czapkę z daszkiem i pyta:

– Gdzie?

– Tędy. – Wskazuję na schody.

Schodzi prędko, a ja niezdarnie drepczę za nim na szczudłach. Wybiera przedostatni pokój, w którym czuć jeszcze jakieś stare rzygowiny. Rozwala się na sofie, rozstawia szeroko kolana, zdejmuje koszulkę. Moja stopa ląduje między jego nogami. Patrzę mu w oczy i wyciągam pendrive schowanego w majtkach.

Rozlegają się pierwsze dźwięki muzyki. Wtem Igor gwałtownie wstaje.

– Co to, kurwa, kamera?! – Wskazuje ścianę pod sufitem.

– Nie. Nie przejmuj się, to atrapa.

– Przecież widzę, świeci na czerwono – upiera się.

– Bez obaw, chodź, odpręż się – mówię do niego, biorę go za dłoń i prowadzę na sofę. Siada uspokojony i wolno sięga do rozporka.

– Ale powiedz, czy mam... czy mam małego? – duka dziwnie niepewnym głosem i nagle wyjmuje penisa.

– Kucyk Pony wyjechał ze stajni.

– Co powiedziałaś? – pyta, nie rozumiejąc wypowiedzianego po polsku zdania.

– Małego? Nie! Coś ty, kto ci tak powiedział – mówię i odsuwam się od niego.

Bierze swoją czapkę i stając na palcach, zakrywa kamerę.

– No, to dalej – syczy, zbliżając się do mnie. – Nie podoba ci się? Tylko nie kłam, suko.

– Jest okej – dukam i wycofuję się.

– Teraz nikt nas nie widzi, mogę zrobić, co zechcę – znowu syczy i przyskakuje do mnie. Dociska moje ręce do ściany.

– Nie można zasłaniać kamery. – Słyszę zbliżający się głos Marceliny. – Co jest, kurwa? – warczy Marcelina, gdy widzi mnie przypartą do ściany. – Wypierdalaj, słyszysz?! Ochrona! – woła głośno.

Władek wbiega do pokoju, marszczy brwi, zaciska pięści, pociąga nosem i mówi:

– No już psycholu, zabieraj manatki.

Igor ubiera koszulkę, rzucając wściekłe spojrzenia.

– Na co czekasz? Koniec zabawy! – ponagla go Marcelina.

Frajer zmierza w stronę wyjścia, lekko się chwiejąc. Z tylnej kieszeni wystaje mu srebrny łańcuch.

– Po co ci on? – pytam i pociągam.

– Zostaw – upomina mnie Marcelina.

Nagle czuję, że łańcuch oplata się ciasno wokół mojej szyi.

– Suka! – cedzi Igor przez zęby. W jego wzroku jest obłęd.

– Tak leczysz kompleksy małego kutasa? – Krztuszę się, ale nie czuję strachu.

– Wynocha! – Władek łapie gościa za koszulę i odciąga ode mnie.

Marcelina ogląda moją szyję i mówi:

– Ten koleś był dziwny. Wydaje mi się, że on lubi na ostro.

Sprawdzam w lusterku ślady.

– To znaczy? – Odwracam się w jej stronę.

– Zdarza się, że klient chce być na przykład spoliczkowany albo podrapany. Mieliśmy przypadek, że koleś chciał być kopany w jaja, bo sprawiało mu to przyjemność.

– Ale to Rusek, był agresywny.

– Jak ktoś jest agresywny, to trzeba go przebić swoją agresywnością – poucza Marcelina. – W razie czego jest monitoring i ochroniarze.

– Serio?

– Tak, tylko musisz zgłosić, że klient lubi na ostro. Mam obowiązek wiedzieć i poinformować monitoring, by nie myśleli, że tancerkę naszedł kaprys bicia klienta. To jest ważne, zapamiętaj.

– Dobrze, zapamiętam.

– I jeszcze jedno. Jeśli czujesz, że zaczyna się robić niebezpiecznie, obawiasz się, że klient cię zaatakuje i nie masz jak uciec czy choćby zadzwonić dzwonkiem, to musisz zacisnąć dłonie w pięści i unieść je wysoko w stronę kamery.

– Co wtedy?

– Uspokajamy gościa.

– Nie wypraszamy?

– Jak ma kasę? Nie.

W ZUPEŁNIE INNYM OGRODZIE

– Wejście! – krzyczy Julka.

W sali jest głośno i tłoczno. Mężczyzna w pomarańczowej bluzie siedzi z opuszczoną głową. Rudy w kącie nieśmiało spogląda na Julkę. Pięcioosobowa grupa obcokrajowców, dalej Dawid od szparagów, do którego nikt nie podejdzie, facet w szarej, gustownej marynarce, trzech Polaczków, czterech studentów, którzy wyliczają drobne na piwo.

Czas zaczyna przyspieszać.

– Przyślijcie mi kelnerkę, nie mogę czekać. Pierdol się! Wcześniej już to zgłaszałam. Na sali mam dwunastu typów do kasowania! Jak tego nie załatwicie, nie zrobię targetu! – krzyczy Marcelina do telefonu, gdy wchodzą kolejni klienci.

Julka wygina się na podeście i łapie spojrzenia każdego z nich. Ja robię selekcję. Patrzę na ubiór, obuwie, telefon.

Trzymam już mocno drążek, gdy zaczyna się utwór Rihanny – „Skin". *Więc dlaczego stoisz tam ubrany, Kochanie, rozbierz się dla mnie* – nucę i zastanawiam się, który będzie moją ofiarą. Krążę powoli z dłonią na rurze. *Chłopcze, wiem, że chcesz dotykać. Chcę, żebyś to teraz poczuł.* Wzbijam się wysoko, udami mocno ściskam drążek. Wyginam się do tyłu i patrzę na nich, wisząc głową w dół. Do góry nogami są dziwnie odmienieni, smutny jest wesoły, wesoły jest smutny, łysy z brodą ma czuprynę, a zły wydaje się dobry.

Chłopcze, wiem, że chcesz dotykać. Chcę, żebyś to teraz poczuł. Mam sekret, który chcę ci pokazać, och. Mam na sobie sekrety i zaraz zrzucę je na podłogę.

– Idziesz do tego obcokrajowca w błękitnej koszulce – mówi do mnie Marcelina, wskazując na drugą lożę. – Masz zarabiać, a nie gadać. Podejdź, weź go za rękę, powiedz, że masz niespodziankę i pędem zabierz na pokój.

Wszystko idzie zgodnie z jej planem, dlatego Lukas trzyma mnie za rękę, gdy tracę równowagę na piekielnych schodach.

– Zapraszam – mówię potem, odsłaniając kotarę.

Lukas ma pięknie wyrzeźbione ciało i ciemne włosy, takie jak lubię. Nie wiem, skąd pochodzi, ile ma lat i czy ma dziewczynę. Bez zastanowienia ściągam jego bluzkę i rzucam w kąt. Na klatce piersiowej wytatuowany ma krzyż, lecz bardziej interesuje mnie jego sześciopak. Kładę się wzdłuż na sofie, wypinam pupę i mówię:

– Dasz mi klapsa?

Moje jędrne pośladki muszą kołysać się przyjemnie, bo oczy Lukasa płoną. Korzystam z jego euforii i wręczam mu szota wiśniówki. Opróżnia szybko szkło.

– Zabawmy się – mówię i podaję kolejnego.

Stoję oparta plecami o ścianę i rozchylam nogi.

– Na co czekasz? – pytam.

Klęka przede mną, łapie za kostki, a językiem ciągnie po udzie. Chwytam mocno jego czuprynę, jęcząc.

– Chcę się porządnie zabawić. A ty?

– O, tak – szepcze z jęzorem na wierzchu.

– Na sofę – rozkazuję mu.

Gdy posłusznie wykonuje polecenie, sięgam po kolejnego szota i dyskretnie wciskam guzik, by przywołać Marcelinę. Klękam. W pozycji pieska, przodem skierowana w stronę mojego alvara, podaję mu kieliszek, a gdy go opróżnia, ściągam stanik.

– Cześć, robaczki – rozbrzmiewa głos Franczes. – Cześć – ponawia w stronę Lukasa.

Kiedy uświadamia sobie, że ma do czynienia z obcokrajowcem, pyta:

– Skąd jesteś?

– Z Portugalii.

– O mój Boże, zawsze chciałam tam pojechać! – mówi z niewiarygodnym entuzjazmem.

– To pakuj się, pojedziemy razem – rzuca Lukas i zagarnia mnie pod ramię.

– Ojej, naprawdę? – zachwyca się Franczes i przytulając się do mnie, szepcze na ucho:

– Jest z Portugalii, co oznacza kupę kasy. Zajmij go, kasujemy szampana.

Siadam na jego kolano, swoim masuję mu krocze. Odchylam jego głowę i szepczę:

– Chcesz tego?

Gładzę dłonią jego ucho, dotykam ustami szyi.

– Dobrze, pobawcie się tutaj, zarezerwujemy pokój – mówi Franczes, stukając w klawiaturę terminala.

Na urządzeniu widzę 3380 złotych. Co widzi Lukas? Patrzy na moje cycki, przykładając kartę do czytnika, a gdy wpisuje PIN, jęczę niczym w pornolu i przytulam się do niego.

– Wszystko się zgadza, już donoszę alkohol – mówi rozanielona Franczes.

Na stole został ostatni szot, podaję Lukasowi i siadam obok niego.

– Masz super ciało. – Uśmiecha się szeroko. – Pupa jest najlepsza.

– Powiedz mi lepiej coś, czego nie wiem – mówię.

Śmiejemy się głośno.

– Wasz alkohol! – Wchodzi Franczes z szampanem i czerwonymi różami. Nalewa do czterech szampanówek: dla mnie, klienta, kierowniczki i dla siebie. W głowie czuję jeszcze ruskie szoty, ale chętnie skosztuję bąbelków.

– To wszystko dla was, doniosę alkohol – mówi Franczes głośno, a do ucha mi szepcze: – Koleś ma kasę, więc go upij.

W Lukasa uderza właśnie siła wypitych szotów, więc nie skupia się zbytnio na moim show i nie zauważa, że nie różni się od poprzedniego. Po kilkunastu minutach wraca kelnerka.

– Noooo, widzę, że zabawa się kręci. Luka, zajebisty masz ten sześciopak – chwali Franczes. – Napijecie się czegoś?

Chwytam dłonie Lukasa i kładę na swoich piersiach.

– Napijmy się. Po alkoholu jestem odważniejsza – mówię niczym różowa barbi, która gdzieś po drodze zgubiła mózg.

– Dobra, pewnie – odzywa się nieco zakłopotany, gdy błagalnie patrzę na niego i pyta niepewnie: – Ile?

– Sześć, osiem, dziewięć, zero – mówi Franczes. Ostatnią cyfrę szepcze.

– Sześćset osiemdziesiąt dziewięć? – upewnia się Lukas.

– Yhm – potwierdzam i przekładam jego dłonie na moje pośladki.

– Okej.

Z portfela, który leży na ławie przykryty kwiatami, wyciąga szczęśliwą kartę. Rozbrzmiewa radosny sygnał zaakceptowanej transakcji.

– Zaraz wracam z alkoholem. – Franczes uśmiecha się szeroko, po czym poprawia mi włosy i przybliża usta do ucha: – Maksymalnie trzy szociki jeszcze w niego wlej. Zaraz wracam.

Włączam jakiś szybszy kawałek muzyki i pytam:

– Lukas, jak lubisz?

– Na pieska.

– Dobrze – mówię i uśmiecham się, lubieżnie prężąc przed nim.

Zostanie moim posłusznym pieskiem – postanawiam.

– Jestem. – Franczes wraca z kolejną butelką szampana i czerwonymi różami, które upycha w kącie z poprzednimi. Zbiera puste szkło ze stolika i robi miejsce na nowe trunki.

– Sprzedamy tego Donka – szepcąc do mnie, uśmiecha się.

Przypominam sobie, że Don Perignon kosztuje prawie dwanaście tysięcy.

– Uwielbiam cię, Franczes.

– Ściągnij majtki, będę za piętnaście minut na kolejnym kasowaniu.

Lukas rozpina spodnie, niezdarnie je zdejmuje, kołysząc się na boki. W samych slipkach siada na podłodze. Jego głowa chwieje się niesfornie na boki. Chwyta dłońmi twarz, próbując to opanować.

– Hej, jeszcze nie skończyliśmy. Pamiętasz? – mówię, klęcząc wypięta w jego stronę.

– O, kurwa. – Wyciąga dłoń w kierunku mojego tyłka. – Zróbmy to – mówi.

Próbuje się podnieść, traci jednak równowagę i znowu siada resztkami sił.

– Zajmę się wszystkim – rzucam z udawana troską.

Podaję mu szota tequili, popijając szampana. Zmieniam muzykę na wolniejszą. Odtwarza się Beyonce, a ja wiję się po podłodze. Moje plecy wyginają się w łuk, rozchylam kolana. Spojrzenie Lukasa ożywa. Podnoszę się, widząc jego pożądanie. Staję nad nim na tyle wysoko, by jego twarz była blisko mojej cipki. Pociągam paski koronkowych stringów. Gdy już stoję naga niczym Ewa, tylko w zupełnie innym ogrodzie, odsuwam się i klękam. Lukas oblizuje wargi i mówi:

– Nie wytrzymam.

– W takim razie trzeba zapłacić i przeniesiemy się w inne miejsce – mówiąc to, mam na myśli VIP-room.

– Do mnie? – pyta.

– Yhm – mruczę cicho.

Lukasowi cieknie ślina z kącika ust. Przywołuję kelnerkę.

– Hej, Franczes, chcielibyśmy się przenieść – mówię i puszczam do niej oczko.

– Jasne, tylko musimy wszystko opłacić. Wiecie, takie formalności – oznajmia i mruga do mnie.

– To ile? – bełkocze Lukas.

– Tak... to będzie jeden, jeden, osiem, dziewięć, zero – odpowiada szybko.

– Ile?

Franczes wylicza ponownie, równie prędko.

– Okej, sto osiemnaście – mówi Lukas, a my milczymy.

Dwa razy wpisuje błędny PIN. Buja się na boki i przewraca.

– Lukas, ostatnia próba, wiem, że pamiętasz. To jest twoja bordowa karta kredytowa Premium z Aliora. Pamiętasz do niej PIN?

– Tak, pamiętam – majaczy i sięga po kolejnego szota.

– Dobrze, to wpisz go teraz – tłumaczy głośno Franczes, stukając w klawiaturę.

Skaczemy nad Lukasem z radości na widok wydruku potwierdzającego akceptację transakcji.

– O, stara, gratulacje, Dom Perignon jest twój.

– Dziękuję, leć już po niego – szczerząc się w uśmiechu, klepię Franczeskę po tyłku.

Patrzę w lustro, zakładając bieliznę. Zadowolona jesteś z siebie? Kręci mi się w głowie, więc ściągam szklanki, by utrzymać równowagę.

– Lukas wszystko w porządku? – pytam.

– Tak – bełkocze.

– To znowu ja – mówi Franczes i drwiąco spogląda na Lukasa. – Lukas, żyjesz?

– Przyniosłaś wodę?

– Dobry pomysł, przyślę Julkę z wodą i lodem. Mam dzisiaj urwanie głowy – informuje i otwiera kolejnego szampana.

– Dobra. Masz papierosa? Jarać mi się chce.

– Trzymaj.

Siadam po turecku na podłodze, tuż obok Lukasa i odpalam fajkę. Leży półnagi, ręce ma szeroko rozrzucone, długie rzęsy lekko drżą na przymkniętych powiekach, zmysłowe, pełne wargi poruszają się, jakby wypowiadał jakieś słowa, wytatuowany krzyż na wysoko sklepionej piersi unosi się miarowo. Czy tęsknię za dziewczyną, która mogłaby się tak, po prostu, przytulić do Lukasa? Chwytam za jego kieliszek z szampanem, którego nie tknął i wypijam do dna. Jestem w miejscu, w którym uleganie sentymentom grozi ciężkimi powikłaniami.

– Co teraz z nim? – pyta Julka, rozchylając kotarę.

– Jest wyczyszczony, muszę go obudzić. Pomożesz?

– Tak, ale tylko dlatego, że chcę już iść do domu.

Kostki lodu rozpuszczają się na jego plecach i amant otwiera oczy.

– Co ja tutaj robię? – pyta zdziwiony.

– Miło było cię poznać, do zobaczenia – odpowiada sucho Julka.

Lukas chwyta się za głowę, siada na sofie, wodząc nieprzytomnym wzrokiem. Julka nie przebiera w słowach i pochylając się nad nim, cedzi przez zęby:

– Wypierdalaj, zdemolowałeś klub, policja już po ciebie jedzie.

– Co?

– Nie słyszałeś? Wypierdalaj. Ochrona ma cię wyprowadzić?

Transfer

Zapalamy, czekając na taksówkę. Na okrąglaku pusto, ulice dopiero obudzą się do życia.

– Wykończona jestem – ziewa Julka.

– Ja też. Będziesz dzisiaj?

– Chciałabym, moja kierowniczka mnie wkurwia. Rozmawiałam z Marceliną, załatwia mi przeniesienie. Jak dobrze pójdzie, będę pracować w Czarnym Diamencie, razem z tobą. Cieszysz się?

– Uhuuu! Skaczę z radości – mówię sarkastycznie.

– Wredna bitch z ciebie – odpowiada żartobliwie.

Wścibski taksówkarz usiłuje wciągnąć mnie w rozmowę. Gaszę go. Pragnę ciszy i snu.

Dżungla rządzi się swoimi prawami. W zagraconym korytarzu stoją dwie walizki i suszy się kolejna porcja stringów.

– Nie, weź tę kolorową – słyszę Ankę.

Wchodzę do kuchni.

– Pogięło cię? Zamów mi torebkę, którą ci pokazywałam – odpowiada Zuza i wymachuje widelcem.

W naszym kurniku pojawiła się nowa kura, ale nie stroszy piórek. Popija coś z kubka i z zainteresowaniem przygląda się dziewczynom.

– O, królowa balu wróciła – uszczypliwie wita mnie Zuza.

– Możesz mnie tak dzisiaj nazywać, jeśli ci pasuje, bo zarobiłam pięć kafelków – mówię, siadając do stołu.

– Co, kurwa? Ja marne dwa tysie i jeszcze koleś mało nie wsadził mi palca w kakao. Mówię do niego: o, nie, Misiu, od tej strony – wskazuje na swój tyłek – nie zaczniemy naszej znajomości.

– Ja dzisiaj sprzedałam butelkę Perriera, ale koleś był tak wkurwiający, że chciałam go rozszarpać. Naćpał się jakiegoś gówna i odklejał co chwilę – skarży się Anka.

– Odklejał? – dopytuję.

– No, łapał swoje fazy. W jednej chwili był napalony jak dzik, machając obleśnym kutasem, a za chwilę chował się w kąt i płakał.

– Trzeba sobie ich ustawić i tyle – wtrąca Zuza.

– Ale to jeszcze nic, myślałam, że się posikam ze śmiechu, jak koleś puścił bąka tancerce pod nos, gdy namawiała go na szampana – mówi Anka, ocierając łzy śmiechu.

– A ty, jakie miałaś przeboje? – pyta mnie Nikola i zakłada nogi na stół.

– Początek był kiepski. Rusek chciał mnie udusić swoim łańcuchem, później było lepiej, miałam przystojnego Portugalczyka, który miał problemy ze wzrokiem, bo nie widział cen. Złoty klient.

– Nigdy ich nie zrozumiem – wzdycha Beti.

– Po co ci ich rozumieć? Ważne, że zostawiają kasę – odpowiada Zuza.

– Ja dzisiaj miałam jakiegoś prawnika, który jakoby nie wierzył, że działamy legalnie. Gdy już wlałam w niego z jedenaście szotów, prosił, bym dawała mu klapsy i nazywał mnie Marcinem – mówi rozbawiona Niki.

– Że niby woli facetów? – pyta zdezorientowana Beti.

– Stała mu pała? – wtrąca się Anka.

– Nooo – odpowiada Nikola.

– To widocznie ciupcia wszystko – parska Zuza.

Głośny śmiech przerywa wejście Wiktorii:

– Co jest? Z czego tak rżycie, konie?

– Z tego, co zawsze – odpowiada Beti.

Wiktoria krząta się po kuchni, taksując wzrokiem nową dziewczynę. Ta jednak nie wygląda na zniesmaczoną, zdziwioną czy przestraszoną.

– Możecie zamknąć mordy? – W rozciągniętej piżamie wchodzi zaspany Waleń.

– A może tak grzeczniej? – usiłuje zgasić ją Wiki.

– Czy możecie zamknąć piskliwe, słodkie ryje, z łaski swojej?

– Zastanowimy się. – Wiki nie ustępuje.

– Chore pizdy, idźcie spać, jest siódma – mówi Waleń, obraca się na pięcie i trzaska drzwiami.

Na nic uciszanie kwok w kurniku, zwłaszcza niesfornej Wiktorii.

– Gadaj – Wiktoria zwraca się do nowej. – Powrót, transfer czy świeżak?

– Transfer – odpowiada nowa, zaciągając się papierosem. – Agnieszka – dodaje i wyciąga dłoń, którą Wiki ignoruje.

Agnieszka wygląda na 28 lat. Jest szczupła, ma zgrabne nogi i krótkie blond włosy, które opadają na piękną, pociągłą twarz. Podobają mi się jej wyraziste, niebieskie oczy i czerwona szminka.

– Na długo zostajesz, Aga? – pytam.

– Wstępnie mam tu być dwa tygodnie, tak mówiła moja szefowa z Katowic – oznajmia i wychodzi.

Jest dwadzieścia po siódmej, gdy zmywam z siebie wszystkie brudy. Jestem wyczerpana. Przykładam twarz do chłodnej poduszki i zasypiam.

Część 4 – Parada demonów

To zło. Zło wszystko psuje. Ostrzegam cię, bracie, lepiej uważaj na swój szczęśliwy dom. Jeśli dotrzesz do domu, zapukaj w drzwi frontowe i pobiegnij na tyły, złapiesz go, nim ucieknie.

Howlin Wolf „Evil"

Odrapane drzwi. Taniec księżyca

Na długo tu zostajesz? To pytanie nie daje mi spokoju. Człapię środkiem wąskiej, pustej uliczki. Zgubiłam drogę i nie wiem, gdzie teraz jestem. Po prawej salon fryzjerski i chińska knajpa, po lewej jakiś bar albo pub. Skręcam. Poobijane mury wokół odrapanych drzwi, przyciemnione szyby w oknach. Drzwi są ciężkie i skrzypią.

W sali stłumione rozmowy i śmiechy, a ze ścian płynie ciepły dźwięk klarnetu. Otula mnie zapach papierosów. Stary fotel idealnie rozumie moje obolałe plecy, przecieram oczy ze zmęczenia.

Kelnerka w czarnej sukience z białym fartuszkiem stawia przede mną szklankę miodowego płynu.

– Dziękuję, ale nie zamawiałam.

– To od tamtego pana – mówi, wskazując palcem.

Mężczyzna pewnie jest po czterdziestce. Ubrany w staromodny, ale elegancki, dwurzędowy garnitur, siedzi przy barze. Nasze spojrzenia się spotykają, wstaje i podchodzi, zapinając guziki marynarki.

– Dzień dobry, pani – wita się, poprawiając mankiety koszuli.

Jakby przed chwilą skończył pracę w rzeźni – myślę na widok jego szerokich, sinych dłoni.

– Może i będzie dobry, gdy go prześpię – odpowiadam.

Siada w fotelu naprzeciwko i stwierdza:

– Ciężka noc.

Wyciąga z pomiętej paczki papierosa, reflektuje się i mówi:

– Przepraszam, nie zapytałem.

Papieros jest bez filtra. Zdejmuję z wargi okruch tytoniu. Mężczyzna wstaje i podsuwa mi dużą, srebrną zapalniczkę. Zatrzymuję wzrok na jego dłoni.

– Czym się zajmujesz? – pytam, gdy dym z naszych papierosów miesza się nad stołem.

– Nic ciekawego. Zwariować można i zimno – mówi, obciągając rękawy koszuli. Podnosi na mnie wzrok i pyta: – A ty czym się zajmujesz?

– Jestem tancerką.

Przypatruje mi się uważnie.

– Jesteś piękna jak Moli – mówi.

– Moli?

– Moli też tańczyła, gdy była szczęśliwa.

– Ja też byłam szczęśliwa, gdy tańczyłam, a teraz tańczę, bo taką mam pracę.

– Sam taniec nie przynosi szczęścia – dodaje z namysłem. – Chcesz poznać Moli?

– Tak – odpowiadam.

Rozpina guziki marynarki, pociąga za srebrny łańcuch zwieszający się z kieszonki jedwabnej kamizelki. Wyjmuje zegarek i wpatruje w jego tarczę.

– Spieszysz się? – pytam.

Podnosi głowę i jak nocą za oknem, jakiś cień przesuwa się w jego ciemnych oczach.

Wstaje. Z kieszeni marynarki wyciąga zeszyt i kładzie go na stole.

– Do zobaczenia – mówi.

Odprowadzam wzrokiem do drzwi jego szczupłą, wyprostowaną sylwetkę. Długie, czarne włosy falują jakby miały własne życie.

Na okładce jest wykaligrafowany napis: „Pamiętnik Miriam". Czy Miriam to Moli?

Wewnętrzną stronę okładki zajmuje rysunek zrobiony niebieskim atramentem. Dziewczyna stoi bokiem, na palcach stóp. Dłonie stykają się koniuszkami palców nad głową. Twarz ma uniesioną, oczy zamknięte, a długie włosy tworzą wokół niej taneczny wir.

20 dzień cheszwan

Jestem szczęśliwa. Wkrótce zostanę żoną Natanaela. Chwalę Pana za jego dobroć. Tańczę dla Pana, który moje szczęście zapisał w Księdze Życia.

25 dzień kislew

Święto Chanuka. W wielkiej sali tańczyłam z innymi kobietami. Mężczyźni otaczali nas kołem. Natanaelowi oczy błyszczały jak gwiazdy. Tańczyłam tylko dla niego. Kocham go jak księżyc kocha gwiazdy.

Napotkałam spojrzenie Ajzyka Rzeźnika. Nie odrywał ode mnie oczu, a gdy przez moment znalazłam się blisko niego, usłyszałam, jak mówi: „Będziesz moja, Miriam". Przestraszyłam się. Mówią, że ten wstrętny mężczyzna przyczynił się do przedwczesnej śmierci swojej żony.

15 dzień szwat

Straszne wieści przyniósł Tate. Wczoraj spłonął skład towarów Ben ish Eliah – mojego przyszłego teścia.

13 dzień adar

Od pożaru Natanael jeszcze się u mnie nie pokazał. Tak do niego tęsknię. Napisałam list:

Mój kochany, wiem, że jesteś przybity nieszczęściem, które spadło na Ciebie i Twoją rodzinę, przyjdź do mojego domu, chcę się z Tobą modlić. Tęsknię.

Wysłałam służącą, by dostarczyła list.

Psychiatra. Lobotomia

Decyduję się na czystą, delikatną biel. Stanik jest z prześwitującej siateczki, przez którą bez trudu można dostrzec moje różowe sutki. Między piersiami jest pasek, który prowadzi do jokera zdobionego na biało drobnymi kwiatami przypominającymi koronki. Pośladki są ładnie podkreślone w majtkach z tego samego materiału co góra, a dzięki regulowanym paseczkom, które mogę podciągnąć wyżej, moja talia magicznie staje się węższa. Julka ma na sobie gładki, granatowy top bez ramiączek i stringi z kryształkami naszytymi po bokach.

– Hellоł, coś nowego? Coś mnie ominęło? – wita się z nami Cycata.

– Tak, kasa przeszła ci koło nosa – mówię z satysfakcją.

– A ty co tu robisz? – zwraca się Karolina do Julki.

– Pracuję – swobodnie oznajmia Julka. – Znasz moją suczowatą kierowniczkę, więc nie muszę ci tłumaczyć reszty.

– No tak, twoja Zośka nieźle wydziera mordę. I tak długo wytrzymałaś z tą idiotką – przytakuje Karola i pyta: – Coś mnie wczoraj ominęło?

– Przyszłam na dniu wolnym. Właściwie byłyśmy we dwie z Julką i się opłaciło – mówię. – Miałam donka.

– Stara, trzeba to uczcić! Mam coś, co się przyda.

Karolina prowadzi nas do łazienki, zwanej przez nią bazą i wyjmuje pół litra wiśniówki.

– Grubo – mówi Julka.

– Dobra, dla każdej starczy – oznajmia Cycolina, odkręcając butelkę. – Od ciebie zaczyna się kolejka – dodaje i wyciąga rękę z butelką w moja stronę.

– Nie chcę się najebać – mówię, zerkając na Julkę.

– Pierdol to. Wyluzuj gacie! Czeka nas ciężka harówa, zasłużyłyśmy! – mówi.

Patrzą na mnie, wymownie unosząc brwi, więc biorę pięć głębokich, pazernych łyków, potem piją one i powtarzamy rundę. Wyciągam z kubła worek, kładę wiśniówkę na dnie, ponownie zakładam folię i mówię, poprawiając klapę kosza: – Na wszelki wypadek.

Do szatni wchodzą dwie laski. Julka mierzy wzrokiem nowe gąski, które nieśmiało dekują się kącie. Pyta:

– A wy to kto? Co tu robicie?

– Jesteśmy tancerkami. Kornelia – nieśmiało przedstawia się pierwsza.

– Aśka – mówi druga.

– Naprawdę? A to ciekawa historia – ironizuje Julka, rechocząc na głos.

– Ruszyć się! Wejście! – krzyczy Emilka.

Podest skrzypi, drążek jest zimny. *Znowu prawie umarłem w swoim śnie, walcząc o swoje życie, znowu nie mogłem oddychać. Spadam w otchłań.* – rozbrzmiewa z głośnika The Weekend. Przytulam policzek do rury. Patrzę na klienta. On patrzy na mnie. Wzbijam się wysoko, kręcę się lekko. Jego oczy uważnie śledzą każdy ruch. Ześlizguję się na parkiet, rura parzy uda. Wyginam ciało do pozycji kotka, kołyszę uniesionymi biodrami.

Jest niski, ma ciemne, rzadkie włosy, szarą, pozbawioną życia cerę, obwisłe policzki, wnikliwe oczy i kpiący uśmiech. Poznaję go. To on, niedawno z drugiej loży patrzył i patrzył z nisko pochyloną głową, zwisającą pomiędzy ramionami jak głowa sępa.

The Weekend powtarza refren, zrzucam stanik i wolnym krokiem okrążam rurę jeszcze raz. Gdy utwór się kończy, klient wstaje i klaszcze.

– Brawo! – woła z entuzjazmem.

Emilka goni za mną, gdy idę do Pandy, by zapięła mi biustonosz.

– Nie będę czekać, aż wszystkie zatańczycie – zaczyna Emilka. – Ewidentnie mu się spodobałaś. Jak się nie sprawdzisz, poślę tam inną. A teraz leć.

Idę pewnym krokiem, ale ręce mi się pocą i pojawiają się skurcze w żołądku. To strach?

– Hej! Jestem Ryszard – przedstawia się, gdy staję przed nim.

– Paula.

– Świetnie tańczyłaś, nie widziałem, by ktoś to robił równie pięknie jak ty.

Koneser striptizerek.

– Często odwiedzasz kluby? – pytam, siadając obok niego.

– Zdarza mi się. Lubię. Mam dość nieszablonowe myślenie o tym.

– Co to oznacza?

– Chciałbym ci zadać nietypowe pytanie, mogę? – pyta, kładąc dłoń na moim udzie.

Wzdrygam się. Napinam mięśnie.

– Okej, pytaj.

– Powiedz, ile osób zna prawdę? Ilu osobom przyznałabyś się, jak pracujesz?

– A jakie to ma znaczenie?

– Kłamałabyś?

– Nieujawnianie pewnych informacji nie jest kłamstwem.

Przygląda mi się uważnie i lekko się uśmiecha.

– Kocham sztukę – zmienia temat, przesuwając dłoń w kierunku moich majtek.

Podnoszę brwi.

– Ty dla mnie jesteś sztuką i zagadką – kontynuuje.

– Chyba przesadzasz. – Zakładam nogę na nogę, blokując jego dłoni możliwość kontemplacji wnętrza moich ud.

– Nie przesadzam. Tańczysz tak, jak tańczyłby wiatr, gdyby był kobietą. – Przenosi dłoń na moją talię.

– A gdzie zagadka? – pytam z nutą ironii.

– Zagadką jest to, że tu jesteś – odpowiada, sunąc dłonią w kierunku tyłka. – Jeszcze nie jest za późno – dodaje, ugniatając moje pośladki.

– Na co?

– Nasiąkasz kłamstwem, twój obraz rzeczywistości się wypacza, twoje myślenie, chociażby o mężczyznach staje się skrzywione, stajesz się inna, wkrótce może nie być ratunku.

– Będziesz mnie teraz analizował? – pytam i odsuwam się poza zasięg jego lepkich, natarczywych dłoni.

– Jestem psychiatrą. Moją pasją jest pomaganie.

– Co masz na myśli?

– Jako lekarz czuję powołanie... – Przybliża się do mnie.

Podchodzi Olka i podaje nam szoty.

– To dla was, napijcie się.

– Zdrowie – mówię i szybko wypijam swojego.

– Twoje zdrowie – wtóruje Ryszard.

– Może postawisz dziewczynie drinka? Może naszego specjalnego za 289 złotych?

– To za dużo. Sam przejrzę kartę – mówi Ryszard, próbując wyrwać Olce menu.

– Nie możesz, to jest karta dla tancerek i moje narzędzie pracy – strofuje go Ola. – Może za 153? – pyta, zatrzymując się na jednej ze stron.

– Nie.

– Najtańszy alkohol kosztuje 82 złote.

– Niech będzie – cedzi przez zęby.

– Płatność kartą czy gotówką?

– Gotówką.

Kelnerka odchodzi w stronę baru.

– Więc co tu robisz? – pytam wprost.

– Cieszę oko.

– Hipokryta z ciebie – mówię, łapiąc za jego obrączkę. Unoszę brwi w pytajnik.

Świdrolog zakłada nogę na nogę, splata dłonie na kolanach i sonduje mnie swoimi gałami.

– Jesteś wrogo nastawiona. Zrozum, kocham żonę – tłumaczy się, gdy ponownie patrzę na obrączkę.

Ola przynosi Orange i kieliszki z szotami. Mam już go dość, ale wiem, że nie mogę odejść bez pozwolenia kierowniczki, więc zmieniam temat rozmowy.

– Jaki miałeś najciekawszy przypadek w karierze psychiatry? – pytam nieco łagodniej, sącząc Orandża, który ma wystarczającą ilość wódki, bym mogła dalej znosić towarzystwo Ryśka.

– Ciężko powiedzieć, każdy przypadek jest ciekawy. Ostatnio leczyłem prostytutki.

– I?

– Przepisywałem im różnego rodzaju tabletki, jedne na wyciszenie, drugie na depresję, ale co z tego? Nie można wyleczyć kogoś, kto tego nie chce.

– Wracają do ciebie?

– Jedna mi się przyznała, że tabletki, które ode mnie dostaje, miesza z amfetaminą, bo jak twierdzi „dają kopa i poprawia jej się humor".

Kładę dłoń na jego udzie, gdy opróżnia kieliszek i palcem sunę po sztruksie zakreślając ósemki.

– Wiesz, zastanawiam się, jaka jest prawdziwa przyczyna twojej wizyty.

– Bawisz się w panią psycholog?

– Tak, lubię tę zabawę. I już wiem, po co tu przyszedłeś.

– Proszę, mów, już jestem ciekaw.

– Twoje zdrowie. – Wręczam mu szota. – Na trzeźwo tego nie zniesiesz. Jesteś tu – zaczynam, nadal kręcąc wzory – bo nie czujesz się spełniony, żona cię nie kocha i już dawno nie masz z nią seksu, a przede wszystkim potrzebujesz atencji, bo tam, w normalnym życiu, nikt cię nie chce słuchać.

– Bzdura – cedzi przez zęby.

– Wejście! – woła Emilka.

Wykorzystuję pretekst, by uciec od umoralniającego wrzodu.

Patryk wprowadza do klubu czarnoskórego mężczyznę. Jest wysoki, ubrany w czerwoną, luźną koszulkę i luźno skrojone jeansy, na nogach ma czerwone najki. Swobodnie siada w loży, rozglądając się i przygryzając wargę. Odwracam się. Promotor mruga do mnie, co oznacza, że w klubie właśnie pojawiła się kasa, którą trzeba zdobyć.

Robię krok do przodu i opierając się plecami o drążek, zjeżdżam nisko. Półnaga kończę swoje show, leżąc na plecach z szeroko rozchylonymi nogami.

– Bierz go na pokój – syczy do mnie Emilka, wskazując na psychiatrę, gdy łapię oddech przy barze.

– Jego? On za dużo gada.

– Serio? Nie zauważyłam – ironizuje Emi. – Ma się znaleźć na pokoju, inaczej dostaniesz karę i skończą się żarty.

Wracam do Ryszarda. Ciągnę go za ramię.

– Chodź, mam coś dla ciebie.

Idziemy korytarzem. Szumi mi jeszcze w głowie po sesji terapeutycznej w toalecie, czuję się zagubiona, mijam pierwszą kotarę, potem drugą i trzecią, zatrzymuję się dopiero przy ostatniej. Ryszard siada na sofie, rozstawia szeroko nogi, przypatruje mi się, gdy włączam piosenkę.

Tańczę wolno z zamkniętymi oczami. Otwieram powieki. Moli stoi za psychiatrą i opiera dłonie na jego barkach. Nie uśmiecha się. W jej czarnych źrenicach widzę smutek. Długie palce, z ostrymi jak szpony paznokciami, zaciskają się rytmicznie na jego ramionach. Jej myśli szumią jak przesypujący się piasek: „On jest mrokiem i tylko mrok go pokona".

Moli rozpływa się. Ściągam jedno ramiączko stanika, za chwilę drugie. Stanik wolno ześlizguje się po moim ciele. Rozsiadam się na kolanach psychiatry. Ryszard gładzi moje ramię, a gdy chce dotknąć piersi, blokuję mu ręce za głową, unosząc je wysoko.

– Powiedz, jak bardzo jestem piękna? – szepczę.

Nie odpowiada.

– Powiedz, czego chcesz – mruczę.

Czuję, jak rośnie jego parówa.

– Jesteś tu, bo mnie pragniesz.

Dyszy.

– Psychiatra czy nie, jesteś, jak każdy inny facet, obleśny – mówię głośno i twardo. Schodzę z niego.

– Co ci odbiło?

– Grzeczniej – mówię. – Jak chcesz się tutaj wymądrzać czy żalić, musisz zapłacić.

Ryszard bierze głęboki oddech, sięga po szota i szybko wypija.

– Cześć, jak się bawicie? – pyta Olka.

– Bardzo dobrze, dziękuję, ale ja muszę już iść – mówi zakłopotany.

– Jak to? Mówisz, że się dobrze bawisz – odpowiada Ola.

– Ale na pewno nie zostaniesz? – pytam, krzywiąc się w niby uśmiechu.

– Jeszcze się zobaczymy – odpowiada i brzmi to trochę złowrogo.

– Co się stało? Cały czas był taki dziwny? – pyta Ola, zbierając puste szkło.

– Psychiatra – odpowiadam, wzruszając ramionami. – Pojebany, a tak chciałam zarobić.

Katiusha

Jest 21.45, a my puszczamy kolejne tytoniowe chmury. Rozdzielone po dwie osoby na lożę, siedzimy, gapiąc się na siebie. Patrzę na świeżaki: Kornelia garbi się, zasłaniając rękoma wystający brzuch, a Aśka, mimo czerwonej, wyzywającej bielizny, siedzi przygaszona.

– Myślisz o tym, co ja? – pyta Cycata, wodząc wzrokiem po sali.

– W sumie nic się dzieje. Wieje pustką. Ty pierwsza – mówię.

Karolina podchodzi do Emilki, informuje ją, że schodzi na dół. Kierowniczka, pochłonięta rozmową przez telefon, tylko macha ręką. Po czterech minutach Karolina wraca zadowolona. Mówi:

– Ja już, teraz ty.

Nie informując nikogo, lotem błyskawicy pędzę do toalety. Zamykam się na zasuwkę, sięgam po butelkę, wypijam wszystko, co zostało, po czym dowód zbrodni chowam jak poprzednio.

– Zajęte? – Ktoś szarpie za klamkę.

– Agnieszka? – dziwię się, otwierając.

– Przydzielili mnie tutaj. Toaleta już wolna?

– Jasne, wchodź.

Wracam na salę i spotykam się z wrogim spojrzeniem Emilki.

– Dzwonił do mnie koleś z monitoringu, który słyszał, jak znieważasz klienta – mówi kierowniczka.

– Znieważam?

– Tak – Emi prawie krzyczy. Czuję na sobie wścibskie spojrzenia dziewczyn.

– Dostajesz karę za spalenie klienta. A to wiąże się z tym, że nie pracowałaś efektywnie. I za to też dostajesz karę.

– Ile?

– Po 200 od kary.

– Odbiło ci?! 400 złotych?!

– Radzę ci, zamknij jadaczkę, bo dorzucę kolejne 300 za niesubordynację.

Siadam wściekła w loży obok Karoliny i wypalam fajkę w minutę. Odpalam kolejnego papierosa, a Cycata podśmiechuje mi się do ucha:

– Wiśniówa dodała ci odwagi?

Gromię ją wzrokiem.

– Nie trać nerwów, ona tak zawsze. Skończyły się twoje dobre czasy, już jej się znudziłaś. Znajdzie sobie inną ulubienicę.

– O czym ty do mnie pierdolisz? – pytam, starając się opanować złość.

– Już dawno przestałaś być nowa, nowe są tam – mówi i wskazuje palcem na zagubione sierotki. – Nie karała cię, bo zarabiałaś. Zresztą, co tu tłumaczyć.

Milkniemy.

– A gdzie Julka? – przerywam ciszę.

– Na pokoju, zabrała tam naszego Bambo. Patrz, kto idzie!

Moja ulubiona kelnerka Franczes wraca i zirytowana odkłada szampana na barowy blat, przekazując szefowej, że klient nic nie kupił. Emilka nerwowo łapie się za włosy i miętoli ich końce.

– Ty! W tej chwili idziesz tam – rozkazuje.

– Dopiero przyszłam – narzeka Agnieszka.

– Właśnie! Więc może wzięłabyś się do roboty?

Agnieszka ma na sobie intrygujące body z otwartym przodem. Zmysłowa siateczka doskonale podkreśla jej ponętne kształty, a tasiemka wiązana na biuście dodaje pikanterii. Gdy rusza leniwie, widzę tylną część stroju: wiązanie na szyi, zapięcie na plecach i szelki z regulacją nad pośladkami - same sznurki.

Julka, z grymasem na twarzy, wraca z prywatnego pokoju, trzymając w ręce szklanki.

– Na sali chodzi się w butach! - warczy Emilka.

– Co za debil! – mówi Julka i dosiada się do nas nerwowo.

– Co jest? – pyta Karolina, szturchając ją w ramię.

– Co się tam stało? Czemu nic nie poszło? – rzuca z pretensją w głosie Emilka i dołącza do nas.

Julka unika kontaktu wzrokowego z nami.

– Czemu nic z niego nie poszło? Nic! Żadnego drinka, szampana, napiwku – wolno cedzi Emi przez zęby.

– Zluzuj. Jak chcesz gadać tym tonem, to nie ze mną – ostrzega ją Julka, patrząc na nią hardo.

– Nie musimy rozmawiać. Monitoring do mnie dzwonił, dostałaś karę.

– Od kolesia z monitoringu przyrośniętego do krzesła czy od ciebie?

– Od niego. Ale jak chcesz, to dorzucę jeszcze swoją.

Atmosfera się zaognia i każda czeka, kto będzie miał ostatnie zdanie. Kornelia z Aśką najchętniej by pewnie uciekły, Laura patrzy wyczekująco, Pamela, chociaż nie pali, chwyta za papierosa. Ola i dziewczyny zza baru przegryzają solone orzeszki, jakby przyszły na przedpremierowy seans, Karola uśmiecha się z przekąsem.

– Czy ty myślisz, że jesteśmy niepełnosprawne umysłowo?! – wyrzuca z siebie Julka.

– Szczerze? – pyta Emilka i bezczelnie się uśmiecha. – Zdarza mi się tak myśleć – dodaje i odchodzi w stronę baru.

– Ile już osób przez ciebie odeszło?! Nie masz tu stałej ekipy, bo się nie nadajesz! – krzyczy Julka, idąc w ślad za nią.

Scenę przerywa dźwięk telefonu Emilki.

– Co jest, mów szybko.

Rozłącza się i ze złośliwym uśmieszkiem oznajmia:

– Wszystkie pojedynczo będą podchodzić do baru. Najpierw alkotesty, a później na obecność narkotyków.

– Po co? – pyta przejęta Pamela.

– Podziękuj koleżance – odpowiada Emi, wskazując Julkę, a potem do niej: – Nawet monitoring miał dość twoich wrzasków.

Na pierwszy ogień idą nowe. Kornelia zwraca się do Emilki:

– Ale ja nic nie piłam, muszę?

– Jasne. Spokojnie. To w takim razie tylko formalność – mówi i głaszcze ją po plecach.

Gdy alkomat niczego nie pokazuje, kierowniczka prosi Aśkę. Aśka nie odzywa się, posłusznie dmucha w ustnik.

– Możesz odejść – mówi Emi i przywołuje Laurę.

–To jest ten starszy model alkomatu? – szepcze Julka do Cycatej.

– Nie wiem.

– Jeśli to jest nowy model, nie da się go oszukać.

– Jak? Jak oszukać? – pytam zdenerwowana.

– Jeśli to stary alkomat, najpierw dmuchasz, a potem zasysasz – konspiracyjnie mówi Julka.

– I co, pokaże zero?

– Nie, wyskoczy komunikat o błędnym działaniu urządzenia.

– Tak, ale, kurwa, jak wyskoczy im "Error" trzy razy z rzędu, to się nie domyślą? – jojczy Cycata.

– Nawet nie mamy jak napić się wody z cytryną – narzeka Julka.

– To też jakiś sposób? – pytam z nadzieją.

– Tak, ale cytryn musi być dużo, minimum cztery.

– Serio?

– Ponoć działa też kawa – dodaje Cycata.

Laura zadowolona z wyniku wraca na miejsce, kolej na Pamelę.

– Jak to się robi? – pyta zdenerwowana.

– Dmuchaj z całych sił. Dźwięk cię poinformuje, kiedy masz przestać – mówi Emilka.

Pamela zaczyna dmuchać, a kiedy na liczniku pojawia się 0,4 blednie.

– Ile wypiłaś? – pyta Emi.

– Byłam na drinku przed pracą.

– Nie mogę tego zlekceważyć, każdy pomiar muszę sfotografować i wysłać.

– Przecież nie piłam w pracy. To nienormalne.

– Dostaniesz karę. Jeszcze nie wiem, w jakiej wysokości. Teraz siadaj.

Mordęgę przerywa Franczes: z uśmiechem, w podskokach przybiega do baru i prosi o wydanie butelki szampana. Widzi nasze nietęgie miny i pyta kierowniczkę:

– Co się odjebało?

– Alkotesty. Na koniec zrobię i tobie.

Franczes jednak się nie przejmuje, zabiera róże, cooler z chłodzącymi się bąbelkami i gna na dół.

– Karolina! – wzywa kierowniczka.

Cycata idzie obojętnie, jakby znała scenariusz i wiedziała, jakie będą konsekwencje.

– Będziesz dmuchać pierwszy raz? – pyta mnie Julka.

– Tak.

– Przepłucz usta, nie chcę, byś mnie posądzała, że mam trefny alkomat – mówi Emilka do Karoliny.

– O co chodzi? – Szturcham Julkę w ramię.

– Nikotyna zawyża wynik.

– 0,6. Kiedy ty się nauczysz? – złośliwie mówi Emilka do Cycatej i rzuca w naszą stronę: – Następna!

Julka sama występuje do badania, bierze od barmanki wodę z cytryną i wypija duszkiem.

– 0,8 – oznajmia szefowa z satysfakcją, a Julka milczy.

Stresuję się i paraliżuje mnie myśl o otrzymaniu kolejnej kary.

– Dlaczego mam dmuchać w ustnik, w który dmuchały inne dziewczyny? – oburzam się, gdy Emi podsuwa mi sprzęt.

– Dmuchaj, nie dyskutuj.

– Nie. Przecież to jest niehigieniczne.

Emilka ciężko wzdycha, wyciąga ustnik, a na jego miejsce wkłada ściętą, plastikową rurkę.

– Pasi? – rzuca do mnie.

Patrzę na alkomat i zanim dmuchnę, sprawdzam, czy rurka trzyma się stabilnie.

– Już, na co czekasz? – popędza mnie Emi.

Biorę głęboki wdech i wypuszczam zgromadzone powietrze.

– Nie ma czasu na ćwiczenia oddechowe, jak ma coś wyjść, to i tak wyjdzie – mówi Emi.

Przeciągam, ile się da. Kierowniczka nerwowo stuka paznokciami w blat.

– Ale ona nie przepłukała ust – wyrywa się Ola.

– Masz – mówi Panda i podaje mi szklankę.

Piję z nadzieją, że alkohol magicznie wyparuje.

– Jak się w tej chwili nie weźmiesz za dmuchanie, potraktuję to jako sprzeciw i dostaniesz karę.

Biorę plastik do ust i dmucham słabo.

– Nie tak, za mało powietrza – zrzędzi Emilka, resetując urządzenie. – Jeszcze raz, masz ostatnią szansę.

Biorę głęboki wdech, wypuszczam powietrze przez słomkę, a następnie mocno zasysam z nadzieją, że opary wrócą do płuc. Słyszę piskliwy dźwięk alkomatu. Szefowa pospiesznie wyrywa mi go z dłoni.

– Error. Żarty sobie ze mnie robisz? – parska. – Jeszcze raz!

– Ale ja nie potrafię!

– To się naucz. Teraz!

Dmucham pod presją, patrząc w zawistne oczy kierowniczki.

– 0,7 – mówi z satysfakcją.

– Ale przecież wypiłam Orandża i szota – bronię się.

– Nie chcę słuchać tych bezmyślnych tłumaczeń. Dobrze wiemy, że mam rację. Siadaj.

Emilka sprawdza jeszcze barmanki i Olę, którym wychodzi po zerze.

– Moja zwierzchniczka ma wszystkie zdjęcia. Zaraz na waszych KWB-rach pojawią się kary – informuje nas Emi.

Przygaszone wbijamy ślepia w telefony.

– 500 złotych! Przecież nawet tyle nie zarobiłam! – pierwsza odzywa się Pamela.

– 1000 – mówi Karolina, rzucając telefon na stół.

– 1500 – mamrocze Julka.

Zerkam w swój telefon i pytam doświadczone koleżanki:

– Od czego zależy wysokość kary? Skąd ta rozbieżność?

– Od tego, czy byłaś wcześniej pod wpływem alkoholu w robocie i od ich kaprysu – oznajmia Julka.

– Ile dostałaś? – pyta mnie Karolina.

– 600 złotych z dopiskiem: "Przebywanie w miejscu pracy pod wpływem alkoholu".

– Pajace! Ale jak chlejemy szampany, to nie narzekają! – złości się Pamela.

– Im jest nie na rękę, jak pijemy swój alkohol! Myślą, że wtedy nie będziemy zarabiać – wtrąca Cycata.

Naszą dyskusję przerywa widok struchlałych świeżynek, które ubrane zmierzają w stronę Emilii.

– Co jest? Czemu się ubrałyście? – pyta Emi.

– Rezygnujemy, to nie dla nas – odpowiada Aśka.

– Tak, ta praca jest stresująca – dodaje Kornelia ze spuszczoną głową.

– Ale macie podpisaną umowę – mówi Emilka, starając się je zatrzymać.

– Przecież to nie jest wiążąca umowa i nie minęły dwa tygodnie próbne. – Aśka wyciąga egzemplarz umowy z torebki i usiłuje czytać.

– No dobrze – przerywa jej Emi – przecież nie zatrzymam was siłą.

Wywraca oczami i wskazuje dziewczynom drzwi.

– Na razie – mówią do nas w progu.

Minęła północ. Jedynym gościem w klubie jest klient Agnieszki w pokoju prywatnym. Odpalam fajkę i krztusząc się dymem, uświadamiam sobie, że nic nie jadłam. Krzyczę do Emilki:

– Idę jeść! – i schodzę na zaplecze.

Mam ogromną ochotę na coś tłustego. Ślinka mi cieknie, gdy wyobrażam sobie wołowego steka lub hamburgera ociekającego potrójną warstwą sera. Tymczasem przegryzam sałatkę, popijając dużą ilością wody. Siadam na pustej skrzynce, ściągam szklanki i przeglądam wiadomości w telefonie. Napisała do mnie siostra: "Nie odzywasz się. Jak w nowej pracy? Opracowałaś już autorskiego drinka, dają ci napiwki?". "W pracy świetnie, mam duże napiwki, tylko się nie wysypiam" – odpisuję i wcale się nie czuję winna, że kłamię.

– Niezły młyn jest dzisiaj, co? – zagaja Ola, sięgając po swój sok pomarańczowy.

– Bywało lepiej. Kręci mi się w głowie.

– Zjedz coś porządnego, masz. – Daje mi tortillę.

– Zapomniałaś? – mówię, a moje oczy kierują się na kamerę.

– Przestań. Jak się schylisz, to zza lodówki nikt cię nie zobaczy. Jedz!

– Wejście! – żwawo krzyczy Emilka.

Pamela wskakuje na rurę wypchnięta przez Karolinę i Julkę. Wygina się od niechcenia do jakiegoś popowego kawałka. Do klubu wchodzi klient i Patryk promotor mruga do mnie znacząco: przyszła świetna okazja. Przyglądam się uważnie z mojego miejsca przy barze. Białe adidasy nie pierwszej czystości, dresowe spodnie i bluza, czapka z monstrualnym daszkiem. Zupełnie nie widać po kliencie, że jest okazją, chyba, że wyglądający na nerda frajer nazywa się Bill Gates. Słyszę, że nerd ma na imię Jasiek. Oznajmia to nieśmiało Franczesce, gdy ta z miną godną lepszego klienta sadza go w piątej loży. Cycata i Julka z chichotem się przenoszą z piątki do innej loży. Nie ma co im się dziwić, w nerdzie trudno się doszukać oznak dobrego zarobku. Delikatnymi dłońmi bierze czarne menu. Karta jak mojżeszowa tablica wyraźnie mu ciąży. Długo analizuje jej treść, aż wreszcie zniecierpliwiona Franczeska nachyla się nad nim, próbując przebić wzrokiem cień daszka. Niewinnym głosikiem mówi:

– Proponuję ci, Jasiu, Sex on the Beach.

Jasio upuszcza menu na stół i wyciera dłonie o spodnie, chce coś powiedzieć, ale mu nie wychodzi.

– Sex on the Beach to drink – słodko wyjaśniła kelnerka.

– Poproszę – odpowiada cicho.

Franczes oddala się do baru, by po chwili postawić na stoliku przed nieśmiałym klientem słodki napój.

To nie moja kolej, robię minę do Karoliny i Julki, gdy przyjaciółeczki z odległej loży wzrokiem i gestem błagają mnie, bym weszła na rurkę. Ostatecznie drążek chwyta Julka i energicznie kręci się wokół niego. Po Julce Karolina leniwie kołysze biodrami. Klient, pochylony nisko nad napojem, ukradkiem spogląda na tańczące dziewczyny i co chwilę wyciera spocone dłonie.

Odpalam drugiego papierosa i przywołuję Franczes.

– Co to za koleś? – pytam.

– Jakiś strachliwy. Wiem tylko, że ma na imię Jasiek.

– Dobra, zobaczymy, co Jasiowi chodzi po głowie.

– Czaisz się na niego?

– Emilka decyduje, ale może pośle mnie do niego, gdy zwrócę na siebie jego uwagę?

Podchodzę do komputera Emilki, ta patrzy na mnie zdezorientowana, gdy chwytam myszkę i z playlisty wybieram orientalne, rytmiczne brzmienie Troyboi'a. *Kochasz mnie? Potrzebujesz mnie? Pragniesz mnie? Czy ty, czy ty kochasz mnie?*

Szybuję wysoko. Rozpuszczam włosy, obracając się wokół rurki. Wysuniętym językiem czule dotykam czerwonych warg, oczami jak zielonymi latarniami wskazuję kierunek zagubionym pod czapką myślom Jaśka. Patrzy na mnie nieśmiało, ale z zafascynowaniem i znowu wyciera dłonie o spodnie. Zjeżdżam po rurce, kocimi ruchami, na czworakach, zbliżam się do krawędzi podestu.

– Cześć, Jasiu – mówię zalotnie.

Nerwowo poprawia czapkę, unosząc ją nieco. Ma piwne, dziecięce oczy, wąskie usta, trochę pucułowatą twarz. Muskam dłonią jego szyję, tors, uda i zatrzymuję się na kroczu. Złącza kolana gwałtownie, a dłońmi pociera kolana.

– Wrócę – szepczę do niego.

Odwracam się i tym samym kocim ruchem idę do rurki. Czuję, jak moje pośladki płoną od jego wzroku. Krążę wokół drążka, nie spuszczając Jasia z oczu, sięgam zapięcia i rzucam stanik. Ląduje na jego kolanach. Uśmiecham się, gdy speszony rozgląda się na boki, jakby sprawdzał, czy ktoś go teraz widzi. Utwór się kończy. Podchodzę do Jasia i opieram się o sofę.

– Chcesz go zatrzymać? – pytam.

Przełyka głośno ślinę i oddaje mi biustonosz.

– Wejście! – woła donośnie Ola, po czym wprowadza mężczyznę, który pozdrawia wszystkich po włosku.

– Wejście! – krzyczy Emilia i już Franczes zaprasza do sali sześciu obcokrajowców.

Zbieramy się przy barze i czekamy na komendy od Emi.

– Pamela, idziesz do tego wesołego Włocha. Julka i Karolina, wy pójdziecie do grupy. Paulina, idziesz do milczącego. W miarę możliwości się pośpiesz, jeśli nic z niego nie będzie, to dołączysz do dziewczyn.

Sięgam po paczkę Lucky Strike, zapalniczkę i dwa szoty tequili.

– Co robisz? – pyta z wyrzutem Emilka, gdy dostrzega u mnie alkohol.

– A niby co „mój milczący” ma pić? – odpowiadam wyzywająco.

– Nie możecie same rozporządzać alkoholem.

– Dziewczyny są zajęte – mówię, wskazując na kelnerki.

Emilia wzrokiem rozkazuje mi, żebym odłożyła to, co zabrałam.

Jeszcze raz witam się z milczkiem, unoszę przy tym daszek jego czapki.

– Hej – odpowiada mi niepewnie, a jego oczy uciekają gdzieś w bok.

– Nie mam wątpliwości, że jesteś w takim miejscu pierwszy raz – mówię z uśmiechem i odgarniam z jego czoła niesforne pasmo włosów.

Jasio nic nie mówi, sączy łapczywie pomarańczowego drinka, jego spojrzenie błądzi jeszcze szybciej. Mam wrażenie, że moje oczy są jak magnesy, ale zamiast przyciągać wzrok Jaśka, skutecznie go odpychają.

– Fajne masz te loczki – mówię, próbując zdjąć mu czapkę.

Jasiek wzbrania się, przytrzymując ją dłonią.

– Słuchaj, wiem, co cię rozluźni – mówię i wciskam dzwonek przywołujący obsługę.

Kelnerki są zajęte, Franczes i Pamela biegną właśnie za Włochem i usiłują go zawrócić, gdy kieruje się do wyjścia. Ola rozlewa do kieliszków żołądkową gorzką pozostałym gościom.

– Piłeś tequilę? – zagaduję, nie przestając wciskać guzika.

– Nie – odpowiada, marszcząc czoło.

– Posmakuje ci.

Z uśmieszkiem niezadowolenia podchodzi do stolika Emilia.

– Czegoś potrzebujecie?

– Tak, wiśnię i tequilę.

Emi zabiera cztery kieliszki z barowej tacki i podaje nam wciąż z tym samym niezadowoleniem na twarzy.

– Spróbuj wiśni, jest dobra na początek – mówię, wręczając Jasiowi szota.

Podnosi szkło wysoko, a potem przechyla drżącą dłonią.

– I jak? Słodkie, co? – pytam, widząc, jak się wzdryga.

– Teraz tequila! – mówię zachęcająco. – Spróbuj!

Opiera się trochę, więc sięgam do jego uda i gładzę pieszczotliwie.

– Zdrowie! – krzyczę entuzjastycznie.

Opróżnia kieliszek i chrypi, otwierając szeroko buzię:

– Ale mocne!

– Jasiu, a co ty właściwie tu robisz?

– No wiesz – kuli się – z ciekawości przyszedłem.

– Ile masz lat?

– Prawie trzydzieści trzy – odpowiada, drapiąc się po głowie. – A ty?

– Dwadzieścia trzy, ale bardzo często słyszę, że wyglądam na mniej.

– To prawda. Dałbym ci dziewiętnaście.

– Miły jesteś – mówię, bawiąc się jego uchem.

– Jesteś... urocza – duka.

Chwytam go za dłoń.

– No co ty, to ty jesteś uroczy. Masz dziewczynę?

– Nie, bo... – urywa, wycierając dłonie o spodnie.

– Co takiego?

– Nie miałem jeszcze dziewczyny – wykrztusza zawstydzony.

– Spokojnie. Jak chcesz, to wszystkiego cię nauczę.

Emi posyła mi wymowne spojrzenie, którym sugeruje, bym już w tej chwili zabrała klienta do prywatnego pokoju.

– Zmienimy miejsce – mówię.

– Dlaczego?

– By nikt nam nie przeszkadzał.

W pokoju włączam losowo utwór i podaję Jaśkowi szota. Kładę dłoń na jego piersi, wężowym ruchem schodzę niżej, kładę się na podłodze, gładzę wewnętrzną stronę ud i rozchylam je przed nim. Wypija szota bez wahania, nie może oderwać wzroku od mojej cipki, widocznej przez materiał. Wstaję, odwracam się tyłem do Jaśka, wypinam pupę, przestępuję z nogi na nogę, by nasycił się widokiem pośladków. Siadam mu na kolanach, zmuszam, by rozsunął nogi i masuję tyłkiem wewnętrzną stronę jego ud i krocze. Dyszy ciężko.

– Podobam ci się? – pytam, odwracając się do niego przodem.

Jasiek łapie się dłońmi za skronie, zrzuca czapkę, chwyta się za włosy i ciągnie, jakby chciał z włosami wyrwać grzeszne myśli.

– Cześć – wita się z nami Ola. – Napijecie się czegoś?

Jasiek nie otwiera oczu. Skomli z odchyloną do tyłu głową, zaciska dłonie na kolanach. Twarz robi mu się niepokojąco purpurowa i nagle Jasiek cichnie.

– Zawał? – pytam, spoglądając na Olkę.

– Przepraszam – szepcze Jasiek.

Nie wiem, co powiedzieć. Na jego spodniach w okolicy krocza widnieje wielka plama.

– Czy ja dobrze widzę? – pyta Ola, patrząc na plamę z niedowierzaniem. – Jak już się spuścił, to po zabawie – kwituje.

– Nie, jak to? Przecież mieliśmy się poznać. Mówiłaś, że mnie wszystkiego nauczysz – skomli Jasiek, zerkając na mnie szklistym wzrokiem.

– Miśku, to musisz kupić jej coś do picia – oznajmia Ola.

– Dobrze – przytakuje i pyta błagalnie, patrząc na moje usta: – Czego się napijesz?

– Na pewno nie soku z porzeczek – mówi ironicznie Olka, podaje mu szota i czeka aż Jasiek go wypije. – Paulina lubi bąbelki, więc je zamówmy – dodaje i wskazuje palcem drinka o nazwie Opera.

– On kosztuje ponad 400 złotych? – pyta Jasiek, opierając brodę o dłoń.

– Tak, ale wtedy masz czas. Wy macie czas dla siebie.

– Chwila, muszę sprawdzić, czy moje konto oszczędnościowe jest aktywne – mówi Jasiek, klikając w ekran telefonu.

– Kochanie, a czym ty się właściwie zajmujesz? – pytam, przyciszając muzykę.

– Jestem programistą, no wiecie, IT – odpowiada i wciąż grzebie w telefonie.

– Czas leci, możesz się pospieszyć? – ponagla Ola.

– Czego tam szukasz, pysiaczku? Pośpiesz się – mówię, gładząc go po karku.

– Próbuję odblokować lokatę, spójrz – wyciąga telefon w stronę Oli.

– Nie mogę – mówi głośno Olka i zapuszcza żurawia. Wymownie uśmiecha się do mnie i dodaje: – Nie możemy patrzeć w telefon klienta.

– Załatwione – oznajmia Jasiek, przykładając telefon do terminala.

– Poczekaj, nie jest jeszcze gotowy – poucza Olka, a uśmiech jej się rozszerza. – Chcesz płacić telefonem?

– Tak, a co nie można? – pyta Jasiek, cofając dłoń.

– Oczywiście, że można. Mam propozycję, właściwie to mam dla ciebie specjalną okazję.

– Jaką?

– Właśnie jaką? – wtóruję słodkim głosem i opieram lekko głowę o ramię Jaśka.

– Kto nie lubi szampana? – zaczyna Ola. Patrzy na Jaśka, starając się go wyczuć. – Polubiliście się wzajemnie i na pewno chcecie miło spędzić czas. Na pewno. – Chrząka. – W promocyjnej cenie mam pakiet all inclusive w pokoju VIP, kosztuje jeden, dziewięć, dziewięć i cztery – wolno wylicza pierwsze trzy cyfry, ostatnią szybko i cicho, udając, że kicha.

By wszystko było zgodne z zasadami, wyciąga dłoń i kieruje terminal bardzo blisko twarzy klienta, mówiąc:

– Okej, to jest cena. Tak jak mówiłam: jeden, dziewięć, dziewięć, cztery.

– Dobrze – mówi Jasiek, zezując na terminal.

Ola zabiera urządzenie sprzed jego twarzy i palcem wskazuje zbliżeniowy czytnik. Transakcja przeszła, mimo to Olka ma posępną minę.

– Wszystko załatwione, zaraz o was zadbam, ale… – mówi – Jasiu, skorzystaj z toalety. Wiesz, ogarnij co nieco – Spogląda znacząco na jego spodnie.

Zostajemy same. Ola przedstawia mi plan działania:

– Płaci telefonem, nie musimy martwić się o PIN. Twoim zadaniem jest rozkochać w sobie frajera. Gość ewidentnie jest zielony, pewnie kobietę dotykał tylko przez monitor.

– Gadki szmatki o miłości?

– Nie wiem. Rób, jak uważasz. Najważniejsze, by więcej wypił. Nie może zauważyć smsów z banku, bo wtedy zobaczy ceny.

– Dobra. A jak tam na sali?

– Średnio. Włoski koleś uciekł, Pamela dostała karę za nieutrzymanie go na sali i chodzi wkurwiona. Z grupy zostało tylko dwóch. Zaraz idę na kasowanie do Julki.

Olka ma już odejść, gdy nagle zamiera i wytrzeszcza oczy, jakby wydarzyło się coś strasznego.

– Zapomniałam, że VIP jest zajęty – mówi. – Wymyśl coś, poradzisz sobie.

– Kurwa! Przynieś mi chociaż fajki.

Jasiek wychodzi z toalety z opuszczoną głową. Bąka:

– Chyba już.

– Taa, nie przejmuj się – mówię.

Amant drepce w kółko, a potem kieruje się do VIP-roomu. Chwytam go za ramię i przytrzymuję.

– Nie zmieniamy miejscówki? All inclusive? – pyta zdezorientowany.

– Nie, jeszcze nie. Poczekajmy na alkohol.

Kelnerka donosi nam schłodzone Martini Asti, rozlewa do szampanówek i wznosi toast. Potem szepcze mi do ucha:

– Widziałam stan jego konta, ma jeszcze jakieś 3600.

– O czym rozmawiacie? – zaciekawia się Jasiek.

– Mówiłam Pauli, by się o ciebie porządnie zatroszczyła – odpowiada Ola.

Sięgam do odtwarzacza, ale Jaś chwyta mnie za rękę i mówi:

– Usiądziesz? Chcę włączyć coś swojego.

Rozsiadam się wygodnie na sofie, nonszalancko unoszę dłoń, dając sygnał, by zaczął to, co zamierza.

– Katyusha – mówi, ciesząc się, a z telefonu rozbrzmiewają wysokie, dziecięce głosy.

Słucham zaskoczona. Otwieram szeroko usta, by coś powiedzieć, jednak nic mi nie przychodzi do głowy, gdy Jasiek radośnie dyryguje nie do rytmu palcem. Śpiewa po rosyjsku wykuty na blachę tekst: *Rascwietali jabłoni i gruszy, popłyli tumany nad riekoj; Wychodiła na bierieg Katiusza, na wysokij bierieg, na krutoj.*

– Tak myślałem. Nie podoba ci się! – mówi, gdy nie zauważam, że skończył.

– Nie, coś ty, po prostu zaparło mi dech w piersiach. – Klepię go po ramieniu, starając się, by wyglądało to przekonywująco.

– Naprawdę? To super. Spójrz na ten teledysk.

– Wow! – mówię, prawdziwie poruszona paradą animowanych czołgów, którymi kierują japońskie, animowane dzieweczki śpiewające po rosyjsku.

Uszy Jaśka czerwienieją z radości, a ja mam ochotę zderzyć się ze ścianą.

– Napijmy się! – przekrzykuję piskliwe Japonki i wręczam mu szota.

Nerd przechyla kieliszek. Przesuwam się, by być z nim na sofie odpowiednio blisko. Ze złączonymi równo nogami, wyprostowany, patrzy na mnie wyczekująco.

– Gotowy na naukę? – pytam, trzymając cytrynę. – Zamknij oczy. Odpręż się. Teraz nauczę cię całować.

Słysząc ostatnie zdanie, Jasiek prostuje się do pozycji na baczność, a jego oddech przyspiesza.

– Spokojnie, przecież sam chciałeś.

– No, ale ja się wstydzę.

– Tak samo, jak tego, że spuściłeś się w gacie? – mówię dobitnie. – Dzięki tej lekcji nie zdarzy ci się to w przyszłości.

Zażenowany przyjmuje postawę na spocznij: opada sflaczały na kanapę.

– Gotowy? No więc posłużę się cytryną, by… Co? – pytam, bo zaczyna się niespokojnie wiercić.

– Myślałem, że ty się będziesz ze mną całować! – mówi zawiedziony.

– Spokojnie, robaczku. Na wszystko przyjdzie czas – odpowiadam, myśląc o kolejnym szampanie. – To usta dziewczyny, za którą szalejesz. Na pewno taka jest, więc wyobraź ją sobie i do dzieła.

Podsuwam mu ćwiartkę cytryny. Jasiek postanawia wejść w tryb slow motion, a ja zastanawiam się, co w tej chwili myśli sobie monitoring. Czy tych za kamerą bawi to tak samo jak mnie?

– A teraz z języczkiem – rozkazuję.

W międzyczasie sięgam po papierosa, puszczam przyjemnego buszka i staram się nie zakrztusić, gdy Jasiek językiem oblizuje cytrynę i krzywi się niemiłosiernie.

– Jasiu, czy ty liczysz Kasi migdałki? – karcę go, uderzając cytryną w policzek.

– No, ja nie wiem jak – mówi smutno.

– Masz, to ci pomoże – pokrzepiam go, podając wiśniówkę. Wypija ją łapczywie.

– Masz jeszcze jedną, no już – rozkazuję.

Wypija bez protestu.

Gaszę papierosa i zastanawiam się, która jest godzina i kiedy wreszcie przyjdzie kelnerka.

– Dobrze, lowelasie, nauka wchodzi na wyższy poziom – mówię, ściągając stanik z siebie i koszulkę z Jaśka, by podnieść mu ciśnienie.

Jego ciało drży, a cienki materiał spodni zdradza imponującą wielkość penisa. Naciskam guzik, by wezwać Olę i droczę się:

– Teraz wyobraź sobie, że będziesz się całował ze mną. Ale najpierw powtórka z cytryną.

– A potem z tobą? – pyta łamiącym się głosem i uśmiecha się przymilnie.

– Yhm – mruczę i podaję ostatniego szota, który powinien go w pełni znużyć.

Patrzy na moje piersi i na owoc, znów piersi, po czym wbija swoje usta w cytrynę i z zaangażowaniem maltretuje cytrusa.

– Już jestem – wita się ponownie Olka. – Nie chcę przeszkadzać, ale widzę, że skończył się wam alkohol.

Zerkam na puste lampki i cooler, w którym jest butelka z jeszcze sporą ilością wina. Ola przesuwa cooler nogą w zaciemniony kąt.

– Kupmy alkohol i upijmy się. Zabawisz się jak nigdy dotąd – szepczę, zbliżając swoje usta do ust Jaśka.

– Dobrze, no to już, tylko sprawdzę konto – majaczy.

– Nie musisz, wybiorę coś specjalnie dla ciebie – szepczę i sunę palcem po jego brzuchu.

– Okej – sapie.

– Trzy, pięć, siedem, zero – mówi Ola, wpisując cyfry do terminala. – Posmakuje ci, obiecuję!

Słyszymy dźwięk zaakceptowanej transakcji.

– Muszę do toalety – oznajmia Jasiek, stojąc przede mną i czekając, bym wyraziła zgodę.

– Zapomniałeś, gdzie jest?

– Nie wiem, gdzie moja koszulka.

– Idź bez.

Wypycham Jaśka za próg i dostrzegam Olę, która ostrożnie schodzi, niosąc cooler z szampanem i bukiet róż.

– Pomóc ci?

– Tak, zabierz te chabazie, bo nic nie widzę.

– Im droższy szampan, tym ich więcej – zauważam, zabierając od niej kwiaty.

– Chodź. Muszę otworzyć szampana. Klient jest w toalecie?

– Tak. Czekamy na niego?

Gdy Olka walczy z korkiem, Jasiek wraca. Korek strzela w magnetofon.

– Wypijmy za zabawę – mówię do Jaśka.

– Za naukę – dodaje, stukając swoim szkłem w moje.

– Zdrowie – dorzuca Ola.

Naszą uwagę przywołuje nagle dźwięk telefonu.

– O nie, to moja matka – mówi Jasiek i gapi się w ekran na zdjęcie.

– Czemu twoja matka dzwoni do ciebie o piątej rano? – pyta Olka, zbierając zbędne szkło ze stolika.

– Jest już piąta? – szepczę do Olki, a ona potwierdza i dodaje:

– Pośpiesz się z nim.

– Odbierz! – rozkazuję Jaśkowi, który wciąż patrzy w telefon niezdecydowany.

– Mamo, co się dzieje? Gdzie jestem? Na imprezie, świetnie się bawię. Co, skąd wiesz? Sprawdzałaś moje konto? Dobrze, mamusiu.

– Co się stało? – pytam pieszczotliwie, łapiąc go za ramię.

– Muszę wracać do domu. Mama, wiesz, trochę się ten, no... – nie kończy, sięga po koszulkę.

– To idź, na pewno musicie porozmawiać – mówię, myśląc o jego wyczyszczonym koncie.

– Zobaczymy się jeszcze? – pyta z nadzieją.

– Pewnie – odpowiadam, myśląc o poduszce.

Odrapane drzwi. Pod cmentarnym drzewem

Zobaczymy się jeszcze? To pytanie nie daje mi spokoju. Człapię pustą ulicą. Po lewej jakiś bar albo pub. Odrapane ściany wokół odrapanych drzwi, przyciemnione szyby w oknach. Drzwi są drewniane i skrzypią.

Otula mnie zapach papierosów i cichy dźwięk skrzypiec. Stary fotel idealnie rozumie moje obolałe plecy, przecieram oczy ze zmęczenia.

Kelnerka w czarnej sukience z białym fartuszkiem stawia przede mną szklankę miodowego płynu.

– To od tamtego pana – mówi, wskazując palcem.

Nasze spojrzenia się spotykają, mężczyzna w staromodnym, ale eleganckim garniturze podchodzi do mnie, zapinając guziki marynarki.

– Dzień dobry, pani – wita się, poprawiając mankiety koszuli.

– Może i będzie dobry, gdy go prześpię – odpowiadam, a on siada w fotelu naprzeciwko.

– Ciężka noc – stwierdza i wyciąga pomiętą paczkę papierosów. Ma szerokie, sine dłonie jak rzeźnik. Częstuje mnie. Wkładam papierosa do ust. Mężczyzna wstaje, otwiera zapalniczkę, obraca kciukiem koło iskrownika, podaje mi ogień. Zaciągam się. Zdejmuję z wargi okruch tytoniu. Mężczyzna pociąga za srebrny łańcuch zwieszający się z kieszonki jedwabnej kamizelki i wpatruje w tarczę zegarka. Podnosi głowę, w jego czarnych oczach widzę cień. Ktoś tam stoi jak nocą za oknem. Mężczyzna wyciąga dłoń i przesuwa po moim policzku, ale nie jestem pewna, czy go dotyka.

– Jesteś piękna jak Moli – mówi.

– Jestem piękna jak Moli, mówiłeś mi już to. Czy ja śnię?

– Tak. Nic tu nie jest prawdziwe, a jednak wszystko jest prawdziwe. Chcesz przeczytać dalszy ciąg dziennika Moli – mówi.

Wyciąga z kieszeni marynarki zeszyt i kładzie go na stole.

Wstaje, zapina guziki marynarki, przysuwa fotel do stołu. Odprowadzam go wzrokiem. Lśniące włosy jak skrzydła łopoczą za nim.

Wewnętrzną stronę okładki zajmuje rysunek zrobiony niebieskim atramentem. Dziewczyna klęczy, ręce trzyma złożone do modlitwy, głowę odchyla do tyłu, oczy ma zamknięte. Włosy otulają jej szczupłą sylwetkę i spływają na podłogę jak całun.

15 dzień adar

Rozpacz. Tate przyszedł do mnie po wieczornym nabożeństwie i powiedział, że Ben ish Eliah, ojciec mojego ukochanego Natanaela, oznajmił w synagodze całej społeczności, że udaje się do Pragi. Powiedział, że od dawna śni mu się kamienny most z rzeźbami patronów, a pod nim, przy trzynastym filarze, skarb jemu przeznaczony. Dotąd nie mógł się zdobyć na tak daleką podróż, ale sam Bóg się wmieszał w sprawę, bo pożar, który strawił wszystko, co miał mój przyszły teść, to znak, że czas wypełnić przepowiednie. Wyjeżdża wkrótce z całą rodziną.

– Skoro pożar zabrał mu wszystko, to skąd weźmie pieniądze na podróż? – zapytałam ojca.

– Wielkie serce okazał Ajzyk Rzeźnik. Obiecał, że da mu pieniądze i nie oczekuje zwrotu – odparł.

Płaczę i płaczę.

24 dzień adar

Natanael wyjechał. Pod wielkim drzewem jeszcze nie tak dawno przysięgał, że mnie kocha i będzie przy mnie zawsze. Ja też mu przysięgłam miłość i wierność do śmierci. Kartki z przysięgami włożyliśmy do szkatułki i zakopaliśmy pod drzewem.

Opuścił mnie, zdradził. Płaczę i łzy się nie kończą.

15 dzień nisan

Wciąż płaczę. Przyszła do mnie Mame. Powiedziała, że tak jak Bóg wyzwolił nasz naród z niewoli egipskiej, tak Miłosierny sprawi, że czas paschy wyzwoli mnie od smutku.

A potem przyszedł Tate, przełamał się ze mną macą i chwalił Boga, który sprawił, że o moją rękę ubiega się wspaniały kandydat, wspaniały, bo nie chce wiana, a daje bogaty posag. Nie pytałam, kim on jest. Nie chcę nikogo.

22 dzień nisan

Postanowiłam odzyskać moją przysięgę. Nocą poszłam pod drzewo, odgarnęłam ziemię i wygrzebałam szkatułę. Pudełko było puste.

25 dzień aw

Tate powiedział, że ślub będzie w Jom Kipur i będę żoną Ajzyka Rzeźnika. Powiedział, że będę bogata, a z czasem szczęście zagości w moim sercu. Wypłakałam już wszystkie łzy.

Dyżurny dżungli

Łapię oddech. Na ramieniu czuję ciepłą dłoń.

– Szpejo, miałaś mnie budzić do szkoły! – mówi z wyrzutem stojąca nade mną Zuza.

– Skąd ten pomysł? – zaspana patrzę w okno, na czarną zasłonę, przez którą próbuje przebić się słońce.

– Zostawiłam ci kartkę na biurku, jak krowie na rowie napisane.

– Nie wiedziałam, że chodzisz do szkoły.

– Muszę wyczyścić pędzle i kupić nową paletę cieni, jakaś sucz była na tyle odważna, by zajebać tę od Hudy!

– Huda Beauty?

– Ty ją wzięłaś? – pyta i pochyla się nade mną.

– Przechodzisz wcześniej demencję starczą czy jeszcze nie wytrzeźwiałaś? – mówię, poprawiając koc. – Pożyczyłaś ją Beacie.

– O kurwa, ale mam dziury we łbie! – Łapie się za głowę i śmieje się głupkowato.

Jest siedemnasta, więc tak jak zwykle zmierzam do kuchni, by zaparzyć sobie kawę.

Agnieszka ma poważną minę, nie odzywa się i pije energy drinka. Beata uśmiecha się szeroko do telefonu, rozmawiając z synem. Nagle słyszę otwierające się drzwi służbówki i męski głos. Do kuchni wchodzi niebieskooki blondas. Stoję przed nim z kubkiem, a on badawczo przygląda się każdej z nas.

– My się jeszcze nie znamy, Zbyszek – przedstawia mi się.

– Paula – mówię ostrożnie.

– Jestem tak zwanym dyżurnym – wyjaśnia mi. – Mam za zadanie was sprawdzać. Od dziś, zamiast raz w miesiącu, będę przychodził raz w tygodniu – rzuca do wszystkich.

– W jakim celu? – pytam i zapalam papierosa.

– Lepiej zgaś fajurę w tym momencie – mówi.

Gaszę, a Zbyszek przywołuje z balkonu Beatę.

– Gdzie jest regulamin? – pyta.

– Zbysiu, nie wiem, mi on jest niepotrzebny, wiesz, że jestem grzeczna – odpowiada Beata.

– Obudź wszystkie dziewczyny, mam wam coś do powiedzenia.

Dochodzą do nas pozostałe dziewczyny i wszystkie gapimy się na dyżurnego.

– Zbychu, co ci odbiło, żeby ściągać mnie z wyrka? – narzeka Wiktoria w rozciągniętej piżamie.

– Zbysiu, co to za zebranko? Chcesz nam złożyć życzenia z okazji zbliżającego się Dnia Kobiet? – pyta żartobliwie Anka w rażąco różowej koszulce.

– Zbychu, Zuzkę poniosło, zjadła za dużo ryżu i zapchała się toaleta. Zrobisz coś z tym? – wtrąca się Waleń, kręcąc kosmyk włosa na palcu.

– Pierdol się, to nie ja – broni się gorylica.

– Tak, a u nas w pokoju spaliła się żarówka! – dodaje Mysiowłosa ubrana w krótki top i skąpe spodenki.

Dyżurny chwyta wolne krzesło i przysuwa je do siebie, opiera na nim ręce i mówi:

– Która zniszczyła regulamin?

Wszystkie milczą, a Zbyszek dodaje:

– Sąsiedzi skarżą się na hałas, mówili o jakichś pijackich krzykach. Jutro przyjdzie spec i zamontuje kamery w kuchni i przedpokoju.

– Co, kurwa? Ktoś będzie widział moja gołą dupę? – oburza się Waleń.

– Akurat ktoś by chciał ja oglądać – mówi cicho Beti.

– Nie martw się, wyłączą kamerę, jak tylko ją zobaczą – dogryza Wiki, głośno się śmiejąc.

– To już przesada, kamery w robocie, a teraz tutaj? – sprzeciwia się Nikola, poprawiając płatki pod oczami.

– Przypomnę wam zasady korzystania ze służbowego mieszkania – mówi dobitnie Zbyszek. – Zakaz picia alkoholu, zakaz palenia papierosów, zażywania i posiadania narkotyków oraz zapraszania osób niezwiązanych z firmą. Odwiedzając was, będę robił przeszukania. Te, które się nie dostosują, dostaną kary, a jeśli będzie się to powtarzać, zostaną wyrzucone. Czy wszystko jasne?

Kiwamy głowami, cicho przytakując.

– Dobra nowina jest taka, że dostaniecie panią sprzątającą, będzie u was dwa razy na tydzień. A teraz się rozejrzę – oznajmia i zmierza do pokoju Walenia i Wiktorii.

– Ptysiu, nie przestrasz się, jak tam wejdziesz – uprzedza go Waleń.

Siadam przy stole, kładąc na nim telefon, czekam, aż załaduje mi się strona KWB-ar.

– Słaba noc? – pyta Zuza, gdy widzi moja zaciśniętą szczękę.

– Coś w tym stylu – odpowiadam.

W aplikacji widzę czterysta złotych kary.

– Ile? – pyta Beti.

– Czterysta złotych, zarobione 1129.

– Ciesz się, przynajmniej nie jesteś na minusie – wtrąca się Zuza.

– U mnie podobnie – dodaje Agnieszka. – Czterysta złotych za działanie wbrew standardom.

– Beti, czyli nie tylko u nas było chujowo – krzyczy gorylica do Beaty, która znowu pali na balkonie.

Wykorzystując nieuwagę pozostałych, szybko zajmuję łazienkę, by uniknąć czekania w kolejce. Tym razem kąpiel nie działa kojąco, a mój mózg ciężko trawi wydarzenia ubiegłej nocy. Kary, kary, kary – te słowa kotłują się nieustannie.

Wszystkie spokojne dni

Wszystkie spokojne dni są takie same – znudzonym, ochrypłym głosem Ponury Żniwiarz parafrazuje Tołstoja.

Jest szesnasta trzydzieści, piątek. Wkładam jajko do szklanki, opada na dno i leży na dłuższym boku, to oznacza, że sprzedawczyni z bazaru nie kłamała. Jajko ma nie więcej niż trzy dni. Wbijam je do miseczki, stawiam na kuchence rondel z litrem osolonej wody. Włączam podgrzewanie na dwójkę. Otwieram okno. Chmury przesuwają się nisko nad budynkami, gdzieś miauczy kot. Woda wrze. Drewnianą łopatką robię wir w rondlu, gdy dosięga dna, przerywam mieszanie, wyłączam palnik i w środek wiru wlewam jajko. Wciskam sekundnik na Aviatorze. Białko ścina się szybko, kręcąc się z wodą. Po dwóch minutach i czterdziestu sekundach wyławiam jajko chochelką. Kot wciąż miauczy. Jajko w mundurku zjadam z awokado, kromką chleba i świeżym szpinakiem. Wpisuję składniki w aplikację Fit. Wstawiam naczynia do zmywarki. Zamykam okno.

W salonie zapalam lampę, siadam w fotelu i biorę ze stolika książkę. Wyjmuję spomiędzy kartek zapałkę, którą zaznaczyłem, gdzie skończyłem czytać.

Obserwujemy stado lwów powalających i pożerających żyrafę. Cierpliwie czekamy, aż skończą. Lecz nawet kiedy kończą, wciąż nie nadchodzi nasza kolej, najpierw bowiem resztki padają łupem hien i szakali, a z nimi też nie chcemy zadzierać. Dopiero po nich ośmielamy się większą grupą podejść do padliny, by rozejrzawszy się czujnie na lewo i prawo, zabrać się do pałaszowania jedynych jadalnych tkanek, jakie nam pozostały.

Wyobrażam sobie prymitywnego człowieka, obserwującego lwy w trakcie polowania. Chciałby być jak one, silny, szybki, skuteczny, a przede wszystkim nie żyć w ciągłym strachu. Jest zafascynowany. Wsuwam zapałkę między strony i odkładam książkę na stolik. Tytuł „Sapiens. Od zwierząt do bogów" podsuwa mi myśl, że ewolucja ludzkiego intelektu doprowadziła do skonstruowania broni po to, by leczyć kompleksy padlinożercy.

Przypominam sobie, że powinienem wyczyścić broń.

Z pancernego schowka w szafie wyjmuję walizeczkę z berettą. Zakładam kurtkę i bejsbolówkę, wychodzę z domu. Na podjeździe do garażu słyszę znowu kota. Już nie miauczy, ale wrzeszczy. Spoglądam na zegarek. Jest osiemnasta dwadzieścia trzy. To już prawie dwie godziny. Ciekawe, ile jeszcze potrwają te amory? Rozkładam pistolet w garażu na stole. Czyszczę lufę i zamek. Najwięcej czasu poświęcam kanałowi prowadnicy iglicy. Ostatnio strzelałem w deszczu, więc czyszczę jeszcze elementy zewnętrzne. Składam pistolet, sprawdzam przy tym bezpieczniki spustu, iglicy i upadku. Umieszczam mojego APXa w walizeczce.

Otwieram szufladę, żeby odłożyć wycior i czyściwo. Mój wzrok pada na metalowe etui w kształcie cylindra z napisem „Montecristo Habana". Pierwotnie służyło do przechowywania cygara, teraz jest w nim długa szpila, którą zrobiłem z szydła do skóry. Szpila z jednej strony jest cienka jak igła, z drugiej nagwintowana. W etui jest gwintowany otwór. Wystarczy wkręcić w niego szpilę, by Montecristo Habana zamienił się w zabójcze żądło.

Przyglądam się symbolowi na etui. Trzy miecze tworzące trójkąt. Podobny trójkąt ze sztyletów wytatuowany był na szyi Assassina.

Assassin kciukiem lewej dłoni wyszukał krawędź potylicy. W prawej trzyma drewniany trzonek, na którym zamocowana jest długa szpila. Opiera ostrze szpili na kciuku i pcha błyskawicznie. Szpila wbija się po sam trzonek w miękką tkankę, tuż pod potylicą, pod kątem czterdziestu pięciu stopni w górę.

Przeźroczysty silikon trenaża pozwala zobaczyć, że długie ostrze ominęło krawędź kości potylicznej i zagłębiło się w szarą masę imitującą pień mózgu na głębokość około trzech centymetrów.

Asassin wyciąga szpilę i kciukiem dociska ranę wlotową.

– Teraz trzeba naciskać mocno ranę – instruuje. – Dlaczego? – pyta.

– Żeby nie było śladu wkłucia – odzywa się czarnobrody niedźwiedź ze Specnazu.

– Nacisk powinien trwać pięć minut, po takim czasie uciskana rana jest niewidoczna. A co z raną w mózgu?

– Płyn mózgowo-rdzeniowy wypełnia ubytek o tak małym przekroju bez śladu – wtrąca komandos z Indii.

– Przyczyna śmierci jest niewykrywalna. Na dzisiaj koniec. Jutro zajęcia przy samochodach.

Wychodzę z garażu. Prószy śnieg. Pewnie kot zmęczył się amorami i odszedł. Mam już wejść do domu, gdy znowu rozlega się przeraźliwe miauczenie.

Ponury Żniwiarz odzywa się, przedrzeźniając koci jęk: *Sprawdź, czy jest światełko w tunelu. Płacz kota nie sprawi, że będzie lepiej.*

Chowam pistolet w sejfie.

Idę za głosem kota. Miauczenie dobiega z domu po drugiej stronie ulicy. Przeskakuję przez ogrodzenie. Okna domu są ciemne, dostrzegam tylko nikłą smugę światła w szczelinie pod opuszczoną bramą garażową, podchodzę i nasłuchuję. Kot jest w garażu.

Podnoszę bramę na tyle, bym mógł wśliznąć się do środka. Wnętrze garażu rozświetla jedna żarówka przymocowana na suficie. Kot wisi uwiązany za nogi do stalowej linki rozpiętej przez całą szerokość garażu. Wyczuwam ruch. Mężczyzna siedzi na krześle w kącie przy bramie i wydaje mi się, że w rękach trzyma broń. Błyskawicznie łapię za daszek mojej bejsbolówki i ciskam w niego, żeby go zdezorientować. Jednym skokiem zmieniam pozycję, żeby zejść z linii strzału, po drugim skoku, jestem przy nim i chwytam za lufę i kolbę. Broń, którą ma w rękach, to AK47. Kolbą uderzam go w głowę, wyrywam karabin. Odsuwam się o dwa kroki, dobijam lewą ręką magazynek i odwodzę zamek, by sprawdzić, czy nabój jest w komorze. Tkwi tam plastikowa kulka. Broń, którą trzymam w ręku jest repliką ASG. Mężczyzna wstaje z podłogi, rozcierając guza na czole.

– Człowieku, co ty odpierdalasz?! Ochujałeś?! – krzyczy i podnosi z posadzki pustą butelkę po piwie. Uderzam go kolbą ponownie w czoło. Upada.

Odkładam karabin na półkę. Sierść kota jest zakrwawiona. Ściągam kurtkę i owijam go nią ciasno. Przestaje miauczeć. Jedną ręką przytrzymuję tobołek, a drugą odkręcam drut zapleciony na łapach. Kątem oka obserwuję, jak facet ociężale podnosi się z posadzki, jęcząc, żebym wypierdalał. Wytrząsam kota z kurtki przez uchylone drzwi garażowe i opuszczam je.

Znam go z widzenia, ale teraz mogę mu się przyjrzeć z bliska: kwadratowa, nalana twarz, wydęte usta, małe oczy blisko nosa. Schował się w kącie i wymachuje butelką.

– To mój dom. Spierdalaj, bo rozjebię ci łeb – cedzi przez zęby.

Podchodzę do niego i bez zatrzymywania kopię go w genitalia. Klęka, próbując złapać oddech. Zarzucam mu na głowę kurtkę, okręcam rękawy wokół szyi, uderzam nasadą dłoni w potylicę. Opada twarzą w dół.

Rozglądam się po pomieszczeniu. Półki wzdłuż jednej ściany zapełnione są segregatorami z wypisanymi na grzbietach datami. Regał w rogu pełni funkcję magazynu sprzętu ASG: jest kamizelka taktyczna, duże słoje z plastikowymi kulkami, magazynki, rękawice taktyczne, niżej okulary ochronne, druciana maska, zwinięty przedłużacz, ładowarka do baterii i srebrna taśma naprawcza. Na półkach po przeciwnej stronie starannie poukładane leżą plastikowe samochody, kilka lalek, sprzęt turystyczny.

Taśmą krępuję mężczyźnie ręce na plecach, powyżej łokci i nogi powyżej kolan. Wciąż zamroczonemu zdejmuję kurtkę z głowy.

– Co jest, kurwa – klnie, gdy wraca mu przytomność. Próbuje uwolnić ręce.

Kolanami dociskam jego lędźwie do posadzki i ciągnę za włosy. Syczy z bólu.

– Grzeczniej, bo kręgosłup ci złamię. Odpowiadaj tylko na pytania. Zrozumiałeś?

– Tak – duka i próbuje odwrócić twarz w moją stronę.

– Jak się nazywasz – pytam, zmniejszając dźwignię.

– Grzesiek Świgoń – stęka.

– Kto jest w domu?

Nie odpowiada, jęczy cicho.

– Mów – ponaglam, ciągnąc za włosy.

– Sam mieszkam – stęka.

– A gdzie żona z dziećmi?

– Odeszła, suka, miesiąc temu.

– Dlaczego?

Nie odpowiada. Ciągnę go za włosy. Stęka niezrozumiale.

– Biłeś ją?

– Zaraz biłem – jęczy.

– A więc biłeś – stwierdzam.

– Tylko jak zasłużyła, jebana pani doktor – wykrzykuje, opluwając posadzkę.

– Dzieci też biłeś?

Milczy.

– Biłeś – stwierdzam. – Ile mają lat? – pytam.

– Krzysiek ma czternaście, Maja dziesięć – odpowiada.

– Sprzęt do ASG jest syna?

– Tak, gnojek bawił się w wojnę.

– Dlaczego zostawiła kota?

– Nie zostawiła. Nie było bydlaka, jak wyjeżdżała.

– Chciałeś go ukatrupić?

– Też byś go zajebał, jakbyś przez gnoja nie spał po nocach! – wykrzykuje w posadzkę. – Złośliwy skurwysyn! Co chcesz mi zrobić? – pyta ciszej.

– Co ty zrobisz, jak już sobie pójdę? – odpowiadam pytaniem i zakładam zdjęte z półki rękawice.

– Nic. Przysięgam – mówi potulnie.

– A co będzie z kotem, jak wróci? – pytam, rozwiązując zdjęty z półki przedłużacz.

– Z kotem? Jebać kota – bełkocze.

– Zaprzyjaźnisz się z nim? – Robię pętlę na kablu od strony wtyczki.

– Zaprzyjaźnię? Ochujałeś?! – wykrzykuje.

– Oddasz go do schroniska? – pytam, przerzucając końcówkę kabla przez prowadnicę bramy przy suficie.

– Pewnie. Oddam jebańca do schroniska – potwierdza.

– Jak ma na imię twoja żona?

– Anka.

– Jestem pewien, że znęcałeś się nad nią i dziećmi od dłuższego czasu. Dlaczego Anka odeszła dopiero teraz?

– Nigdy by nie odeszła – odpowiada, unosząc głowę – gdyby braciszkowi się nie wygadała, dziwka.

– Wcześniej nie mówiła nikomu, że ją bijesz? – Pociągam za kabel, sprawdzając, czy prowadnica utrzyma duży ciężar.

– A dlaczego miałaby gadać? To było między mną a tą suką. Zaczęła kłapać jadaczką, dopiero jak Maja złamała nogę.

– Ty złamałeś jej nogę?

– Sama sobie złamała na wrotkach, ja tylko kazałem jej jechać z górki na krechę.

– Kazałeś jej jechać na krechę. Po co?

– Żeby przestała się bać.

– Czyli ty jej złamałeś nogę – stwierdzam, zakładając mu na szyję pętlę.

– Co do kurwy? Ściągaj to ze mnie! – wrzeszczy, szarpiąc się na wszystkie strony.

Ciągnę za kabel, który wrzyna mu się w krtań, dławiąc wrzaski.

– Uspokój się – mówię i luzuję pętlę.

– Kurwa. Pojebało cię? – odzywa się po chwili, łapiąc oddech.

– Myślałeś o samobójstwie? – pytam.

– Dlaczego? Bo żona mnie rzuciła? Bo darmozjady mają mnie gdzieś? – mówi łamiącym się głosem.

– Bo zostałeś sam – odpowiadam. Ciągnę kabel.

Wybucha szlochem. Bełkocze coś niewyraźnie pod nosem.

– Co mi robisz? Nie zabijaj mnie.

– Daj żonie i dzieciom spokój – mówię ostro.

Szarpie się przez krótką chwilę i wiotczeje, gdy pętla odcina mu dopływ krwi z tętnic do mózgu. Liczę do ośmiu i zdejmuję mu z szyi pętlę, przecinam krępujące go taśmy. Przedłużacz odkładam na półkę, a resztki taśm wkładam do kieszeni. Gdy po minucie mężczyzna zaczyna odzyskiwać przytomność, wyślizguję się z garażu.

Dwudziesta pierwsza trzydzieści, piątek. Nakładam na talerz cztery oliwki, pokrojonego pomidora, dwa plastry koziego sera i ugotowane na miękko jajko. Szara, pręgowana kotka pod stołem wylizuje skrzepy krwi z sierści. Na spodku ma śmietanę, ale chyba jej nie smakuje.

Otwieram okno. Rozpogadza się, widać nawet kilka gwiazd ponad łuną miejskich świateł. Siadam do stołu. Kotka wskakuje na stół i wącha najpierw jajko, a potem ser. Odkrawam odrobinę jajka i sera, i podsuwam jej na małym talerzyku. Zjadamy kolację. Uruchamiam aplikację Fit. Wpisuję składniki. Odkładam naczynia i sztućce do zmywarki. Zamykam okno.

W salonie zapalam lampę, siadam w fotelu i biorę ze stolika książkę. Wyjmuję spomiędzy kartek zapałkę.

Inne zwierzęta tworzące najwyższe ogniwo, jak lwy czy rekiny, zajęły to miejsce w wyniku trwającej miliony lat ewolucji. Gatunek ludzki wspiął się na ten szczebel niemal w okamgnieniu, nie mając ani uprzedniego przygotowania, ani czasu na adaptację.

Rodzaj ludzki jest stadem owiec, które na skutek osobliwego ewolucyjnego przypadku nauczyły się wytwarzać czołgi i bomby atomowe i ich używać. Uzbrojone owce są daleko bardziej niebezpieczne niż uzbrojone wilki.

Odkładam książkę na stolik i utrwalam w pamięci nazwisko autora: Yuval Noah Harari. Postanawiam przeczytać inne jego książki. Kotka leży mi na kolanach. Ma zamknięte oczy i mrucząc, ssie głośno końcówkę sznurka od spodni. Delikatnie obmacuję jej sierść. Doliczam się na jej ciele dwudziestu trzech małych ran.

Każdy niespokojny dzień jest niespokojny inaczej – mruczy Ponury Żniwiarz, wtórując sennie kotu.

Ocean's One

Wchodzę do klubu i witam się. Kelnerki patrzą na mnie ze współczuciem.

– Paulina – słyszę głos Emilki, wyłaniającej się z pokoju VIP. – Nie przebieraj się. Zabierz swoje rzeczy, idziesz na inny klub.

– Dlaczego? Coś ci się nie podoba, czy to jakaś kolejna kara? Dlaczego akurat ja? – pytam i podchodzę do niej.

– Nie odbieraj tego personalnie. Zobaczysz, jak się pracuje w innym klubie – oznajmia spokojnie i siada przy barze, by sprawdzać raporty.

– Sugerujesz, że źle pracuję?

– Weź, proszę, rzeczy, które masz w szatni. Tutaj jest adres – mówi niewzruszona i podsuwa mi kartkę z nazwą ulicy.

Z lodowatym wyrazem twarzy sięgam w kąt po swoje szklanki, a z szafki zabieram kabaretki.

– Rezygnujesz? – słodkim głosikiem pyta Pamela, rozdziawiając buzię.

– Co jest? – mówi Julka, wychodząc z toalety razem z Cycoliną.

– Znasz ten klub? – pytam ją, pokazując kartkę.

– Ocean's One? Napluj w twarz Zośce i przekaż jej to – dodaje, wystawiając środkowy palec.

– Mówisz o tej swojej kierowniczce?

– Pozdrów sukę! – krzyczy Julka już ze schodów.

– Zośka jest wymagająca i nie pozwala pić w pracy. Zero szotów, drinki bez alko, jedynie szampany ci pozostają – wyjaśnia Cycata.

O 19.30 staję w kolejce w zatłoczonym spożywczaku.

– Setkę wiśniówki i paczkę Lucky Strikeów – mówię, czując na sobie potępiający wzrok klientki za mną.

– A ten red bull? – pyta kasjerka, wskazując oczami na moją dłoń.

– Tak, to też. Zapłacę kartą – mówię, zbliżając plastik do czytnika.

W taksówce otwieram procenty i przelewam do puszki. Słodki napój wycisza zmącone myśli i rozluźnia spięte mięśnie.

– Jesteśmy. Dalej nie wjadę. Pójdzie pani prosto jakieś sto metrów, a potem skręci w prawo – oznajmia taksówkarz.

– Dobrze. Proszę – odpowiadam, wręczając mu gotówkę.

Wypijam pozostałą część trunku, butelkę i puszkę wyrzucam do najbliższego kosza na śmieci. Sięgam do torby po perfumy i gumy do żucia. Zegarek pokazuje 19.45, więc przyspieszam kroku.

– Ty jesteś Paulina? – Słyszę niski głos, gdy staję w długim korytarzu przy schodach.

– Tak – odpowiadam, ściskając usta, by wyczuwała jedynie moje perfumy.

– Jestem Zośka, kierowniczka – oznajmia sucho, mierząc mnie od stóp do głów, z założonymi rękoma na biodrach. – Chodź ze mną.

Prowadzi mnie do szatni. Jej sylwetka jest niczym cegła – szerokie ramiona, płaska pupa, masywne uda i brak talii.

– Przebierz się. Jak będziesz gotowa, przyjdź do baru. Wyjaśnię ci moje zasady – oznajmia, poprawiając dłuższą grzywkę, która nie pasuje do krótko ściętego boba.

– Okej.

Decyduję się na czarny komplet z miękkiej koronki, z paskami krzyżującymi się na tułowiu. Powinien przyciągnąć uwagę potencjalnych frajerów. Przeczesuję włosy, muskam usta czerwoną pomadą i odliczam dziesięć schodków. Dostrzegam szefową, kiwającą palcem na niską barmankę.

– Jestem – oznajmiam i czekam na polecenia.

– Dobrze – odpowiada, moszcząc się na wysokim hokerze. – Jestem długo kierowniczką, więc mało co może mnie zaskoczyć. Tutaj dziewczyny piją tylko szampany, na które muszą zapracować. Nie chcę słyszeć żadnego sprzeciwu i biadolenia. Ja o wszystkim decyduję. Rozumiesz?

– Rozumiem.

– Oprowadzę cię po klubie. Za mną – nakazuje, a ja potulnie ruszam.

Wystrój klubu jest niemal identyczny jak w Czarnym Diamencie, ten sam kolor ścian, takie same ławy ze szklanymi blatami oraz białe loże.

– Gdzie wszyscy? – pytam zaskoczona, wskazując na puste pomieszczenie.

– Mamy dwie sale. Jeśli nie ma innej potrzeby, korzystamy tylko z jednej.

Dalej prowadzi mnie przez ciemny korytarz.

– Tu toaleta męska. Wchodzić mogą tam jedynie kelnerki. Na lewo pokoje prywatne. Później obejrzysz, jak tam będziesz. A tutaj... – mówi, ciągnąc za klamkę. – Tutaj jest jacuzzi.

Na samym środku znajduje się wanna z hydromasażem, świeci pulsacyjnie na czerwono. Pomieszczenie jest niewielkie, podświetlone ultrafioletem. W kącie na podłodze stoi magnetofon, a wyżej, na małej półce, rozrzucone są niedbale świeczki.

– Widok nie robi dużego wrażenia – mówi Zośka, wzruszając ramionami. – Oni nie zwracają na to uwagi i często tu wymiotują.

– Ile trzeba zapłacić za taką przyjemność?

– Od czterech tysięcy wzwyż – oznajmia, zatrzaskując głośno drzwi. – To tyle.

– A gdzie jest kantorek?

– Zaraz obok szatni. Tam możesz zostawić jakieś drobne rzeczy i jedzenie. Coś jeszcze? Masz jakieś pytania?

– Nie.

– To dołącz do dziewczyn. Tańczysz jako ostatnia.

Biorę paczkę papierosów z barowego blatu i idę na salę wypełnioną śmiechem tancerek.

– Następnym razem nie liż mi uda – trajkocze jedna, poprawiając cienki, neonowy pasek stringów.

– Heloł, miałam ci polizać cipkę? – Śmieje się brunetka w białym body.

– Anastazja, nie udawaj takiej niewinnej – oznajmia blondynka z wyraźnie podkrążonymi oczami. – Dosyć mam was. Dobrze, że jutro jestem na wolnym.

– Cześć – rzucam swobodnie i siadam w osobnej loży.

– O, widzisz, Nikola – mówi Anastazja do brunetki – nową będziesz lizać podczas Lesby Show.

– My się już znamy. Mieszkamy razem na służbówce. Łączy nas wspólny kibel i to mi wystarczy – oznajmia Nikola.

Dzwonek przywołuje wszystkie do porządku. Blondynka, potykając się o kolana koleżanki, śpieszy, by wskoczyć na rurę. Ma na sobie ciemnozielony komplet z koronki, czarne pończochy i bardzo długi, złoty łańcuszek, który błyszczy i przykuwa uwagę do jej krągłych piersi. Nie wykonuje skomplikowanych figur, tańczy wolno, ocierając się o drążek. Interesuje się tylko sobą, patrzy na swoje odbicie w lustrach. Kelnerka sadza gościa blisko sceny. Mężczyzna nie wygląda obiecująco, wytarte jeansy, pognieciona szara koszula i białe adidasy ochlapane błotem. Utwór się kończy, następna występuje Anastazja.

– Nie ściągacie stanika? – zwracam się do Nikoli.

– Jesteśmy w centrum, tutaj tego nie robimy.

Tancerka obejmuje drążek udami i prezentuje „nożyce", rozchylając szeroko nogi. Klient bierze pazerny łyk piwa, a Anastazja, zapleciona na drążku niczym wąż, wisi do góry nogami.

– Jak myślisz, będzie coś z niego? – zwraca się blondynka do Nikoli.

– Kto tam wie. Zobaczymy.

Rurę przejmuje Nikola. Porusza się subtelnie do spokojnego kawałka. Podobnie jak jej koleżanka nie skupia się na gościu, ale ogląda siebie w lustrach.

– Anastazja, idziesz do niego – mówi kelnerka o imieniu Jessica, które widnieje na jej plakietce.

Mijają dwie godziny, a nasze kieszenie nadal są puste.

– Zbychu coś znalazł w pokoju Walenia? – pytam Nikolę.

– Co ty! Nie sądzę, by była na tyle głupia, żeby trzymać coś na służbówce. Poza tym ze Zbychem można się dogadać. On tylko udaje twardego.

– Pilnują nas na każdym kroku – mówię, zerkając na kamerę.

– Ale my jesteśmy kreatywne, co nie? – Uśmiecha się zawadiacko i z głową opuszczoną na bok unosi wysoko brwi.

Dzwonek budzi nas znowu do życia. Gdy Jessica zaprasza do sali dwóch przystojnych mężczyzn, blondyna desperacko wyrywa się do rury, pomijając moją kolej.

– Włosi – mówię do Nikoli.

– Nie, daję sobie rękę uciąć, że są z Hiszpanii.

Nikola ponownie staje przy drążku. Nie obija się jak poprzednio, ale wspina na samą górę, zamaszyście odrzucając na boki długie, brązowe włosy. Panowie patrzą uważnie i komentują między sobą, żywo gestykulując.

Z głośników słyszę Sevdalizę: *Jestem, biorę wdech, biorę wydech. Mam serce*. Teraz ja chwytam mocno drążek i na przywitanie przechadzam się wolno, by amanci dokładnie mogli się przyjrzeć moim wdziękom. W rytm muzyki wspinam się po rurce. W pozycji siedzącej obejmuję drążek rozgrzanymi udami i patrzę w jego ciemne oczy. Zjeżdżam na podest. Robię siad na nadgarstku, rozchylam szeroko nogi, tworząc literę V. Układam się w łuk, sunę dłońmi po tułowiu, bawię się ozdobnymi paseczkami. Nasze spojrzenia spotykają się. Staję wyprostowana, przywieram plecami do śliskiego drążka, podnosząc wolno, zmysłowo nogę ku górze. Nucę: *Jestem ciałem, kośćmi. Jestem skórą, duszą. Jestem człowiekiem, niczym więcej, tylko człowiekiem.* Ponownie wzbijam się i sunę wyżej, powtarzając: *Jestem potem, wadami. Jestem żyłami, bliznami. Jestem człowiekiem.* Przytulam się do rurki, zwijam w kulkę, małą bombę, która ślizgiem opada na sam dół, szepcząc do siebie: *Niczym więcej, tylko człowiekiem.*

Ma regularne rysy twarzy, gęstą, ciemną czuprynę zaczesaną gładko do tyłu, mocno zarysowane brwi, długie rzęsy i śnieżnobiałe zęby.

– Hej, jestem Paula – mówię, podając mu dłoń. Przysiadam się obok.

– Alejandro, miło mi cię poznać – uśmiecha się serdecznie.

– Porwali ci kolegę? – pytam, wskazując puste miejsce w loży.

– Tak, twoja koleżanka. – Śmieje się i nieco zakłopotany przeczesuje dłonią włosy.

– Alejandro, co cię tu sprowadza? Praca czy przyjemność?

– Tutaj? Praca? – pyta, podnosząc wskazujący palec i rozgląda się po klubie.

– Do Krakowa, głuptasie! – Śmieję się razem z nim i mimochodem kładę rękę na jego udzie.

– Jestem w delegacji, pracuję jako inżynier.

– Na długo przyjechałeś?

– Och, na trzy miesiące – wzdycha.

– Nie cieszysz się – stwierdzam.

– Jestem zadowolony, to szansa na awans, ale tęsknię za narzeczoną.

Pośpiesznie zabieram rękę z jego uda, jakby skarciło mnie ostatnie słowo. By wyczuć grunt, podaję Alejandro kieliszek tequili.

– Paula, napij się z kolegą – mówi Jessica, przynosząc mi szota.

– Na pewno? – zdziwiona marszczę brwi.

– Na pewno – potwierdza kelnerka.

Alejandro nie czeka na toast, pierwszy opróżnia szkło i krzywiąc się, gryzie zachłannie cytrynę. Potem wskazuje palcem mój alkohol i mówi żartobliwie:

– Nie oszukuj!

Obracam się w stronę Zośki. Kiwa głową.

– Dobrze, wypijmy razem.

Daję mu znak, by chwycił kolejnego szota. Stuka swoim kieliszkiem o mój. Marszczę się. Nie czuję wiśniówki, lecz sok porzeczkowy bez odrobiny alkoholu. Tak to sobie wymyśliła Zośka: bezalkoholowy fejk szot nie zakłóci mojej pracy, a wspólny toast ma zdobyć zaufanie klienta.

– Alejandro, opowiedz coś o sobie. Długo jesteś ze swoją narzeczoną?

– Dwa lata – mówi i wyjmuje z kieszeni najnowszy model iPhone. Pokazuje mi zdjęcie kobiety z magnetycznym spojrzeniem. Ma czekoladowe, falujące włosy, gęste brwi, bordową szminkę na pełnych ustach i figlarny uśmiech. Idealna kompozycja.

– To Eva, jest Włoszką – odzywa się Alejandro z satysfakcją.

– Piękna – mówię z uznaniem. – Ze swoim włoskim temperamentem chyba nie pozwala ci się nudzić?

– O tak, jak coś jej nie pasuje albo jest zła, to się nie patyczkuje. Rzuca wszystkim, co wpadnie jej w ręce.

– Co wtedy robisz?

– Ma ciężki charakter – mówi. Odrywa plecy od oparcia i znowu przeczesuje palcami włosy. – Zazwyczaj wychodzę z domu. – Śmieje się i rozkłada ręce w poczuciu bezradności.

– To musisz mieć duże jaja – rzucam.

– Tak. – Głośno wydmuchuje powietrze z płuc, opada na oparcie i powtarza, jakby próbował przekonać sam siebie: – Tak.

Czego pragnie mój hiszpański amant?

– Cześć, jak wam się rozmawia? Może napijecie się czegoś razem? – pyta Jessica i nie czekając na odpowiedź, siada obok kochasia, otwierając białe menu.

– Jest miło – mówi Alejandro z uśmiechem.

– To może postawisz drinka mojej koleżance?

To jest ten moment, który przyprawia mnie o mdłości, moment, w którym czekając na odpowiedź, przyklejam sztuczny uśmiech i staram się być uprzejma.

– Tak, pewnie – oznajmia Alejandro swobodnie, gdy kelnerka proponuje drinka za 289 złotych.

Jessica odchodzi. Alejandro patrzy na mnie, zakłada nogę na nogę i opiera ramię na oparciu. Przysuwam się bliżej, opuszkiem palca muska mnie po plecach.

– Świetnie tańczyłaś – chwali, a jego palec zmienia kierunek i dotyka mojej szyi.

– Dziękuję – uśmiecham się delikatnie.

– Podobało mi się, że podczas tańca patrzyłaś tylko na mnie.

Wpatruję się w jego ciemne oczy i nadal szukam tropu, który podpowie mi, czego chce Alejandro. Przypominam sobie zdjęcie silnej, bezkompromisowej Evy i mówię:

– Tylko ty… ty się liczysz.

Wyznanie jest banalne, nieprawdziwe, a jednak działa. Alejandro zagarnia mnie czule ramieniem.

– Alkohol dla was! – Jessica podaje procenty, uśmiecha się i obserwuje.

– Dziękujemy – odpowiadam i wręczam szota Alejandro.

Sok pomarańczowy z grenadiną jest nieznośnie słodki i marzy mi się szampan, nieco cierpki, a najlepiej drogi.

– Może zatańczymy? – pytam ostrożnie, chwytając jego dłoń.

Nie odmawia.

Pokój prywatny jest lustrzanym odbiciem tych, które już widziałam, ale wyróżnia go fotel, właściwie złoty tron, na którym siadam dystyngowanie. Rozchylam szeroko nogi i zagryzam wargę. Muzyka stwarza przyjemny, erotyczny klimat, któremu Alejandro bez sprzeciwu się poddaje. Kręci głową, jakby rozluźniał spięty kark, w szerokim rozkroku kołysze się do taktu, wpatruje we mnie i już nie mam wątpliwości. Wiem, czego mu trzeba. Odsuwam stolik od sofy i klękam przed Alejandro. Moje dłonie skradają się po udach i brzuchu pod jego białą koszulkę.

Zamknij swoje usta, kochanie, stań i odstaw święte ręce, och, one robią ze mnie grzesznika. Jak rzeka, jak rzeka, zamknij swoje usta i biegnij do mnie jak rzeka – śpiewa frywolnie Bishop Briggs. Spełniam życzenia obu, zabieram błogosławione ręce, ale tylko na chwilę, by sięgnąć po czystą wódę święconą, która spływa strumyczkiem przez gardło grzesznego Alejandro.

– Ty rządzisz, spełnię każdą twoją zachciankę – szepczę mu figlarnie do ucha, a moje piersi przytulają się do jego ciała.

Dyszy i ociera się policzkiem o mój. Opiera brodę na moim ramieniu, ściskając z apetytem moje pośladki, którym przygląda się w lustrze.

– Hej – wita się z nami Jessica. – Chcielibyście spędzić tutaj więcej czasu?

– Zostajemy? – szepczę mu do ucha, jednocześnie wykonując koliste ruchy biodrami.

Jessica przysuwa terminal z już wbitą kwotą: 1994. Unoszę biodra wyżej, gdy Alejandro sięga do kieszeni i wyjmuje swoją przepustkę do rozkoszy. Wyciąga kartę kredytową.

– Misiu, wolisz włożyć czy się zbliżyć? – droczy się kelnerka.

Alejandro zbliża plastik i mrużąc oczy, wpisuje PIN.

Wyczyść go! Daj mu to, czego nie dostanie od włoskiej latawicy! – szepcze do mnie z lustra Czarnowłosa stanowcze przykazanie.

Uśmiecham się. Ściągam powoli z Alejandro koszulkę i rzucam w kąt.

– Za wolność – wznoszę toast, podając mu tequilę.

– Już jestem. – Jessica wchodzi, odgarniając kotarę z ramienia. – Gotowi? – pyta i odkorkowuje szampana. Korek odbija się od sufitu i trafia za sofę.

– Zdrowie! – Podnoszę swoją lampkę.

– Zdrowie – powtarza Alejandro łamaną polszczyzną.

– Słodziak – mówi Jessica i stawia butelkę szampana i lampki na stoliku. Zabiera ze sobą puste kieliszki oraz dwie lampki bąbelków, które będzie smakować z kierowniczką.

Alejandro – powtarzam w myślach jego imię, jakbym chciała je dodać do swojej kolekcji.

– Alejandro! – przywołuję, a jego łagodnie, zmącone oczy natychmiast patrzą w moje.

Dogadza mi swoim posłuszeństwem. Łapię go delikatnie za brodę i spoglądam w oczy. Obejmuję szyję, drażnię skórę czarnymi paznokciami, przyprawiając go o gęsią skórkę. Naciskam dłonią na klatkę piersiową, by oparł plecy o sofę i mógł podziwiać to, co mu zaprezentuję. Staję w rozkroku wysoko nad nim, moje dłonie gładzą chropowatą ścianę, a biodra kręcą się rytmicznie tuż przed jego twarzą. Czuję jego oddech pod koronkami stringów, nieśpiesznie sunę kolanem po zarumienionym policzku i zatrzymuję się na pięknie zarysowanej żuchwie. Dłonie Alejandro wędrują po moich udach i łapczywie pragną dotknąć mokrej cipki. Obracam się i wolno zjeżdżam, ślizgając się pupą o jego tors. Klękam tyłem do niego.

Pragnę go. Zatapiam w nim usta, a jego finezyjny smak wzbudza wspomnienie zielonego drzewa, skrzypiącej ławki i wyuzdanego seksu. Chcę przywołać się do porządku, lecz pokusa jest silniejsza. Z ochotą biorę więcej. Soczysty – karmi moje łakomstwo i przyjemnie drażni migdałki. Więcej, chcę więcej. Patrzę, jak idealnie się wypełnia w mojej dłoni. Oblizuję usta. Sięgam zdecydowanie po więcej. Oddając się w pełni rozkoszy, połykam swój triumf.

– Proszę, kochanie, dla ciebie wszystko! – mówię, wycierając kąciki ust.

Alejandro wzdycha. Patrzy na mnie odurzonymi oczami, podniecony rozpina guzik, suwak rozporka głośno zgrzyta, jego spodnie zsuwają się na kostki. Klęczę, obracam głowę. Alejandro próbuje się podnieść, chwieje się i znowu ciężko opada na sofę.

– Proszę, kochanie, dla ciebie wszystko – powtarzam, podając mu lampkę z szampanem.

Unoszę mój triumf – następną lampkę pysznego szampana. Wypijam. Kochaś mruży oczy i wypija bąbelki do dna. Przywołuję dzwonkiem Jessicę i wychylam głowę za kotarę.

– Co jest? – pyta zdziwiona.

– Przynieś mi fajki! – wołam stęskniona za twardym filtrem.

Zaciągam się dymem i zajmuję złote siedzisko. Alejandro z trudem pozbywa się butów, szarpie upartą nogawkę, jedną i drugą. Zrezygnowany siedzi na podłodze w granatowych slipkach, sięga dłońmi do moich stóp uwolnionych z pantofelków. Biorę różę i czerwonymi płatkami muskam jego twarz.

Potem stoimy blisko siebie, całym ciałem dociskam go do ściany, oddech mu przyspiesza, gdy róża wędruje po jego skórze w dół i w górę, i w dół.

– Alejandro – szepczę, klękając ponownie. – Zabawimy się?

– Taaaa – dyszy.

Dzwonię dzwonkiem i zabieram z ławy ostatniego szota czystej.

– Napij się. – Podaję mu kieliszek. Wypija. Jego ręka klepie mój pośladek i pragnie wkradać się dalej.

Jessica wchodzi i wesoło oferuje opcję all inclusive.

– Sześć, sześć, trzy, zero – pospiesznie wymawia cyfry i życzliwie podaje mu spodnie. – Proszę, kochanie. Alejandro walczy z kieszenią.

– Zajmij go – mówi do mnie, gdy kochaś wyciąga portfel.

– Alejandro, zróbmy to! – mruczę mu do ucha.

Jego gorący oddech spotyka moją szyję, jego spocone ciało natyka się na moje pieszczotliwe dłonie.

– Zapamiętasz tę noc – szepczę.

– Tak, właśnie ta karta. – Jessica wskazuje szpiczastym paznokciem.

– Prędzej, niech ona już sobie wyjdzie – mówię, chwytając go za włosy.

– Wpisz PIN. Szybko, bo unieważnisz transakcję – ponagla Jesicca, nerwowo ściskając terminal.

– Kochanie, zapłać, by już sobie poszła. Chcę już ściągnąć majteczki – skarżę się kochasiowi.

– Zatwierdź zielonym przyciskiem – wtrąca się Jessica. Zamiera na kilka sekund, podnosi wzrok i oznajmia: – Zasłużyliście, by się pobawić.

Chwytam papierosa ze szklanej ławy. Stres odchodzi razem z dymem. Wręczam lampkę szampana Alejandro, częstuję go fajurką i siadam obok niego. Opieram brodę na jego ramieniu. Wzdycham:

– Twoja Eva to szczęściara, wiesz?

Przełyka gorycz.

Będę tęsknić, Alejandro – myślę, dopisując imię do kolekcji. Alejandro! – powtarzam, uśmiechając się do lustra.

Psychiatra. Sęp z pierścionkiem

– Spójrz, moje kolana wyglądają jakbym trzy godziny klęczała u świętego Rodzynka w zakrystii, prosząc o pokutę – mówię do Nikoli.

– I co, wielebny odpuścił ci grzechy za oskubanie Hiszpana? – rzuca z przekąsem.

– Nadal się zastanawia – odpowiadam, wlewając wodę do kubka z kawą.

– Ciekawe, kto nas ogląda? Jak myślisz? – mówi, nie spuszczając oczu z kamery. Zaciąga się papierosem i dodaje: – Pewnie jakiś frajer patrzy na Kaśkę w stringach i marszczy freda.

– Kiedy to zamontowali? – Ziewam.

– Rano.

Piję kilka łyków kawy i zapalam papierosa.

– Dzisiaj też przychodzisz do naszego klubu? – pyta.

– Nie wiem. Nie wiem nawet, dlaczego to akurat ja się tam znalazłam.

– Nie podpadłaś kierowniczce?

– Z Emilką wszystko jest możliwe, nie nadążam za nią.

– Emilka? Ta w rudych dredach?

– Tak, znacie się?

– Pracowałam u niej wcześniej. Uważaj, suka ma zmienne humorki, jak sobie nie wciągnie kreski.

– Kreski? – powtarzam zdziwiona.

Wbiegam do klubu o dwudziestej.

– Dawno się nie widzieliśmy – z szerokim uśmiechem wita mnie Grzesiek.

– Pogadałabym, ale jestem spóźniona.

Na głównej sali kończy się właśnie zebranie. Emilka piorunuje mnie wzrokiem.

– Kara za spóźnienie – mówi cierpko.

– Dopiero dwudziesta, sala jest pusta – bronię się, wskazując ręką loże.

– Takie są zasady. Idź się przebrać – nakazuje i obraca się do mnie plecami.

Wybieram czteroczęściowy, brzoskwiniowy komplet z koronki. Stanik z krzyżującymi się paseczkami na dekolcie – zwróci ich uwagę. Skąpe stringi i pas do pończoch – wzbudzą grzeszne myśli. Dla zmysłowych, czarnych kabaretek – stracą rozum wraz z pieniędzmi.

– Paulina – wrzeszczy z góry Emilka. – Klient na ciebie czeka.

Psychiatra Ryszard skrupulatnie mierzy każdy centymetr mojego ciała i wskazuje na czerwone pudełeczko, leżące na ławie.

– Otwórz – mówi.

Gdy widzę zawartość, z trudem powstrzymuję rosnący w gardle śmiech.

– Co to ma znaczyć? – Wytrzeszczam oczy.

– Chciałem cię przeprosić.

– Przynosząc srebrny pierścionek?

– To prezent. Nie jest może dużo wart, ale zależy mi, żebyś wiedziała, że cię szanuję.

– Czyżby?

– Tak. Chciałbym cię bliżej poznać. Jestem tobą zaintrygowany.

– Schlebiasz mi – mówię, zamykając pudełeczko. – Postaw mi drinka, wtedy z chęcią cię wysłucham.

– Może być ten, co ostatnio?

– Orange, za 82 złote? Chcesz mnie obrazić!

– Co dla was? – Podchodzi Ola i otwiera kartę menu.

– Drink za 82 złote – oznajmia Rysiek i przelicza gotówkę.

– To smutne, że muszę się zadowalać najtańszym drinkiem – mówię lodowato.

– Zawsze taka byłaś: bezpośrednia, pewna siebie, narcystyczna? – Uważnie mi się przygląda, po czym opróżnia kieliszek tequili.

– Myślisz, że jestem w sobie zakochana? Skąd ta diagnoza? – kpię, popijając Oranga.

– Jeśli zawsze tu przychodzisz z myślą, że będziesz spijała najdroższe szampany, to musisz mieć o sobie wysokie mniemanie. Co czujesz, gdy wychodzisz na scenę? Seksualną satysfakcję i poczucie władzy nad męskimi móżdżkami? Jesteś przekonana, że żaden facet ci się nie oprze. Fantazjujesz o ich porażce.

– Interesujące, doktorku – Odpalam papierosa i odbijam piłeczkę: – A o czym ty fantazjowałeś, wręczając mi pierścionek?

– Nie pora, by o tym mówić. – Przechyla kolejny kieliszek i zaciąga się papierosem. – Gdybym powiedział, że chcę poznać cię poza pracą, gdy nie jesteś wymyśloną postacią, zgodziłabyś się?

– Nie znasz mnie i nie poznasz. Gadasz tylko po to, żebym czuła się beznadziejnie. Tymczasem to ty sam czujesz się beznadziejny. Dlaczego się tu znalazłeś? Bądź szczery – mówię i zaczynam nucić za Disclosure. *Mów do mnie, będę patrzeć, jak się rozpadasz. Zobaczę, jak tracisz nad sobą panowanie.*

– Z ciekawości, już ci mówiłem.

– Z cie-ka-wo-ści – skanduję kpiącym tonem

– Możesz też liczyć na mnie, gdybyś potrzebowała leków albo pastylek. – Mruga do mnie znacząco. – Niedaleko mam knajpkę, wpadnij – mówi i kładzie wizytówkę obok pudełeczka.

Odprowadzam wzrokiem przysadzistą sylwetkę z sępią głową. Zaciskam w pięści mokre od potu dłonie. Zabieram ze stolika pudełeczko z wizytówką i schodząc do przebieralni, wrzucam je do kosza.

GRZESIEK

Grzesiek. Cisza w głowie

Budzi mnie uderzenie poduszki. A potem drugie.

– Wstawaj, szpejo! Wstawaj, ile można spać? – słyszę.

Zrywam się na równe nogi i krzyczę:

– W głowie ci się popierdoliło?!

– Jest szesnasta – mówi niepewnym głosem Zuza, miętosząc poduszkę. – Na żartach się nie znasz?

– Uśmiałam się po pachy!

Ubieram się koszulkę i idę do kuchni. Zuza drepcze za mną i nie milknie:

– Jak już nie śpisz, to może pójdziesz ze mną do galerii, muszę kupić prezent dla mamy.

– Myślałam, że twoja matka wyjechała do Portugalii – wtrąca się Beti.

– Tak, z ojczymem – mówi Zuza ciszej.

– I co z nim?

– A co ma, kurwa, być? – Zuza krzyżuje ręce na piersiach i posyła jej chłodne spojrzenie. – To co, młoda, pójdziesz ze mną?

– Nie, jestem zmęczona i nie mam nastroju – odpowiadam, wyciągając z szafki kawę.

– Ja z tobą pójdę – wyrywa się Beti.

– Zapomniałaś? – Zuza wskazuje na kamerę, gdy wyjmuję z paczki papierosa.

Kamera nieustannie miga na czerwono.

– Teraz mogą sobie patrzeć – mówię, gdy kamerę zasłaniają drzwiczki otwartej szafki. Sięgam po zapalniczkę.

– Co ty taka zła jesteś? – pyta Beti.

– Nie jestem.

– A jak, kurwa, myślisz, jak jest zła, to przez co? – mówi do Beti Zuza. – Karę jej przyjebali. Mam rację?

Kiwam głową potwierdzająco.

– Ja to, kurwa, mogę recytować moje kary, słuchaj – ciągnie Zuza: – niestosowne zachowanie wobec klienta, nieutrzymanie klientów na sali, brak pracy, brak efektywnej pracy. Kurwa! – parska i odpala papierosa. – Czekaj, bo zapomniałam.

Zagląda w telefon.

– O, i znów nieutrzymanie klientów na sali – dorzuca już z korytarza.

„Mała, masz ochotę zrelaksować się przy drinku?" – czytam smsa od Grześka.

„Drinka nie odmówię" – odpisuję w przekonaniu, że spotkanie wymaże parszywą noc w pracy.

„O 22.00 u mnie?"

„Lubię wino, wyślij adres".

To, co robisz, to, co widzisz, wiem, że jeśli nawiedzam ciebie, z pewnością i ty nawiedzisz mnie. To, gdzie idziemy, to, gdzie będziemy, wiem, że jeśli zbliżam się do Ciebie, zbliżam się do Ciebie. Zbliżam się do Ciebie, z pewnością i Ty zbliżasz się do mnie – nęci Beyonce. Przymierzam welurową sukienkę. Nie jest banalna. Dopasowany, ołówkowy dół opina biodra, kopertowy dekolt i bufki rękawów prezentują się elegancko, długość nie prowokuje, tylko kusi, a piękny, bordowy materiał iskrzy w świetle żarówek. Przeglądam paletki z cieniami. Maluję smoky eyes i biorę łyk wina. Kolejny łyk sprawia, że rezygnuję z cieni, kolejny namawia na eyeliner. Lampka jest pusta, więc sięgam za łóżko po butelkę schowaną przed przebiegłymi intruzami. Następny łyk łaskocze palce dłoni, które wybierają ponętną, czerwoną szminkę i bronzer na policzki. Zamaczam usta, odsłaniam okno, siadam na parapecie i wypuszczam miętowe chmury w kosmos. Unoszę głowę i przechylam szkło.

Wiem, że jeśli zbliżam się do ciebie, zbliżam się do ciebie, zbliżam się do ciebie, z pewnością i ty zbliżasz się do mnie.

Sięgam po butelkę. Trzymając ją w dłoni, kołyszę się w rytm piosenki. Kolejny łyk, kolejny łyk, kolejny łyk i łapię filtr ustami.

– Ale się romantyczna zrobiłam – kpię z siebie, gdy uśmiecham się do gwiazd.

– Hej – wita mnie Grzesiek. – Wejdź.

Zawieszam kurtkę na wieszaku. Obok jego butów stoją również damskie.

– Mogę skorzystać z toalety? – pytam.

– Jest na wprost.

W kubeczku na zlewie są dwie szczoteczki do zębów, obok wisi bladoróżowy ręcznik, a w szafce znajduję kosmetyczkę.

– O jest i obiecane wino. – Uśmiecham się, wchodząc do pokoju.

– Wybrałem białe.

– Takie jak lubię.

Siadamy obok siebie na sofie. On popija whisky. Zarzucam nogę na nogę, patrzę mu w oczy, bawiąc się rękawem jego koszulki.

– Długo jechałaś?

– Jakieś dwadzieścia minut – rzucam i swobodnie rozglądam się po pokoju.

– Mieszkasz sama? – pyta.

– Mam to w planach, póki co zatrzymałam się w dzikiej dżungli.

Unosi brwi.

– Mieszkanie służbowe – oznajmiam sucho.

– Służbówka? Chyba nie masz czasu odetchnąć – kwituje, odkładając szklankę.

– Czemu tak myślisz? – pytam, sącząc wino.

– Mieszkając z tancerkami, musisz ciągle słyszeć o pracy.

– Skąd możesz to wiedzieć?

– Przypuszczam – mówi krótko i uzupełnia swoją szklankę.

– Trochę tak jest. – Kiwam głową. – Masz może lód? Wolę schłodzone – mówię, stukając paznokciem w kieliszek.

– Tak, powinienem mieć.

Gdy Grzesiek znika w kuchni, robię szybkie oględziny, w szafie są tylko męskie ubrania, za szybą regału zapachowa świeczka i mały, złoty puchar z 2013 roku.

– Ile kostek? – dobiega z kuchni.

– Wolę pokruszony lód – wołam, by zyskać więcej czasu.

Obok telewizora oprawione w ramkę zdjęcie starszej kobiety, breloczek z wieżą Eiffla i gumy do żucia. Otwieram pierwszą szufladę komody – walające się skarpetki, w drugiej T-shirty.

– Dużo ma być tego lodu?

Zamieram, gdy w ostatniej szufladzie znajduję broń. Leży obok woreczka ziółek.

– Nie odpowiadasz. – Słyszę zbliżający się głos. Grzesiek staje w progu i pyta: – Wszystko gra?

– Tak, zamyśliłam się – mówię, gładząc zdjęcie starszej pani.

– Tyle? – Unosi kieliszek.

– Właściwie, nie potrzebuję już lodu.

– Zawsze jesteś taka niezdecydowana? – żartuje i włącza muzykę.

– Nie – odpowiadam krótko, rzucając wzrokiem na teledysk polskiego rapera, a potem na Grześka. – Długo pracujesz w klubie?

– Dwa lata, wcześniej pracowałem w policji.

Podchodzi do komody i wysuwa ostatnią szufladę.

– Sam mieszkasz? – pytam, obserwując uważnie jego ruchy.

Sięga do szuflady.

– To jest wywiad?

– Tak to brzmi?

Odwraca się w moją stronę.

– Mieszkam ze współlokatorką, lubię palić zioło, pięć razy w tygodniu ćwiczę na siłowni, co środy chodzę na strzelnicę, uwielbiam zapiekanki, lubię thrillery i nie przepadam za Scarlett Johansson.

– Czy to randka w pięć minut? – zdezorientowana układam sobie wszystko w głowie.

– Na pięciu minutach nie kończę. – Puszcza do mnie oczko i pyta, machając zielonym woreczkiem: – Palisz?

– Nie po to tu przyszłam – odpowiadam zalotnie.

Emanowała namiętnością skroploną winem. Wiem, że pachniała jak Paryż, choć nigdy tam nie byłem. Wciąż patrzyłem na nią, żeby przed zakończeniem ukraść jej choćby jedno krótkie spojrzenie.

– Lubisz Małpę? – Siedzi w rozkroku na dywanie i wskazuje ekran telewizora.

– Lubię ten kawałek – mówię i podaję mu whisky.

– Chcesz mnie upić jak swoich klientów? – pyta i zaciąga się maryśką.

Czy przemyślał te słowa?

– W żadnym wypadku – odpowiadam, siadając mu na kolanach. – Od teraz nie rozmawiamy o pracy, współlokatorach i karach. Nie chcę zaprzątać sobie teraz tym głowy.

– Nie musisz mi tego powtarzać – mówi cicho, łapiąc moje nadgarstki.

Patrzy wyzywająco, a jego dłonie wędrują po mojej talii. Przytrzymuję jego podbródek, zbliżam niepewnie usta. Jego wargi są miękkie i delikatne, Całują subtelnie. Obejmuję go za szyję, czubek mojego języka drażni jego skórę. Całuję, ssę i skubię płatek ucha, przywierając do jego ciała. Dłonie Grześka skradają się pod materiał i stają się zachłanne. Syczę bezwiednie, gdy daje mi klapsa i pospiesznie ściągam z niego koszulkę. Witam się z jego umięśnioną klatką piersiową, dotykam przez spodnie zniecierpliwionego kutasa.

Wstaję i odwracam się, sięgam po suwak sukienki. Pomaga mi go rozpiąć i sukienka spada niedbale na podłogę. Jego palce dotykają pończoch, muskają kostki nóg, suną wyżej, zatrzymują się na pośladkach, gładzą je łagodnie, potem chwytają w talii i ciągną mnie w dół.

Czuję, jaka robię się mokra, gdy kręci koła moimi biodrami po nabrzmiałym penisie. Puszcza mnie. Plecami przywieram do jego torsu, a on zapętla dłonie na mojej szyi, droczy się ze mną, wodząc palcami po brzuchu. Ocieram się o niego, faluję biodrami, gdy jego palce wdzierają się pod stringi i drażnią łechtaczkę.

– Czekaj! – dyszę i odrywam się od niego.

– Coś nie tak?

Zapalam świeczkę, by uwolnić karmelowy zapach i włączam pilotem Tsar B – *Devil baby*. Piję kilka łyków wina. Zdejmuję stanik. Grzesiek wstaje z podłogi. Uśmiecham się, gdy wymierza mi klapsa, a potem chwyta mnie mocno i trzymając za pośladki, przytwierdza do ściany.

– Tak lubisz? – dyszy, gdy obejmuję nogami jego tułów.

Lubisz topić się we mnie, kochanie. Popychanie w górę i w dół. Wino bzu łączy nas, kochanie. Pcham cię, wiesz. Bo jestem twoim diabelskim dzieckiem.

Dźwięk rozpinanego rozporka. Znajomy zgrzyt. Jestem między gośćmi z klubu. Potrząsam głową, by ich z niej wyrzucić.

Grzesiek nie czeka na odpowiedź. Odwraca mnie, w szerokim rozkroku przywieram twarzą do ściany, a on ujmuje kutasa i uderza nim w pośladki. Zamykam oczy. Wchodzi we mnie cały. Słyszę jego oddech przy uchu, czuję jego palce we włosach. Wsuwa się i powoli wysuwa. Krzyczę, a on całuje zachłannie moją szyję, ściska piersi, zostawia mocny ślad dłoni na pośladku.

Odpycham go i sadzam na sofie. Wypinam się, oparta o komodę.

– To zaproszenie? – pyta i znów nie czeka na odpowiedź.

– Mocniej – syczę z zamkniętymi oczami. – Nie chcę kończyć.

Obraca mnie błyskawicznie i drażniąc kutasem łechtaczkę, patrzy mi w oczy. Schodzę niżej, widzę, jak zagryza wargę, kiedy muskam penisem swoje usta. Zniecierpliwiony sapie. Biorę go do buzi. Grzesiek chwyta mnie za włosy i przyśpiesza tempo. Odpycham go i kocim ruchem, na czworaka sunę po podłodze do lampki z winem.

– Zdrowie. – Unoszę szkło.

– Zdrowie – odpowiada, stukając w mój kieliszek.

Potem kładę się na plecy. Gładzę jego ramiona, gdy kolanem rozchyla mi uda.

– Lubię rządzić – mówi cicho, przytrzymując moje ręce na podłodze.

Drżę, gdy drażni moje sutki, gdy nie odrywając języka, sunie po szyi, obserwując jak wyginam się w łuk. Gładzi moje uda, całuje, a wolne ruchy języka odprężają każdy kawałek mojego ciała. Stając się niewyobrażalnie mokra, pragnę nigdy nie kończyć. Cisza w mojej głowie jest czymś, czego dawno nie słyszałam.

PĄCZEK

– Wstałaś! Nie wiedziałam, czy cię budzić, żebyś nie wrzeszczała jak ostatnio – mówi Zuza, podając Nikoli tusz do rzęs.

– O której wróciłaś? Po tym jaka byłaś wkurwiona, nie sądziłam, że na dniu wolnym pójdziesz do roboty – wtrąca Beti, muskając różem policzki.

– Kurwa mać, jebana suka – warczy Waleń, wchodząc do kuchni.

– Co znowu? – wzdycha Nikola.

– Kierowniczka napisała, że Gabryśki nie będzie w pracy i chce, żebym przyszła. – Waleń stuka nerwowo w telefon. – Jak nie pójdę, to później pod byle jakim pretekstem wjebie mi karę – dodaje i trzaska drzwiami od łazienki.

– A ty, Paula, dziś wolne masz? – Beti kieruje na mnie wzrok.

– Wczoraj miałam wolne. – Uśmiechając się, popijam kawę.

– O, ty ladacznico, gdzie się łajdaczyłaś? – Zuza z głupkowatym uśmieszkiem obraca się w moja stronę.

– Było mi miło bez tych waszych głośnych jadaczek. – Przypalam papierosa, zasłaniając się szafką.

– Monitoring nie działa – mówi Beti i wskazuje palcem wtyczkę wyjętą z kontaktu.

– Która była taka odważna?

Przysuwam bliżej popielniczkę i siadam na kredensie.

– Na bzykanku byłaś – nie ustępuje Zuza.

– Ja nie pamiętam już, jak to się robi, leżałabym jak dziewica – wzdycha Nikola.

– I jak było? – Beti szturcha mnie w ramię.

– Przyjemnie – mówię.

– Jakiego miał? – Zuza naśmiewając się, podtyka mi kredki do oczu, bym wskazała długość.

– Z czego się tak cieszycie? – Dołącza do nas zaspana Agnieszka.

– Paula nie chce zdradzić, jakiego jej fagas miał pytonga – bez ogródek plecie Beti.

– Obyś dobrze się bawiła, Emilka znów przyjebała kosmiczne kary. – Agnieszka zagląda w komórkę.

– Dlaczego? Nic się nie działo? Nie było klientów? – pytam i sięgam po kolejnego papierosa.

– Na początku wszedł żebrak, na karcie kredytowej miał 2,67 złotych, później ten staruszek, Jacek, czy jak mu tam, też bez kasy. Polaczki-cebulaczki też nie raczyli płacić, nie chcieli iść nawet na gratis, tylko siedzieli i się gapili.

– To tyle? – Marszczę brwi. Zaciągam się dymem.

– Karolina miała agresywnego klienta, zapłacił niewiele. Najebany, zaczął ściskać jej nadgarstki, odepchnęła go, a on upadł na szklany stolik i polała się farba. Emilka kazała jej nadal pracować na tym kliencie – dodaje Agnieszka, wzruszając ramionami.

– Kurwa, co za cyrk – kwituje Zuza.

– Nie chcę psuć sobie humoru. – Gaszę papierosa i wychodzę.

Czuję lekki niepokój, gdy nie widzę Grześka. Sala jest cicha i pusta. Nikogo nie ma także w szatni.

Wyjmuję z torebki komplet z lawendowej koronki. Spodenki są mocno wycięte na pośladkach, a top bez ramiączek jest niesamowicie wygodny. Biorę szklanki do ręki, idę do góry.

Częstuję się solonymi orzeszkami w bufecie i schodzę do pokojów prywatnych, by znaleźć kierowniczkę. Zaglądam za kolejne kotary, zatrzymuję się przy ostatniej, w pokoju, na popielniczce tli się papieros. Gaszę go. Siadam na sofie, by założyć buty. Przekładam pasek przez klamerkę i podnoszę głowę. Spoglądam w lustro. Widzę szczupłą twarz z dużymi i błyszczącymi jak czarne diamenty oczami. Moli uśmiecha się porozumiewawczo. Dmucha w taflę lustra, które powleka się szronem i palcem kreśli słowa. Słowa są odwrócone, więc odczytuję je od prawej do lewej: *sąd ostateczny jest co dzień.*

Nie rozumiem, ale wiem, że Moli nie zwraca się do mojego rozumu tylko serca. Napis i twarz Moli znikają, ich miejsce zajmuje odbicie twarzy Emilki.

– Po co dzwonisz? – W progu stoi Emi i odzywa się z pretensją w głosie.

– Szukałam cię – odpowiadam i postanawiam z niczego więcej się nie tłumaczyć.

– I co, postanowiłaś po mnie zadzwonić? Chodź na górę.

Spoglądam za siebie. Pokój jest pusty. Kładę żarzącego się papierosa na krawędzi popielniczki. Zaciągam kotarę.

– Na gastrofazę i tak najlepsze są kremowe ciastka – słyszę głos Grześka.

– Mówię ci, tego nie próbowałeś – odzywa się Maciek.

Widzę ich przez uchyloną kotarę pomieszczenia ochrony.

– W restauracji obok serwują łososia, Maciek, mógłbyś mi go zamówić i odebrać? – pytam promotora.

– Na razie nic się nie dzieje, więc nie ma problemu – odpowiada.

Przynoszę z szatni kartę bankową.

– Sługusa sobie znalazłaś? – żartuje Grzesiek, gdy Maciek wychodzi.

– Ciebie powinnam posłać? – odgryzam się, puszczając do niego oczko.

– Pięknie wyglądasz – mówi z uśmiechem.

– Powiedz coś, czego nie wiem.

– Pyskata – kiwa głową Władek.

Wychodzę. Zasłaniając kotarę, słyszę ich stłumiony śmiech. Przybliżam policzek do tkaniny.

– Niezła jest, przeleciałeś ją?

– Znasz mnie – odpowiada Grzesiek.

Zebrane w loży, siedzimy i czekamy, aż Emilka zacznie mówić. Wreszcie odzywa się, patrząc kolejno na każdą z nas:

– Nie wiem, jak mam do was dotrzeć. Który to już tydzień nie robimy wyniku? W przyszłym tygodniu będzie audyt, sprawdzą między innymi jak wami zarządzam i wasz sposób pracy. Tyle mam wam do powiedzenia. Możecie odejść.

Julka zostaje ze mną.

– Odpoczęłaś?

– Tak, właściwie tak. – Kiwam głową, zmieniam temat i nadal myślę o Grześku. – Zastanawiam się nad tym audytem.

– Właśnie. Miałaś mi o niej coś powiedzieć – mamrocze Julka, wskazując wzrokiem na Emi.

– Tutaj mam ci to powiedzieć?

– Podsłuchy na sali nie odbierają tak dokładnie, jak przy barze – oznajmia i przysuwa się do mnie.

– Słyszałam o wczorajszym kliencie Cycatej i o czerwonej farbie. Emilia nie sprawdza się w roli kierowniczki – mówię cicho, a potem szepczę: – A gdyby ci wyżej dowiedzieli się, że ona ćpa?

– Skąd wiesz? – Julka otwiera szeroko oczy.

– Audyt to idealny moment, żeby się jej pozbyć – kontynuuję, odpalając papierosa.

– Może dowiem się czegoś więcej – mówi Julka, wpatrując się w kierowniczkę.

Z głośników leci DJ Kass z kawałkiem „Scooby Doo Pa Pa". Trzech młodych mężczyzn podryguje na parkiecie, a wokół nich kręcą się wszystkie tancerki.

– Norwegia – informuje mnie Franczes.

Chętnie bym obejrzała ze stołka Bomba Show, ale Emi każe mi dołączyć. Czuję się jak na imprezie. Każda z nas ma dzisiaj nadzieję na gruby portfel: kręci biodrami, mizdrzy się do wybranka. Im grubszy portfel widzimy, tym chętniej dajemy się dotknąć lub objąć. Cycata zanurza twarz Norwega w swoim biuście, pośladki Pameli ocierają się o maszt blondasa, Julka, drepcząc w miejscu, podaje szota tequili swojemu kochasiowi. Tańczę w tłumie i przymykając oczy, wracam do nocy z Grześkiem.

– Bierzemy go na VIP-a – szepcze mi do ucha Julka, wyginając się zmysłowo.

Wyrzuć ten hajs, wyrzuć ten hajs. Obserwuj, jak opada. Dolej tego, dolej tego. Właśnie tak imprezujemy.

Amant ma spocone czoło, ciemne krzaczaste brwi i dziecinnie naiwny uśmiech.

– Jestem Paula – mówię, klęcząc u jego stóp, gdy już siedzi na sofie.

– Donatas – odpowiada, rozstawiając szerzej nogi.

– Donut, jak ten pączek. Zrobiłam się głodna – wzdycha Julia.

– Nie rozumiem polskiego, możesz po angielsku? – marszczy się Pączek.

– Oczywiście, skarbie – mówi Julka, atakując jego twarz piersiami i rzuca do mnie zdenerwowana: – Mój amant wybiegł zaraz po tym, jak zadzwonili do niego z banku.

– Czarny punkt – rzucam, przyglądając się, jak frajer próbuje złapać oddech.

– Postawił mi drinka za 302 złote i na tym się skończyło.

– Uwolnij Pączusia, zanim przestanie oddychać i napijemy się bąbelków. – Uśmiecham się.

– O mój Boże, możesz jeszcze raz? – Amant nabiera powietrza z szeroko otwartymi gałami.

– Oczywiście, twoje zdrowie. – Julka podaje mu kieliszek czystej. Wypija i oznajmia, wsuwając palec za ramiączko stanika Julki:

– Dziewczyny, to wam niepotrzebne.

– Masz rację – mówię, podając mu szota wiśniówki. – Wiemy, czego potrzebujesz. Jesteś taki uroczy, czekałyśmy na kogoś takiego jak ty.

Gładzę jego policzek, a Julka wywraca oczami i szepcze mu do ucha:

– Chciałabym zabawić się z moją przyjaciółką. Chodź, mała – rzuca do mnie, chwyta za dłoń i ciągnie mnie na podłogę.

– Zdejmij to – odpinam jej stanik i uwalniam piersi.

– Ma cenną kartę, ale... – Julka ociera się o mnie i szepcze.

– Co? – pytam, kładąc się na niej.

– Macie kisiel w ofercie? To jakieś zapasy? Dalej, ściągnijcie te majteczki – rechocze napalony Pączek.

– Ma podpisówkę. Nie wystarczy PIN, musi jeszcze podpisać się na wydruku – mówi Julka, gdy nasze policzki się przytulają.

– O, kurwa – klnę jej do ucha.

– Kurwa – powtarza Pączek z głupkowatym uśmieszkiem.

– Musimy go upić, ale nie może zaliczyć zgona – mówi Julka, całując moje piersi.

– Chcę zarobić i nie dostać kary – ledwie mogę wydyszeć, czując jej gorące usta na brodawkach.

– Na odwrocie karty jest jego podpis, identyczny musi być na druczku – mamrocze z ustami w okolicach mojego pępka.

– *Wyrzuć ten hajs, wyrzuć ten hajs. Obserwuj, jak spada. Dolej tego, dolej tego* – podśpiewuje frajer, podnosząc puste szkło.

– *Właśnie tak to robimy. Dolej tego, dolej tego. Właśnie tak imprezujemy* – nucę i odrywam usta Julki od mojego wzgórka.

Wciskam guzik na ławie.

Franczes patrzy na stolik z pustymi kieliszkami.

– Wiśnia – mówię krótko, brzęcząc przesuwanym szkłem.

– Już donoszę. – Puszcza oczko i znika za kotarą.

Pączek odpływa. Sapie z odchyloną głową, ściskając piersi Julki, a ona siedzi mu na kolanach i poprawia grzywkę, zerkając w lustro.

Kopiesz dziurę, a ja ją zapełniam tobą. Jesteś moim celem. To jest prawdziwe.

– Obciągniesz mi? – dyszy Pączek.

– Powoli – mówię i zamieniam się z Julką miejscami.

– Nie martw się, cukiereczku, tobą też się zajmę – sapie Pączek. Z prostackim uśmiechem klaszcze w moją dupę. Wypuszczam głośno powietrze, ledwie powstrzymując się przed trzaśnięciem go w pysk.

– Proszę, dostawa. – Kelnerka przynosi alkohol.

– Zdrowie! – Julka podaje szota kochasiowi.

– Już napalone? Sprawdzę, czy macie mokre cipki – mówi Pączek, zlizując z warg resztki wiśni.

– Najpierw się napij – mówi Julka, wręczając kochasiowi drugiego szota.

– Ale z ciebie suka! – Pączek przyciąga Julkę do siebie.

– Jest gotowy – mówi mu Julka głośno do ucha.

Wciskam guzik.

– Jest gotowy – powtarza Pączek i pyta, ciągnąc rękę Julki w stronę rozporka: – Co powiedziałem?

– Wzywaliście mnie? – Uśmiecha się Franczes.

– Daj alkohol, zabawimy się – mówi Pączek.

– Dwa pięćset dziewięćdziesiąt dziewięć – rzuca Julka do kelnerki i uwalnia rękę z dłoni amanta.

Franczes wbija cyfry w terminal. Pączek skupia wzrok na moich sutkach i bezwiednie zbliża plastik do urządzenia.

– Misiaczku, podejdźmy do baru – oznajmia Franczes słodko.

– Po co? – marudzi frajer.

– Dasz mi swój autograf.

– Chodź, tygrysku – mówi zalotnie Julia i chwyta go za nadgarstek.

– W końcu się zabawimy – dodaję, robiąc to samo z drugim nadgarstkiem.

Barmanka przeciera barowy blat i podaje długopis. Emi nerwowo bierze plastikową słomkę w usta i obserwuje kątem oka.

– Tak jak mówiłam, dasz mi autograf. – Franczes podsuwa mu wydruk z kwotą 2591 złotych. – Misiu kolorowy, chcę taki sam podpis, jaki masz na karcie.

– Czuję się jak jebany Elton John – mówi Pączek, lekko się chwiejąc.

– Jesteś przystojniejszy – dorzuca Julka, a on uśmiecha się i kręci głową zadowolony. Julka wsuwa dłoń do jego tylnej kieszeni i chwyta za pośladek.

– Zdecydowanie przystojniejszy – potwierdzam, patrząc w jego sprośne oczy.

– Sprawdzisz? – Kelnerka podaje świstek kierowniczce.

– Wszystko się zgadza – odpowiada Emi, porównując parafki. – Zadzwonię do monitoringu i poproszę o zgodę, by kolejne transakcję były podpisywane w pokoju prywatnym. Idźcie się bawić.

– Tak, kurwa! – wykrzykuje Pączek, zabierając kartę od Emi i szoty z tacki.

Julka zamienia pendrivy. Zasuwam za sobą szklane drzwi i rozbrzmiewa kawałek Malika Montany.

Ja tak jak kot siedem żyć i baluję całą noc. Wydaję jagodzianki w Gucci. Wydaję jagodzianki w Louis, pięć piguł, nie mogę spać, Grey Goose, lecę jak ptak.

Pączek buja się w rytm muzyki, a ja z nim, unosząc wysoko ręce. Spoglądam w lustro, mam przyklejony uśmiech: Podpisówka, podpisówka! Wydoimy go!

– Nie jesteście jak reszta lasek – mówi Pączek, tańcząc. Wyciera czoło, przechyla kieliszek i obejmuje nas, dodając: – Piękne, rozgrzane i chętne.

Głupiutko chichoczemy.

– Zapamiętasz tę noc – mówię, szturchając palcem w jego tors.

– Jakbym mógł zapomnieć?! – krzyczy entuzjastycznie.

– Zamknij się! – Julia jednym pchnięciem sadza go na sofie.

W głowie głos mówi idź już spać, ale nos swędzi i chce ćpać.

– Chodź – mówi Julka i przypiera mnie do ściany. – Głodna jestem – dodaje ciszej, a jej dłonie suną po moim ciele.

– Ja też – odpowiadam, odgarniając jej włosy.

– I majtki mi się wrzynają – skarży się, a jej usta pląsają po moim obojczyku.

– To je ściągnij – proponuję.

Kiedy jej wargi pełzną po mojej szyi, odchylam głowę do tyłu i zerkam na Pączusia.

– O tak, pokażcie mi jak bardzo się lubicie – sapie podniecony.

– Wczoraj kupiłam sobie kieckę, zajebista jest. I była w promocji – kontynuuje, zaczesując mi palcami włosy za ucho.

– Za ile? – niewyraźnie pytam przez jej dłoń, która gładzi moje usta.

Gdy nasze wargi spotykają się, topię się w fali na nowo odkrywanych doznań. Zboczyłyśmy z utartej ścieżki. Uczucie jest tylko uczuciem? Chwilą? Ślepym zaułkiem?

– 199 złotych – szepcze.

Pławię się w intymności. Znikam.

Mrugam nienaturalnie szybko

Pocieram zziębnięte palce, ale wciąż są zdrętwiałe. Kulę się, krzyżując ręce na piersiach. Uśmiecham się na wspomnienie gorących warg Julki na moim brzuchu, piersiach, ustach. Czekam na taksówkę, która podjeżdżając, płoszy głupie gołębie.

– Mogę? – Słyszę za plecami zakłopotany głos, gdy szarpię klamkę mercedesa. – To jest moja taksówka.

Mrugam nienaturalnie szybko, a Julka nie spuszcza ze mnie wzroku.

– Tak – bąkam.

Julka odjeżdża.

Wzruszam ramionami i patrząc za taksówką, uśmiecham się do siebie.

Służbówka wygląda jakby przeszło przez nią tornado. Materace ściągnięte z piętrowych łóżek leżą na podłodze, wszędzie stosy ubrań wyrzucone z otwartych na oścież szafek, z szuflad wystają papierzyska, a na samym środku tego chaosu worki ze śmieciami.

– Kurwa, Zbyszek, daj spokój, chcemy się położyć – chrypi Mysiowłosa.

– Zapomniałeś? Pracujemy w nocy. Kiedy ty pod kołderką kleisz się do żonki, my pracujemy! – oburza się Nikola.

– Zbychu, jak coś znajdziesz, to się podzielisz? – naśmiewa się Waleń.

Przez uchylone drzwi do pokoju widzę Wiki, nie rusza jej hałas, mierzy miłosną amunicją do słuchawki.

– Kocham cię. – Pociąga za spust.

Dostrzega mnie. Rzuca telefon na materac.

– Co się tak gapisz? Mam wyprowadzić ci jedynki na spacer? – Zakasuje rękawy i idzie do mnie.

– Wyprowadzić ci jedynki na spacer? – powtarza, stając naprzeciwko.

– A one nie miały spacerować trzy dni temu? – pytam.

Wiki prycha i przechodzi obok, szturchając barkiem w mój bark. Wchodzę do kuchni, a Zbychu za mną.

– Która odłączyła kamerę?! – grzmi, wodząc wzrokiem po naszych twarzach. – Pytam! Połknęłyście języki? Co to jest? Brudaski, nie potraficie po sobie zmywać?

Wyjmuje ze zlewu talerz z zaschniętą musztardą.

Zbychu wydawał się inny: spokojniejszy, opanowany. Może ma zły dzień? Pokłócił się z żoną, może nie uprawiali seksu od dawna, a może żona uprawiała seks z innym?

– Zbychu, nie lubisz musztardy, wolisz ketchup? – pytam, zerkając na Beti z porozumiewawczym uśmiechem.

– Teksty z podstawówki zostaw dla swoich koleżanek – syczy, opierając rękę o stół.

– O co ci chodzi? Mów wprost! Wtedy może nie cofniemy się do zerówki.

– Gdzie schowałyście narkotyki?

– To dlatego wywracasz mieszkanie do góry nogami? Sądzisz, że któraś z nas przechowuje tutaj proszek bogów, magiczne tabletki albo sianko? – kpię.

– Dżizas! – wtrąca z rezygnacją Nikola i siada na krześle.

– Nie pomyślałeś – podnoszę głos, wskazując na kamerę – że w pracy jest tego aż zanadto i nie mamy ochoty, by ktoś oglądał nasze dupy w mieszkaniu.

– Zbyniu, serio? Czy myślisz, że zamawiamy McDonald'sa z dodatkową porcją śmietanki w proszku? – Waleń palcem pociera dziurki nosa i pociąga nim głośno.

– To jest moja praca i tak muszę was kontrolować – mówi nieco pokorniejszym tonem. – Podłącz to. – Kiwa na mnie i wychodzi.

– I co teraz, kurwa, mamy to wszystko sprzątać? – pyta retorycznie Anka.

Słyszę sygnał przychodzącej wiadomości. Sięgam do kieszeni po telefon. To Julka.

„Nie mogę zapomnieć bladych kartofelków Pączka. Żałosny, ale za to zarobiłyśmy po sześć kafli".

„W końcu coś spłynęło. Kiedy on zapakował sobie tę kartę w tyłek?" – odpisuję, zaciągając się papierosem.

„Nie przypominaj, bo mnie mdli".

„Widziałaś film „Głupi i Głupszy"? Pączek był głupi, ale stał się głupszy, gdy chciał wyjść, nie płacąc" – wystukuję.

„Pierdolony świr! Nie wiem, ile będę musiała wypić rumu, by o tym zapomnieć".

„To była szalona noc" – odpisuję i przypominam sobie usta Julki na moich ustach.

„Nie wiem, jak to się stało".

Nalewam sobie wina i zapalam kolejnego papierosa.

„Jesteś zła?" – kontynuuje, gdy milczę przez kilkanaście minut.

Piję kolejną lampkę wina. Rodzaj alkoholu nie ma znaczenia, a po nim nie ma znaczenia wstyd ani strach. Przy Julce zapomniałam, że muszę kontrolować każdy ruch i wypowiadane słowo. Grzesiek pokazał mi ciszę, do której chciałabym wracać, gdy mam przed sobą piramidy sprośnych rozporków. Gdybym wskrzesiła tamte chwile, ślepe uliczki zaczęłyby widzieć.

„Nie jestem zła" – odpisuję.

„Nie wierzę ci. Mamy wolne, wyskoczymy na kolację?".

„Idę spać, odezwę się później".

Zatrzymuję wzrok na gołębiu. Siedzi na zardzewiałej poręczy balkonu i czyści pióra.

Widzę to jak film, widzę to, jakby nie mogło być daleko. Chcę dla Ciebie nabrać miękkości. Pozwolić Ci zobaczyć prawdę. Zostawić przeszłość za sobą – błąka się piosenka z telefonu.

Balkonowy intruz odlatuje.

„Mam na Ciebie ochotę". – Czytam smsa od Grześka.

Chowam twarz w dłoniach, potem zapalam papierosa.

„O 23?" – Wciskam strzałkę.

„Czekam".

Poddaję się, ale poduszka wcale nie jest miękka.

MIRIAM

Odrapane drzwi. Pocałunek

Mam na ciebie ochotę. Mam na ciebie ochotę – dudni mi w głowie. Odrapane mury wokół odrapanych drzwi, przyciemnione szyby w oknach. Drzwi są stare i skrzypią.

Słyszę stłumione rozmowy i śmiechy, ze ścian płynie cichy dźwięk pianina. Otula mnie zapach papierosów. Stary fotel idealnie rozumie moje obolałe plecy, przecieram oczy ze zmęczenia.

Kelnerka w czarnej sukience z białym fartuszkiem stawia przede mną szklankę miodowego płynu.

– To od tamtego pana – mówi, wskazując palcem.

Nasze spojrzenia się spotykają, mężczyzna wstaje i podchodzi, zapinając guziki marynarki.

– Dzień dobry, pani – wita się.

– Może i będzie dobry, gdy go prześpię – odpowiadam, a on siada w fotelu naprzeciwko.

– To była ciężka noc – mówi i wyciąga z kieszeni marynarki pomiętą paczkę papierosów. Częstuje. Wkładam papierosa do ust. Zdejmuję z wargi okruch tytoniu. Mężczyzna wstaje, otwiera zapalniczkę, obraca kciukiem koło iskrownika, podaje mi ogień.

– Dziękuję – mówię i zaciągam się głęboko.

Przyglądam mu się. Jest przystojny i posępny jednocześnie. Twarz ma pociągłą, z wydatnym nosem i błyszczącymi, czarnymi oczami. W czarnych włosach drży światło, jakby ich delikatnymi skrętami bawił się wiatr. Szyję okala mu sztywny, łamany kołnierzyk. W tym samym odcieniu bieli jest chusteczka w butonierce czarnego garnituru.

– Masz wrażenie, że się znamy? – pyta.

– Tak, znam cię.

Pociąga za srebrny łańcuch przy kamizelce, z kieszonki wysuwa się zegarek.

– Śnimy ten sam sen – mówi mężczyzna.

– Pamiętam te sny. Pamiętam też dziennik Moli – dodaję. – Chcę wiedzieć, co było dalej.

Otwiera kopertę zegarka i wpatruje się w tarczę. Jak nocą za oknem, przesuwa się w jego oczach jakiś cień. Cień nieruchomieje i wpatruje się we mnie. Mężczyzna wyciąga dłoń i przesuwa po moim policzku, ale nie jestem pewna, czy go dotyka. Cień znika, mężczyzna wyciąga z kieszeni marynarki zeszyt i kładzie go na stole.

– Masz krew na koszuli. – Wskazuję palcem rdzawą plamę poniżej kołnierzyka.

Zapina guziki marynarki i wstaje z fotela.

– Do zobaczenia – mówi.

Odprowadzam go wzrokiem. Na jego plecach lśnią czarne skrzydła.

Wewnętrzną stronę okładki zajmuje rysunek zrobiony niebieskim atramentem. Tym razem dziewczyna unosi się w powietrzu. Rozpościera szeroko ręce zakończone szponami. Jej długie włosy są jak skrzydła wielkiego, drapieżnego ptaka w locie. Oczy ma zmrużone, rozchylone usta ukazują ostre zęby, grymas na twarzy wyraża drapieżną pogardę.

2 dzień tiszri

W nocy poszłam na cmentarz. Przyłożyłam ostrze noża do serca i wtedy przyszedł do mnie mężczyzna. Miał długie, czarne włosy i naszyjnik spleciony z węży. Delikatnie ujął mnie za nadgarstek ręki, w której trzymałam nóż.

– Chcesz się zabić? – zapytał łagodnie.

– Nie chcę cierpieć – odparłam.

– Czym zawiniłaś?

– Nie mam już serca.

Węże na jego szyi zachrzęściły. W świetle księżyca lśniły jak srebro.

– Więc tam – powiedział, przykładając dłoń do mojej piersi – jest miejsce dla Lilith.

Upuściłam nóż. Lilith – kusicielka. Lilith – nieustraszona. Lilith – nieśmiertelna. Lilith – demonica.

– Chcesz tego? – spytał.

Naszyjnik ułożył się w imię.

– Chcę, Samaelu – odpowiedziałam.

10 dzień tiszri

Dzisiaj pod chupą przyjęłam pierścień i przysięgłam stać wiernie przy moim mężu do śmierci. Przeniósł mnie przez próg mieszkania nad rzeźnią. Teraz tańczę dla niego. Fale ekstazy przebiegają moje ciało i zamieniają się w podniecające zaproszenie. Ajzyk Rzeźnik nie może oderwać ode mnie wzroku. Siadam na łóżku obok niego, śmierdzi krwią zwierząt.

Napełniam puste kielichy, zaglądam w jego czarne oczy i widzę, jak sprzedaje Żydom na placu teref kaszer po dubeltowej cenie, jak podpala składy Ben ish Eliaha, widzę, jak daje Benowi pieniądze na wyjazd do Pragi pod warunkiem, że weźmie ze sobą Natanaela, i jak z obleśnym uśmiechem składa hojną ofertę mojemu ojcu, żeby mnie poślubić.

Napełniam puchary.

– Za męża, którego sam Bóg mi przeznaczył – mówię.

Wypijamy. Jego wydęte usta ślinią mi szyję. – Za wierność, aż do śmierci.

Wypijamy. Jego gruzłowate palce pełzną po moich udach.

– Za śmierć, bo tylko ona może nas rozłączyć. Wypijamy. Jego nabrzmiały członek podryguje niecierpliwie.

Popycham Ajzyka, opada na plecy. Siadam na wzdętym brzuchu. Zdejmuję suknię.

– Jesteś moja. Tylko moja – mówi, dotykając drżącymi rękami moich piersi.

Pochylam się nad nim. Przykładam usta do ust. Zaciskam zęby na jego mięsistych wargach, zaciskam dłonie na wydatnym nosie. Próbuje mnie zrzucić, lecz zaciskam zęby i dłonie z całych sił. Poznaję smak przerażenia.

– Dziękuję Lilith – mówię, gdy przestaje oddychać.

Wódeczka i Red Bull

Komórka brzęczy coraz głośniej.

– Halo – mówię.

– Zbieraj się. Za dwie godziny widzimy się w restauracji Mamma Mia – oznajmia wesoło Julia.

– Dobra, dobra. – Przeciągam się i przekręcam na drugi bok.

– Wstawaj!

– Też miło cię słyszeć. – Ziewam, przecierając oczy. – Wyślij adres.

Dziewczyny jeszcze śpią. Kuchenne szafki skrzypią głośniej niż zwykle, woda w czajniku bulgocze kapryśnie. Mam migrenę. Zapach papierosa i kawy miesza się z pistacjowym żelem do kąpieli. *To tylko kłopoty. Myślę, że czasem uciekam, gdy tylko staję się za wrażliwa* – śpiewa Rita Ora. *Powiedz, co jest nie tak, co jest nie tak ze mną? Co jest nie tak ze mną?* – powtarzam z Ritą, jak tego dnia, kiedy zadzwoniła rekruterka.

Ubieram się w małą czarną i zamszową kurtkę.

Przed kamienicą natykam się na sąsiadkę, karcąco patrzy na długość mojej sukienki i mówi, składając ręce:

– Piją i cudzołożą. Boże, naucz mnie cierpliwości do tych rozpustnych dziewuch.

– Jak pani na imię? – Zatrzymuję się.

– Teresa.

– Jak ta święta? – Udaję zdumienie.

Uśmiecha się lekko i łapie za srebrny krzyżyk zawieszony na szyi.

– On wysłucha i ciebie – mówi.

– Ile pielgrzymek musiałabym odbyć, żeby dostąpić zbawienia? – Staram się być poważna. – Miłego wieczoru, pani Tereso.

Taksówkarz pyta, czy idę na randkę, a gdy zaprzeczam, ogląda mnie we wstecznym lusterku na wszystkich czerwonych światłach. Zabawmy, zabawmy się! Ene due rike fake, kto dziś kogo chlaśnie batem?

Mijam kelnera, który chce mnie zatrzymać przy wejściu. Moje obcasy stukają głośno o podłogę. Po prawej siedzą same kobiety, niech patrzą z zazdrością na moje buty od Fendi. Po lewej pary. Taksuję wszystkich wzrokiem i nie wiem, czyje oceniające oczy są gorsze. „Chciałabym tak wyglądać, mieć tyle pewności siebie", „Jest piękna, czemu Daria tak nie wygląda?", „Zdzira, pewnie ma sponsora, jak ona z tym żyje?", „Zerżnąłbym ją, gdyby tylko Darii tu nie było".

Na końcu sali siedzi Julka. Bawi się łyżką, unosi ją i przygląda się swojemu zdeformowanemu odbiciu. Jej czerwona top-hiszpanka ma wystarczający dekolt, by wywołać erotyczne fantazje u wszystkich zebranych.

Zauważa mnie, przesuwa lampkę Aperolu bliżej krawędzi stolika i stopą wysuwa dla mnie krzesło.

– Jak się czujesz? – pyta nieśmiało. Pierwszy raz słyszę u niej taki ton.

– Z chęcią wskoczyłabym jeszcze pod kołderkę, widzisz to? – Unoszę teatralnie górną powiekę, demonstrując przekrwione oko.

– Łyknij – mówi i miesza słomką w swoim kieliszku.

Gryzie papierową, ekologiczną rurkę. Czy tak samo intensywnie gryzą ją myśli o tamtych chwilach? Drink jest słodko-gorzki, jak to spotkanie. Dlaczego szukamy słów, które mogłyby zabrzmieć jak usprawiedliwienie? Julka wciąż patrzy na mnie niepewnie. Co ma na swoją obronę?

– Nie wiem, co powiedzieć – przebąkuje cicho, kiedy mój wzrok przesuwa się po jej piersiach.

– Nie mów nic – rzucam niby od niechcenia. Oba telefony na stoliku dźwięczą. Julka pierwsza podnosi swój.

– To Karolina – oznajmia.

– Do mnie też napisała – odwracam ekran komórki w jej stronę.

– „Wódeczka i red bull" – czyta Julka treść smsa.

Wysyłam Karolinie adres.

– Będzie za piętnaście minut – mówię, odkładając komórkę.

– Jeśli będziemy tu we trzy, to kto będzie dziś pracował w klubie? – zastanawiam się na głos.

– Nie pójdzie do pracy, dostanie 1000 złotych kary – Julka wzrusza ramionami.

– Myślisz, że coś się stało? Ot tak, rezygnuje z roboty? – drążę, ale Julka przewraca kartkami menu i pyta:

– Co jesz? O, gnocchi ze szpinakiem i krewetkami. Zamawiam to!

– Wezmę stek – mówię.

Kelner pyta, co może nam podać, uśmiecha się i zezuje co rusz na cycki Julki, nie notuje, wygładza dłonią nażelowane włosy i proponuje Julce pizzę z salami.

– Czy ty chcesz, Robert – odczytuje jego imię z plakietki – żebym się spasła jak krowa?!

Zamyka gwałtownie kartę dań.

– Przecież wiem, czego chcę! Zjem gnocchi. Do tego jeszcze dwa razy Martini Bianco na lodzie – komenderuje. – Czemu nie zapisujesz?

– Przepraszam, ale gnocchi się skończyło – oznajmia i gasi uśmiech.

– Dlaczego nie mówisz od razu, tylko zgrywasz kelnera roku? – Wzdycha ciężko, otwiera kartę i sunie palcem po papierze. – W takim razie… Niech będzie dwunastka. Carbonara. I dodajcie tam rukoli!

– Dobrze, już zamawiam – mówi kelner speszony.

– Wódkę z redbulem. Z lodem! Ale ze skruszonym – dodaje Cycata, która właśnie staje przy stoliku.

Wygląda na zmartwioną, ma tłuste włosy, rozciągnięty dres i rozmazany tusz w kąciku oka. Zawsze podobała mi się jej twarz, podobna do tych gwiazd Hollywoodu. Pięknie zarysowana żuchwa bez drugiego podbródka, idealnie kości policzkowe bez chomiczych baniek, pełne usta i duże oczy z długimi rzęsami.

– Też macie zły dzień? – Siada i sięga po mojego drinka.

– Chyba nie tak jak ty. – Patrzę na opróżnione szkło, a potem na Julkę.

– A ty nie miałaś dzisiaj być w robocie? Stać cię na karę? – Julka obrzuca ją aroganckim spojrzeniem.

– Przestań mi tu pierdolić, nie chcę, to nie idę.

– Skąd taki cięty humor? – pytam.

Kelner przynosi nasze zamówienie.

– Jesz coś? – pyta Julia Cycolinę.

– Pizzę cztery sery z sosem czosnkowym – mówi Cycata, kelner uśmiecha się ironicznie.

– Coś nie tak? – reaguje od razu Julka.

Kelner odchodzi bez słowa, a Karolina mówi:

– Zmieniły mi się dzisiaj plany, co robimy?

Ton głosu ma taki jak zwykle, ale nerwowo stukający w blat paznokieć mówi mi, że coś nie poszło po jej myśli.

– Na razie siedzimy i jemy – odpowiada Julka, a jej oczy patrzą na mnie pytająco.

– Jestem dziś zajęta – mówię, pociągając kolejny łyk rumu i uważnie się jej przyglądam.

Julka. Płomień

Pęk kluczy śpiewa, zamek w drzwiach przyjemnie szepcze. Chwieję się i zaciągam intensywnym zapachem świeżej farby. Ręka szybuje w górę, szukając romantyzmu, a lewa noga twardo bada grunt. Ekstrawagancki obcas dołącza do geometrycznych kształtów na podłodze. Linie przypominają podróżujące ptaki. Obejmuję ją, jest świeża, zimna i szara.

– Czemu przytulasz się do ściany? – parska rozbawiona Julka. – Przecież nie wypiłyśmy tak dużo.

Odgarnia mi pasma włosów z twarzy i uśmiecha się chytrze.

Mieszkanie wydaje się duże. Patrzę na Julkę z korytarza. Zamykam oko, by ostrość była lepsza. Julka odwraca się i wysuwa krzesło.

– Usiądź – mówi.

Opieram łokcie o stół i gapię się na salon, z którym jest połączona kuchnia. Szare ściany, biały narożnik, duży telewizor i nijaki kaktus na zakurzonym parapecie. Jedyny czarny element to ramka bez zdjęcia.

– Napij się.

Jej głos jest słodki jak landrynka. Biorę kubek i krzyżuję nogi przed sobą. Pachnie miętą.

– Telefon ci wciąż wibruje, ktoś się do ciebie dobija – mówi Julka.

Do niczego mi się nie śpieszy. Julka ma rozpuszczone włosy i zagadkowy uśmiech. Oprawiam ją w czarną ramę, ale jej tajemnica nie wtapia się w konwenanse.

– Jebana Mona Lisa! – mówię sfrustrowana i śmieję się.

Julka włącza muzykę. Opuszczam głowę, gdy staje za moimi plecami i masuje mi kark.

Nie ma do ciebie porównania, to jest głębsze, jest głębsze niż komukolwiek się wydaje. Muszę ci wierzyć, jesteś moją filozofią, dajesz mi więcej niż jakiekolwiek kłamstwo może nauczyć.

– Mona Lisa? – zastanawia się.

– Nieważne – odpowiadam.

Jej dłonie przestają być stanowcze. Dotyka mnie niepewnie wzdłuż ramion, po nadgarstkach, splata swoje palce z moimi.

– Chodź, dam ci jakąś koszulkę do spania – szepcze mi do ucha i bierze pod rękę.

– Gdzie mnie prowadzisz?

– Chodź – powtarza tym samym opiekuńczym tonem.

Przytula się do mnie. Jej policzek jest blisko mojego, a ja idę, jakbym miała przeskakiwać kałuże.

– Raz – mówię rozbawiona, przesuwając nogę do przodu.

– Dwa – skanduję, tupiąc z przyklejoną do siebie Julką.

– Trzy – chichoczę. – Cztery... Pięć...

– I już. Możesz się położyć – mówi Julka.

W sypialni główną rolę gra łóżko małżeńskie. Ściągając sukienkę, tracę równowagę, opadam na materac, wpatruję się w sufit i szczerze się śmieję.

– Nie wiedziałam, że taka z ciebie niezdara. – Julka patrzy na mnie z góry. – Ładnie ci w tych koronkach.

Nie odpowiadam i wciąż milczę, gdy łóżko ugina się delikatnie od ciężaru naszych ciał. Nie jesteśmy w klubie, nie ma sztucznego dymu i kierowniczki nakazującej odbębnienie show. Julka zbliża usta do moich i siada mi na biodrach. Nie będę tańczyć, jak zagrają. Żyję, oddycham głęboko. Czas się zatrzymuje. Czy zabiłabym dla tej chwili?

Julka chwyta zębami moją dolną wargę. Czy zabiłaby dla tej chwili?

– Dalej – dyszy mi do ucha.

Obejmuję jej biodra. Poruszają się wolno. Substitute śpiewa: *Miłość i więcej jest jak bycie po drugiej stronie tej walki, to one najwięcej znaczą w życiu. Jesteś płomieniem, jednak czuję, że mogę latać, nieważne jak ja...*

Julka uwalnia się z ubrań, zdziera ze mnie bieliznę i wszystko przyśpiesza. Nagość nas rozpędza. Sterczące sutki, przyjemnie mokre cipki, spocone ciała.

Kiedy fala orgazmów mija, Julka zasypia.

Wyślizguję się ostrożnie z jej ud, zbieram swoje rzeczy, biorę z komody perfumy. Przyglądam się Julce, jest taka spokojna.

Ubieram się w salonie, wyciągam z torebki telefon.

„Gdzie jesteś?", „Kiedy będziesz?", „Żarty sobie ze mnie robisz?" – czytam smsy Grześka.

Dior przykleja się do mnie niczym druga skóra. Upewniam się, czy wszystko mam. Ściany nie są szare, ubrały się w zgniły grafit.

Główny klucz wsuwam przez szparę pod drzwiami, pozostałe wrzucam do skrzynki na listy.

Żarty sobie ze mnie robisz – dudni mi w uszach.

Grzesiek. Pcham Cię

Patrzy na mnie zaspany i z wyrzutem. Nie przeszkadza mi to. Zrzucam buty i idę do swojego pokoju. Jest bezgłośnie. Nic nie skrzypi, tylko śmigła helikoptera w mojej głowie informują mnie, że są gotowe do startu. Leżę wygodnie, a gin z tonikiem zachęca, bym po niego sięgnęła i chociaż go nie cierpię, wypijam całą szklankę. Śmigła zaczynają wirować.

– Żarty sobie ze mnie robisz? – wraca jak bumerang.

– A wyglądam, jakbym żartowała?

Podnoszę się z kanapy i patrzę na Grześka. Słyszę znajomy utwór: *Pcham cię, wiesz. Bo jestem twoim diabelskim dzieckiem.* Czuję się jak u siebie. Pieprzył mnie w tym pokoju, więc mogę go nazwać własnym. Pieprzył mnie dobrze, trafił w punkt G i zafundował rozkoszną ciszę. Spóźniłam się trzy godziny, wiem – kalkuluję w myśli, kiedy stoi zirytowany przede mną i nie spuszcza ze mnie wzroku.

– Daj spokój, oboje wiemy, czego chcemy – mówię pewnie, przysuwając do siebie alkohol. – Jesteś zły, tak? – Uśmiecham się, przechylając butelkę Bombay'a. – Zły, na co? Nie przyszłam punktualnie? Pomyślałeś, że cię wystawiłam? – Poważnieję.

Opieram krnąbrnego dżina o kolano i pytam lekko:

– To kto się bawi?

– My będziemy się bawić – odpowiada Grzesiek i opuszcza slipki.

Grzesiek wie, czym się zajmuję, być może nawet przewiduje, jak skończy się nasza znajomość. Czy ktoś kogoś traktuje gorzej? Czym jest ciało? Moje pełne uda, krągła pupa i drobne piersi czekają na przyjemność. To jest ta chwila. Krótka i ulotna. Ta noc zaprowadzić ma mnie znów do mojej puszki Pandory, ulotni się z niej zdradziecka cisza, w której symbolicznie będę się pławić. Klękam w pozycji pieska i spoglądam na niego przez ramię.

– Coś ci nie pasuje? – pytam.

Widok jego zgrabnego kutasa mnie napędza, uświadamia, że jesteśmy tu i teraz.

– Dajmy sobie spokój. – Podnoszę się, wchodzę na kanapę i opieram się o ścianę.

– Spokój? – Marszczy brwi.

Gdy zaczynam się sobą bawić, Grzesiek dołącza. Jest twardy. Napiera na mnie ciałem, a jego palce wślizgują się we mnie natrętnie. Jęczę, czekając na błogostan. Przerywa uniesienie, ściąga ze mnie wymiętą małą czarną i biustonosz. Ściska mój kark, druga dłoń ląduje na mojej łechtaczce. Uginam kolana, zamykam oczy i odchylam głowę do tyłu. Dyszy. Ruchy jego palców przypominają grę na gitarze. Przytula swoje czoło do mojego. Struny rozbrzmiewają i śmieję się satysfakcjonująco.

– Rób, co chcesz – mówię.

Wchodzi mocno, zatykając mi dłonią usta.

– Rozgość się – majaczę.

Wchodzi i wychodzi.

– Powiedz – syczy przez zęby.

Lubiłam grać w Chińczyka. Podrzucając kostki, chciałam magicznej szóstki, tymczasem ukazuje się marna trójka. Trójka to połowa z szóstki.

– Powiedz – syczy głośniej.

– Mocniej, mocniej – rozkazuję.

Wchodzi z impetem. Kostka się toczy, a gdy się zatrzymuje, pokazuje sześć jebanych oczek. Uśmiecham się.

– Jesteś w bazie – mówię, wspominając Julkę, która wcześniej też się tam znalazła.

Na jego szyi zostawiam ślad długich paznokci. Krępuje moje ruchy, obraca mnie i ze żrącym podnieceniem uderza w pośladki. Jest mokro, zupełnie jakby pierdolony dyngus przyszedł przed czasem. Chowam się w glinianym dzbanie, a Pandora częstuje mnie wytrawnym winem. Z zadartymi nosami oglądamy fajerwerki.

Kutas z Photoshopa

– Bój się Boga! – Słyszę głos świętej Teresy z parteru.

– Dzień dobry – witam się z sąsiadką i by nie stresować jej zanadto, nie mówię nic więcej.

Zza uchylonych drzwi słychać brzęk obijanych o siebie butelek. Mieszkanie służbowe zawsze wygląda jak pobojowisko i prawie nigdy nie jest w nim cicho. Rozwalone kartonowe pudło, przydrożny sex-shop i Waleń.

– Co się tak gapisz? – pyta, segregując ubrania na suszarce.

– Waleń, mam się świetnie – odpowiadam.

– To, kurwa, dobrze, bo ja nie – warczy, zabiera białą koszulę i znika w swoim pokoju.

– Co się tak gapisz? – rzuca Wiki, wchodząc do mieszkania.

„Co się tak gapisz" – zyskało status pozdrowienia.

– Pierdolisz, na pewno takiego nie miał – słyszę Ankę z kuchni.

Wchodzę do kuchni-kurnika.

– Następnym razem zrobię zdjęcie – odpowiada Beti.

– Znajdę ci prawdziwą maczugę, na Ali Express – parska Anka, popijając bezalkoholowe wino.

– Czemu mi nie wierzysz?

– Co jest? O czym gadacie? – Dołączam do obrad kuchennego stołu.

– Paulina, pamiętasz tego kelnera? Przyznaj, miał wielką maczugę! – zaczepia mnie Beti, bawiąc się zapałkami.

– Mówisz o tym kelnerze, którego dorwałaś w restauracji Tutti Colori?

– Tak, wtedy jak miałyśmy wolne.

– Ty byłaś z nim w łóżku, nie ja. – Unoszę brew i patrzę na pstrokate bransoletki Anki.

– Każę mu wysłać zdjęcie – oświadcza Beti.

– Daj spokój, teraz wszystko można przerobić w jebanym Photoshopie. Duży, gruby, kutas na życzenie w pięć minut. – Zza lodówki wynurza się Zuza.

– A tryskałyście kiedyś? – pyta Anka od rzeczy.

– A robiłyście kiedyś klienta na wyznanie miłości? – licytuje Zuza.

– Idę pod prysznic – oznajmiam.

– Trzeba się tylko przełamać, ale warto, jest z tego niezła beka! – wykrzykuje Zuza, wychodząc z kuchni. – Idę spać, nogi mi do dupy włażą – dodaje, ziewając.

– Głupie zdziry! – krzyczy Wiki.

Dziewczyny śmieją się jeszcze przez chwilę w korytarzu, a ja znikam w łazience, rozczulając się przyjemnie gorącą wodą. Zmywam z siebie zapach minionej nocy. Zapach ich obojga. Wycieram twarz ręcznikiem, stojąc przed lustrem. Układam myśli. Czy ja ich wykorzystuję? A może oni wykorzystują mnie? Czego ode mnie oczekują? Maluję palcem krzywy uśmiech w rogu lustra.

LILITH

Odrapane Drzwi. Lilith

Czy ja ich wykorzystuję? A może oni wykorzystują mnie? – dudni mi w głowie. Odrapane drzwi skrzypią. Wewnątrz jest cicho i ciemno. Pali się tylko jedna lampa na stoliku, przy którym siedzi długowłosy mężczyzna. Przysiadam się. Fotel idealnie rozumie moje obolałe plecy.

Szeroka dłoń podsuwa mi paczkę papierosów. Chrzęszczy kółko iskrownika i płonąca zapalniczka wysuwa się w moim kierunku. Dym papierosa drapie mnie w gardle. Chciałabym się napić, ale szklanka przede mną jest pusta. Zdejmuję z wargi okruch tytoniu i wpatruję się w jego twarz. Mężczyzna jest przystojny i posępny zarazem. W miękkim świetle lśni krawędź wydatnego nosa, błyszczą ciemne oczy. Tuż nad rozpiętym kołnierzykiem porusza się obroża spleciona z metalicznych węży. Nie jestem pewna, czy jest na skórze, czy pod skórą mężczyzny. Gaszę papierosa w popielniczce. Przechylam się w jego stronę i wyciągam rękę. Węże są lodowate. Odczytuję sunąc palcem po literach, jakby tekst był napisany brajlem, układam węże w litery: es, a, em, a, el. Jeszcze raz składam słowo. Przy literze el czuję bolesne ukłucie, cofam rękę. Na czubku palca zbierają się dwie krople krwi.

Mężczyzna wyjmuje białą chusteczkę z butonierki i podaje mi. Zawijam w nią palec. W zwieszającym się luźno rogu chusteczki wyhaftowany jest monogram: „S”.

Nie zauważam, kiedy podchodzi do stolika kobieta w czarnej sukience i białym fartuszku. Przechyla nad szklanką butelkę z grubego szkła i cienką, miodową strugą napełnia szklankę. Odczytuję wyrżnięty w szkle butelki napis: „Harap Serapel". Chcę podziękować kelnerce, ale jej już nie ma. Biorę pierwszy duży łyk, alkohol dodaje mi odwagi.

– Samael? – pytam.

Potwierdza skinieniem głowy

– Czego chcesz ode mnie, Samaelu?

– To ja powinienem spytać, czego ty chcesz. To ty przyszłaś do mojego snu. – Pociąga za srebrny łańcuch i z kieszonki kamizelki wysuwa się zegarek.

– Pierwszy raz zabłądziłam, potem byłam ciekawa historii Moli – odpowiadam.

– Poznałaś jej historię. Po co przyszłaś teraz? – mówi, otwierając kopertę zegarka.

– Chcę wiedzieć, kim jest Lilith – odpowiadam.

Wpatruje się w tarczę zegarka. Jak nocą za oknem, cień przesuwa się w jego oczach i zatrzymuje. Nie widzę już Samaela, lecz twarz kobiety. Migdałowe, zielone oczy wpatrują się we mnie.

– Ty jesteś Lilith? – pytam.

– Jestem Kali, jestem Satrina, jestem Lamassa, jestem Lajla. – Jej słowa szumią w mojej głowie. – Jestem Duchem Wiatru i Demonem Nocy. Jestem Lilith. – Szum przechodzi w łoskot, a jej oczy płoną w półmroku.

– I jesteś mściwa – mówię, gdy się uspokaja.

– Jesteś taka bezpośrednia, a przy tym taka słodka. Niewinny aniołek – szumi z udawaną słodyczą i nagle zmienia ton na ostry: – Jestem mściwa. Ale też wolna, niepokorna, piękna i nieśmiertelna. – Szum zmienia się w sztorm. Kobieta obnaża ostre zęby w pogardliwym uśmiechu.

– Moli dzięki tobie stała się wolna, niepokorna i nieśmiertelna? – pytam.

– Tak jak chciała. – Szum łagodnieje.

Sięgam po papierosa do paczki leżącej na stole, wyjmuję, wkładam do ust.

– Samael twierdzi, że jestem podobna do Moli. Pozwolił mi przeczytać jej pamiętnik. – Biorę zapalniczkę ze stołu. – Był miły, częstował alkoholem i papierosami, mówił, że jestem piękna. Dlaczego chciał mnie omotać? – Przypalam papierosa.

Lilith wpatruje się we mnie intensywnie i uśmiecha się.

– Kim jest teraz Moli? – pytam chłodno, wciągając do płuc drapiący dym.

– Wyzwoliłam ją – szumi z mieszaniną politowania i pobłażliwości.

– Nie odpowiedziałaś na moje pytanie. Kim ona teraz jest?

Podnosi wzrok i spogląda ponad moim ramieniem w ciemność. Biorę duży łyk Harap Serapel i oglądam się za siebie. Papieros parzy mnie w palce. Rzucam go, rozżarza się na podłodze. Dostrzegam cienie. Niektóre snują się, ciągnąc za sobą postrzępione skrzydła, niektóre stoją, patrzą na nas bez emocji. Wśród cieni dostrzegam Moli w poplamionej rdzawo sukience. Ona jedyna pośród upiorów nieznacznie się do mnie uśmiecha, rysując w powietrzu palcem kształt serca.

– Upiory – mówię cicho. Przełykam ślinę i dodaję oskarżycielsko: – Moli została upiorem.

– Będzie żyła do końca czasu – szumi spokojnie Lilith.

– Żadne z was jej nie powiedziało, że po śmierci zostanie upiorem – odzywam się z wyrzutem.

– Nie pytała – szumi lekceważąco. – Zresztą śmierć samobójcza też uczyniłaby ją upiorem.

– Powiedz mi prawdę. Do czego ci jestem potrzebna?

– Tylko ty możesz zbliżyć się do anakima, który tropi moje emanacje i je niszczy – grzmi Lilith.

– Co to anakim? – pytam zdumiona.

– Anakimowie są potomkami aniołów i ziemskich kobiet. Mają potężną moc i wolę.

– Co ja miałabym zrobić potężnemu anakimowi? – pytam drwiąco i podnoszę do góry drobne dłonie. – I co możesz mi ofiarować w zamian? Nieśmiertelność upiora? – mówię z rozżaleniem. – Mam być jak Moli?! – podnoszę głos. – Moli mogła nie mieć wyjścia, ale dlaczego ja?!

– Wkrótce poznasz anakima i tylko ty masz moc, by go zniszczyć. – Wpatruje się we mnie intensywnie. Gdy otwiera usta, by mówić dalej, błyskają kły. – Zabij go, a uczynię cię podobną mnie, demonem, istotą mającą wolną wolę człowieka i potęgę anioła. – Przybliża twarz, wpatrując się we mnie zmrużonymi ślepiami. Szum jej głosu zamienia się terkot werbli. – Wyobraź to sobie. Ze świadomością swojej potęgi i nieśmiertelności możesz sprawiać ból i nie spełniać oczekiwań.

Czy chcę być jak Lilith? To takie podniecające. Takie kuszące. To takie łatwe?

KRUCZOWŁOSA

Nieświadome zawsze czyha

Taksówka zatrzymuje się przed klubem. Patrzę w szybę, bawiąc się czarnymi pasmami włosów. „Sprawiać ból i nie spełniać oczekiwań". To takie podniecające. Takie kuszące. To takie łatwe.

Rozsuwam kotarę. Uderza mnie zapach palonego papierosa i taniej wódki. Pamela uporczywie poleruje rurę, Ola z posępną miną rozmawia z Laurą, uśmiechnięta Franczes klepie w ramię Pandę, która leniwie czyści bar. Na wysokim krześle, przy komputerze siedzi Marcelina. Wydaje się tęższa niż zwykle. Co chwilę zmienia obraz na monitorze: przegląda listę piosenek i znów podłącza się do kamer.

– Cześć, co słychać? – pytam, kierując wzrok na Pandę i Franczes. – Jak poprzednia noc? Zarobione?

– O której to księżniczka nas wita? – mówi Marcelina, a jej oczy i ciemne kreski na powiekach usiłują mnie palić. – Wizyta u fryzjera się przeciągnęła?

– Świetnie wyglądasz! – komplementuje mnie barmanka.

– Yes Bitch! – Franczes entuzjastycznie chwyta pasmo moich włosów. – Idealnie czarne, do samego pasa. Fryzjerka odjebała kawał roboty!

– Idę na dół. – Uśmiecham się wdzięcznie.

Wchodzę do pokoju socjalnego, który wciąż nie przestał być korytarzem. Rozbieram się. Stoję naga i zawieszam wzrok na kamerze w rogu pomieszczenia. Czerwone, migające oko codziennie monitoruje czyjeś obnażenie.

Rozsiadam się w trzeciej loży, dym fajury snuje się nad stołem.

– Zebranie – informuje szorstko Marcelina.

Zgromadzone na kanapie tępo patrzymy na nią. Stoi na podeście z szeroko rozstawionymi stopami.

– Nie ma dziś z nami wszystkich – zaczyna – Karolina i Julka nie dotarły do pracy. Nie wiem, jaki jest powód, w tej chwili mnie to nie obchodzi.

Mierzy nas wzrokiem, składa ręce za plecami i mówi dalej:

– Nie miałam w planach zastępować dziś Emilki. Miałam mieć wolne. Szczerze, nie chcę wiedzieć, co tu się odpierdoliło. Nadchodzą zmiany.

Zaciągam się ostatnim buchem papierosa i spuszczając wzrok w popielniczkę, czekam na informacje.

– Emilka została poddana narkotestom. Wyniki mogłyby przebić jebaną tablicę Mendelejewa. Nie pojawi się już w klubie – mówi Marcelina.

– Czyli ty teraz będziesz zarządzać? – wyrywa się Pamela.

– Nic jeszcze nie wiem, oprócz tego, co wam powiedziałam.

Lokal jest pusty. Każda mijająca minuta dręczy mnie cierpką nudą. Minuty zmieniają się w godziny. Zgarbione przylegamy do skórzanych siedzisk i zerkamy na wyświetlacz, czekając, że czerwone cyfry ułożą się kolejno: zero, zero, dwa, w sygnał, który informuje, by podnieść tyłki, w rozkaz, by zacząć wić się na drążku, w okazję, by zarobić. Nasłuchujemy euforycznego dźwięku dzwonka, który obudzi życie klubu i wypełni nasze wybrakowane konta bankowe.

Telefon pika. Odczytuję wiadomość od Julki: „Wszystko załatwione, problem z głowy. Pani Emilia spakowała walizki".

Palę papierosa, rozglądam się i znów palę. Potrzebuję adrenaliny, wyzwania, hałasu, krzyków i presji. Pieniądze. Ryzyko. Porażka. Satysfakcja. Kręcę się w kołowrotku. Biegam. Dokąd pędzę?

Jest przed północą, gdy dzwoni dzwonek, czerwone 002 na wyświetlaczu.

– Jazda! – Marcelina pogłaśnia muzykę.

Tańczę, zatapiając się w słowach: *Taka strata czasu. Obce głosy mówią mi, że nie zostanę sama. Nie zostaniesz sama.* Obcasy głośno szurają po parkiecie, a różowe światła ogrzewają moje ciało. Zamykam oczy. Uspokajam się. *Nie zostaniesz sama, nie zostaniesz sama.*

– O, kurwa – słyszymy głos Marceliny.

Wchodzi Julka

– Mam ochotę cię rozszarpać – mówi Marcelina, wbijając z nienawiścią wzrok w Julkę.

Chce jeszcze coś powiedzieć, ale przerywa jej telefon.

– Kogo mam wysłać? – grzmi do aparatu. – Na pewno? Dobra, wy decydujecie.

Marcelina odkłada telefon, marszczy brwi i przywołuje mnie.

– Ty i Julka idziecie na ulotki, przebierzcie się – mówi twardo.

Jatki

Wychodząc z klubu, natykam się na lubieżne spojrzenie Grześka. Ulice są szare i puste. Podchodzimy do Patryka.

– Co jest? Wysyłają was na inny klub? – pyta promotor.

– Daj ulotki – mówię, wzruszając ramionami.

Patrzy na nas, jakby nie rozumiał.

– Ogłuchłeś?! – podnoszę głos.

Wyjmuję mu z rąk plik ulotek i biorę Julkę pod rękę.

– Prawie cię nie poznałam – rzuca Julka.

– Nie podoba ci się? – Zerkam na nią.

– Ten – mówi nieoczekiwanie Julka, wskazując mężczyznę wychodzącego z monopolowego.

Poprawiam sukienkę. Julka zagaduje:

– Jestem Julka, a to moja koleżanka Paula.

Jest speszony, rozgląda się dookoła, jakby nie był pewien, czy Julka mówi do niego.

– Masz wolny wieczór? Razem z moją koleżanką mamy ochotę się rozerwać – mówi Julka, obniżając hipnotyzująco głos.

– Tak? – Unosi kąciki ust.

– Jak ci na imię? – Chwytam go za ramię.

– Arek – odpowiada śmielej i wyciąga z kieszeni papierosy.

– Arek, łowca szparek. Proszę, to dla ciebie. – Julka podaje mu ulotkę i ciągnie dalej: – Napijesz się darmowych szotów, a potem zabierzemy cię na taniec prywatny.

Arek zaciąga się dymem, wyjmuje z kieszeni komórkę, szuka czegoś w wyszukiwarce, odczytuje coś z ekranu, spoglądając co rusz na ulotkę, milczy przez moment, zgniata papier i mówi do nas z pogardliwym wyraz twarzy:

– Pierdolcie się, nie dam się nabrać.

Odchodzi, klnąc pod nosem.

– To będzie długa noc – mówię do Julki. – Musimy się dobrze nastroić, praca promotorek to coś nowego.

Wbijam wzrok w migoczący na żółto neon sklepu.

– W sumie to niezły pomysł – oznajmia lekko Julka.

Kupujemy dwie dwusetki wiśniówki i ucztujemy za rogiem.

– Przejdźmy się – mówię, wyrzucając szkło do śmietnika. – Może trafi się jakiś bogacz.

– Ile jeszcze tu wytrzymasz? – pyta Julka, ruszając za mną.

– O co właściwie pytasz?

– Wiele lasek już odeszło, to nie jest robota dla każdego. Stres, kary, alkohol, presja – mówi coraz ciszej.

– Sądzisz, że wymiękam?

– Pierdolę bez sensu! Znajdźmy jakąś kasę – ucina rozmowę.

Na sąsiedniej ulicy natykamy się na Maćka.

– Dobra, dajcie sobie spokój. Nikogo nie ma, to nie nasz dzień – oznajmia promotor.

– Tak czy inaczej, nie mam ochoty wracać do klubu – odpowiadam.

– To zapraszam do bazy. – Uśmiecha się.

Wracamy na Okrąglak. W dzień jest tu targ i tłumy ludzi, ale teraz Maciek prowadzi nas wąskim, ciemnym korytarzem wewnątrz hali, który wydaje się nie mieć końca i z którego dobiegają jakieś stłumione śmiechy.

– Tadam, patrzcie kogo znalazłem – mówi Maciek zwracając się do trzech mężczyzn siedzących na drewnianych skrzynkach.

– To tak pracują promotorzy? – odzywa się kpiąco Julka.

– Cześć, Konrad. – Brunet wyciąga rękę w naszą stronę.

– Pitbull. – Ściska nam ręce koleś w skórzanym stroju motocyklisty. – A ty nie byłaś blondynką? – zastanawia się, patrząc na mnie.

– Byłam.

– Długo już tu siedzicie? – zagaja Julka.

– A co? Nie narzekamy. – Patryk z szerokim uśmiechem wyciąga zza pleców schowaną butelkę i podaje Julce.

– Masz, rozgrzej się – mówi.

– Stary, gdzie z gwinta. Lej. – Pitbull podsuwa plastikowe kubki.

– Dobra, wypijmy za nasz „Diament" – mówi Maciek.

– Znalazł się, kurwa, mistrz przemówień. Chcesz pić za klub ze striptizem? – drwi Konrad i skanduje: – Hop siup, cztery baby, osiem dup.

– Zdrowie Łysego! Niech mu się fura błyszczy! – krzyczy Julka.

– Zdrowie – powtarzamy, unosząc kubki.

– Już się nie błyszczy – mówi Maciek, strzepując na ziemię ostatnie krople z opróżnionego kubka.

– Co? Sprzedał swoje lambo? – pyta zdziwiona Julka.

– Nie zastanowiło was, dlaczego ostatnio kary się sypią jak z rękawa. – Maciek rozlewa nową kolejkę.

– Wszyscy, kurwa, wiedzą. Prezes rozbił swoje złote lamborghini i nie dostał odszkodowania – odpowiada Pitbull.

– Co to za miejsce? – pytam.

– Nie wiesz? – mówi z przekąsem Konrad i powtarza tajemniczo, ściszając głos: – Naprawdę nie wiesz?

– Kiedyś tu była żydowska rzeźnia – spokojnym tonem oznajmia Pitbull i zaciąga się papierosem.

– Jatka – dopowiada Patryk.

– Świnie tutaj zarzynali? – pyta Julka.

– Świnie nie są koszerne – mówi Patryk. – Tu zabijali wszystko, tylko nie świnie.

– A ludzkie mięso jest koszerne? – pyta Konrad.

– Jak poderżniesz gardło i spuścisz krew, to będzie koszerne. – Śmieje się Patryk.

– Robi się dziwnie i strasznie – mówi Julka.

Rozlewa pigwę do plastików i mam wrażenie, że ręka jej drży.

– Może jeszcze opowiecie o Moli? – prowokuje.

– O tej, co straszy w klubie? Widziałaś ją kiedyś? – odzywa się Pitbull.

– Nie widziałam i nie chcę widzieć – odpowiada Julka, wypijając jednym haustem zawartość kubka.

– A ty? Widziałaś Moli? – drąży Pitbull, zwracając się do mnie.

– Moli to moja kumpela – odpowiadam poważnie. – Jest piękna i ma skrzydła.

– Tancerki, które były tu przed wami, gadały o niej – mówi Patryk – Bały się jej, żadna nie chciała pracować w ostatnim pokoju.

– Ponoć zabijała. – Konrad obejmuje nas wzrokiem.

– Mordowała, facetom podrzynała gardła – rozwija Pitbull. – Spuszczała z nich krew, a potem sprzedawała ich mięso na bazarze jako koszerne.

– Podobno była tancerką – wtrąca Julka.

– Tancerką nie mogła być, bo Żydzi nie mieli klubów ze stripem. – Śmieje się Patryk.

– Podobno popełniła samobójstwo – mówi Pitbull.

– Jeżeli zrobiła to w klubie, nasz szefunio, Łysy z Brazzers, nie pozwoli, by ta informacja wyciekła – zauważa Patryk.

– Taaa. Tak samo, jak to, że czyścimy frajerom karty – ironizuje Maciek. – Tylko dlaczego potem dostajemy wezwania na policję? Łysy zabezpieczył się, każąc nam podpisywać stos oświadczeń i regulaminów. Jest czysty. Jak coś jest nie tak, mówi: „Nieprawidłowości nie ma, a jeżeli się zdarzają, to winni są pracownicy, którzy nie przestrzegają zasad" – kończy ze złością.

– O czym my w ogóle mówimy? Policja? – Śmieje się Konrad i bełkocze, chwiejąc się lekko na skrzynce: – Byłe i obecne psy szczekają u nas na klubowej bramce. Jak ten młody ochroniarz Grzesiek czy jak mu tam, nooo, wiecie o kogo chodzi, ten co posuwa każdą, która się podłoży.

Otwieram szeroko oczy. Słowo „każda" policzkuje moje ego. Nie jestem „każda".

– On jest policjantem? – pyta Julka

– Tak. A czemu pytasz? Też mu się podłożyłaś, czy czekasz na swoją kolej? – odpowiada Konrad.

– Pierdol się – syczy Julka, przechyla się w jego stronę i chlusta mu w twarz alkoholem z kubka.

– Odjebało ci?! Suka! – wrzeszczy Konrad, zrywa się, obcierając oczy. Kopie w skrzynkę.

– Konrad, kurwa, wypierdalaj pod swój klub. – Pitbull przytrzymuje go za kark. – Wracaj na „Junaka". – Popycha go.

– Pierdolcie się wszyscy – warczy, oddalając się.

Szumi mi w głowie, a ruchy stają się wolniejsze.

– Maciek, twój telefon chyba dzwoni – mówi Patryk.

– To Marcelina. – Maciek sprawdza i wycisza dźwięk w komórce.

– Co, boisz się Marcelinki? Odbierz, bo nie poruchasz! – naśmiewa się Patryk.

– Ty i Marcelina... – urywam, patrząc ze zdziwieniem na Maćka.

– Pytasz, czy Marcelina opierdala mu gałę? – Patryk nie odpuszcza.

– Zamknij się – cedzi Maciek przez zęby i dodaje, patrząc mi prosto w oczy. – Nic nie wiesz. Nie było cię tu. Rozumiesz?

– Która jest godzina? – pytam, odwracając wzrok.

– Druga trzydzieści – informuje Pitbull.

– Kurwa, jak my wrócimy do klubu? – mówię.

– Ja jebię, tego, kurwa, jeszcze nie grali, żebym się najebała, roznosząc pierdolone ulotki – rechocze Julia.

– Nie napracowałaś się zanadto – dodaje Patryk.

– Jak zobaczy was Marcelina i monitoring to od razu zrobią wam alkotesty – odzywa się Pitbull.

Zerkam na telefon. Teraz Marcelina dzwoni do mnie.

– Kurwa, czy ja w tym tygodniu biję rekord? Kara za karą. Teraz za nieobecność, za chwilę za bycie pod wpływem. Może zrobię sobie jakieś wolne? – rozgorycza się Julka.

– Mam nadzieję, że nie widziała, jak tu wchodzicie – mówi Pitbull, patrząc na mnie. – Przejebane, jak się dowie, że tu byłyście. Jak się wkurwi to i my dostaniemy karę.

– Dobra, Julka, będzie, co będzie, idziemy – oznajmiam.

– Rzygać mi się chce. – Podnosi się i zakrywa usta.

– Nie teraz, wytrzymaj. Musimy zachowywać się normalnie.

– Zwijam się – rzuca Pitbull w stronę promotorów. – Napiszcie, czy Konrad nic nie odpierdolił. Spadam cieszyć się resztą wolnej nocy.

– Pitbull, pomóż mi – dyszę, próbuję utrzymać kiwającą się Julkę.

Powietrze jest zimne. Mży, a straganowe budki cicho skrzypią.

– Kamera przed klubem nie może zarejestrować was, jak stąd wychodzicie, inaczej chłopaki będą mieli przejebane – mówi Pitbull i rozgląda się. – Z promotorami lepiej żyć w zgodzie, prawda? – Puszcza do mnie oczko i dodaje: – Zróbcie kółko. Za budkami nikt was nie zauważy, wyjdziecie z drugiej strony.

– Rzygać – majaczy Julka.

Wchodzimy do klubu z opuszczonymi głowami.

– Zachowuj się normalnie – szepczę Julce do ucha.

– Ciężko pracowałyście! – słyszę szyderczy ton Grześka.

– Oj, dziewczyny... – mówi drugi ochroniarz, odrywając się od kanapy.

– Cicho bądźcie. – Macham na nich ręką.

– Julka, Julka! Wchodzimy. Idź prosto i nie odzywaj się, jak nie musisz. Julka! – powtarzam, gdy przytula się do kotary.

Kierowniczka czeka na nas oparta o bar.

– I jak wam poszło? – pyta, krzyżując ręce na klatce piersiowej.

– Nikogo nie było. Jest pusto. – Wzruszam ramionami i idę w stronę zaplecza.

– Dokąd to? – Blokuje mi drogę.

– Przebrać się, tak? – odpowiadam.

– Dzwoniłam, czemu nie odbierałyście? – Chwyta mnie za ramię.

– Co to? Przemoc w pracy? – Spoglądam na zaciskającą się dłoń.

– Mów! – Odchrząkuje i puszcza mnie.

– Miałam wyciszony telefon – oznajmiam, a kątem oka zerkam na Julkę, która układa się właśnie na kanapie w loży do snu.

– Kurwa mać! Wstawaj! – krzyczy kierowniczka w stronę Julki.

– Zmęczyłam się, okropna robota... Więcej mnie tam nie wysyłaj – mamrocze Julka i z zamkniętymi oczami kiwa palcem w stronę Marceliny.

– To masz jak w banku! – rzuca do niej kierowniczka i dodaje do barmanki: – Przygotuj alkotesty.

Siadam między Pamelą a Franczes.

– Pogłaszczesz mnie po plecach? – mówię i zanurzam twarz w cyckach Pameli.

– Fuuj. Nie śliń mnie! Obudź się, Paula, słyszysz mnie? Zmień ustnik!

Szumy stają się natrętne.

– Tak, oprzyj się. Już dobrze.

– Pilnuj jej, przyniosę wodę.

Mój wehikuł się zatrzymuje. Rozglądam się niepewnie i odsłaniam klubową kotarę, chcąc poznać tajemnice. Kotary i ich tajemnice. Piękna Czarnowłosa wygina swoje ciało. „Spodoba ci się nocne życie tancerki!" Spoglądam jej w oczy. „To jeszcze nie koniec. Feniks odradza się z popiołu".

– Maluszku, napij się wody – słyszę kojący głos Franczes.

– Ojej. Zrobiłam sobie drzemkę? – pytam, przeciągając się.

– Pij, będzie ci lepiej – rozkazuje Franczes.

– Julka, dmuchaj! – warczy Marcelina, trzymając w ręku alkomat. – Usiądź jak człowiek. Wyprostuj się! – Łapie ją za bark i ciągnie do góry.

– Niedobrze mi. Będę rzygać – mamrocze Julka.

– Cooler, dajcie cooler! – wrzeszczy kierowniczka.

Julka wymiotuje, a Marcelina wbija swoje ślepia we mnie.

– O, pani kruczowłosa się obudziła – szydzi.

Sięgam na stolik po paczkę papierosów i zaciągam się ulubioną chmurą.

– I jak się czuje pani ładna? – cedzi.

– Dziękuję, bywało lepiej.

– W ogóle mnie to, kurwa, nie obchodzi. Gaś tego peta i dmuchaj – mówi podniesionym głosem, podkładając mi pod usta alkomat.

– Dopiero zaczęłam palić.

– I właśnie kończysz – oznajmia zjadliwym tonem. – Dmuchaj!

Dmucham, przynajmniej tak mi się wydaje.

– Mocniej wydmuchuj powietrze!

Wzdycham i szepczę cieniutkim głosem, przykładając zewnętrzną część dłoni do czoła:

– Słabo mi, nie dam rady.

– Co ty odpierdalasz za przedstawienie?

– Ojej, chyba zemdleję. – Powtarzam gest.

– Przestań się zgrywać – mówi Marcelina i podsuwa mi znowu alkomat.

– Chcę nową słomkę – oznajmiam stanowczo.

– A co z tą jest nie tak? – Marcelina podnosi głos.

– Już jej używałam – mówię spokojnie.

– Panda! – woła Marcelina do barmanki, wskazując plastikowe rurki.

– Nie pal – syczy do mnie, gdy odpalam następną fajkę i odbiera telefon: – Halo, co chcesz? A nie widać? Cwaniakuje i tyle – skarży się do słuchawki, spoglądając na kamerę. – Dobra, dobra. Już ogarniam – mówi i rozłącza się.

Julka siedzi na podłodze z twarzą schowaną w coolerze i bulgocze.

– Dmuchaj! – rozkazuje Marcelina.

Patrzę na nią z uwagą, jej czerwona twarz nadyma się coraz bardziej.

– Na co czekasz? – ponagla.

Chwytam ustnik zębami i wolnym ruchem wyciągam go z alkomatu. Ujmuję słomkę między palce jak papierosa i przybliżam usta do jej ucha.

– Zadzwonisz do swojego kolegi z monitoringu. Przekonasz go, żeby usunął taśmę, na której robisz mi alkotesty – szepczę.

– Pojebało cię? Za kogo ty się masz?! – wrzeszczy zdumiona.

– Za kogo ty się masz – odpowiadam spokojnie i zaciągam się teatralnie czarnym plastikiem. Niewidzialny dym wypełnia przez chwilę ciszę.

– Jakiego ma Maciek? – pytam, głaszcząc rurkę. – Odpowiedz, przecież mu obciągałaś.

Odrzucam pasma włosów do tyłu i patrzę jej prosto w oczy.

– Czy nie jest tak, że w naszej firmie za takie związki wylatuje się z pracy? – pytam powoli, nie spuszczając wzroku z jej twarzy, która jest teraz jak balon gotowy eksplodować. – Idę do toalety – oznajmiam wesoło.

Niepamięć

Pochłonęła mnie w całości czarna dziura. Nikt nie krzyczy i nie wymaga. Szybuję w świecie ciemnych barw, w miejscu, którego nie znam i przeganiam dłońmi gęstą mgłę. Czy ktoś tu jest? Halo?

– Halo, halo! Obudź się! Halo, Paulina!

Czarne chmury rozstępują się.

– Może poszłabyś się przebrać? Ten rudy koleś wyszedł. Koniec zmiany! – mówi Ola.

– No, zbieraj odwłoki, maluszku, jest prawie ósma – dorzuca Franczes.

Wszystko wiruje, szumi i trzeszczy. Mrużę oczy. Owinięta kocem siedzę na skrzynce i spoglądam błagalnie na lodówkę, by pomogła mi wstać.

– Ściągnij szklanki. – Dociera do mnie zatroskany głos Franczes.

– Okropna noc – majaczę, rozrzucając buty po kątach socjalnego pokoju.

– Chodź. Musisz się przebrać – mówi kelnerka, wskazując na moje białe koronki.

– Ooo… tańczyłam? – pytam zdezorientowana, pokonując schodki do szatni.

– Żartujesz? Nic nie pamiętasz?

– Co mam pamiętać?

– Frajer był natarczywy, więc skończyłyśmy zabawę po tym, jak ugryzłaś go w szyję.

– Serio? – Obijam się o szafki, próbując ustać.

– Zarobiłyśmy niezłą kasę, ale sprawdź później KWB-ar, czy nie masz jakiejś kary. Nie wiem, czy kamery widziały to ugryzienie.

– Jasne.

– Podoba mi się twój tatuaż na szyi. Wczoraj go zrobiłaś? – pyta odgarniając moje włosy z karku.

– Tak. Muszę do toalety.

– Uciekam, do zobaczenia wieczorem – mówi Franczes i całuje mnie w policzek.

Patrzę w lustro, uderzam się po twarzy i próbuję otrzeźwieć. Ubieram się w wąską, karmelową sukienkę, zarzucam futerko, poprawiam pończochy i zakładam ulubione kozaki.

– Idź do domu, wyśpij się – syczy Marcelina zza baru, nie podnosząc na mnie wzroku.

Przy wyjściu zatrzymuje mnie Grzesiek.

– Zmęczona? – pyta.

– A jak myślisz? – Opieram się o ścianę.

– Inaczej wyglądasz... – mówi ciszej i obejmuje mnie spojrzeniem. – Zamówić ci taksówkę? – Wyciąga z kieszeni komórkę i gubi wzrok w wyświetlaczu.

– To ile nas jest? – pytam spokojnie.

Jego udawana troska ucieka w popłochu.

– Ile striptizerek pieprzysz naraz?

Marszczy brwi i rzuca mi w twarz:

– Nic sobie nie obiecywaliśmy.

– Masz rację. – Wzruszam ramionami. – Marny policjant potrzebuje pocieszyć się seksem ze striptizerką.

– Tak chcesz gadać? Nie udawaj takiej cwanej. – Podchodzi blisko. – Jesteś pusta. Jędrne ciało, lśniące włosy i wyuzdane spojrzenia. Nic więcej – wyrzuca z siebie ściszonym głosem.

– Dla ciebie aż za dużo – mówię i odwracam się w stronę drzwi.

„Nic sobie nie obiecywaliśmy" – jego słowa rozchodzą się zimnym dreszczem po moim ciele.

– Jesteś nikim – mówię cicho.

– Masz zamiar mnie obrażać?

Liczę podłogowe płytki, które prowadzą do wyjścia.

– Cztery – mówię szeptem.

– Myślisz, że jesteś taka zajebista?! – krzyczy za mną.

– Pięć, sześć.

– Jesteś jebaną kurwą! – Goni mnie jego wściekły głos.

– Siedem.

– Pustą wydmuszką! – wrzeszczy.

– Możesz pożegnać się z pracą – mówię, otwierając drzwi.

Plac jest prawie pusty, do życia budzi go jedynie mężczyzna w brązowym kaszkiecie i ruda kobieta, którzy siedzą przed Alchemią przy kawie. Poranne ptaszki – parskam do siebie i przenoszę wzrok na komórkę, by zamówić taksówkę.

Nagle dostrzegam mężczyznę. Zbliża się rozwścieczony. Cofam się, otwieram drzwi klubu, widzę wykrzywioną w grymasie złości twarz Grześka, który zatrzaskuje drzwi przede mną i przytrzymuje je od środka. Bicie serca przyspiesza.

Mężczyzna z impetem popycha mnie na ścianę, przypiera do muru, moje nadgarstki trzeszczą w żelaznym uchwycie.

– Co ty sobie myślisz? Ty kurwo! – Dociska mnie mocniej.

Szamoczę się, próbując się wyrwać.

– Nie udawaj takiej niedostępnej. – Na czole pulsuje mu żyła. – Nie próbuj gryź. – Bluzga śliną. – Nie krzycz.

Jestem w pułapce.

KONIEC CZĘŚCI PIERWSZEJ

Kontynuacja w „Dziewczyna, która igrała z demonem”

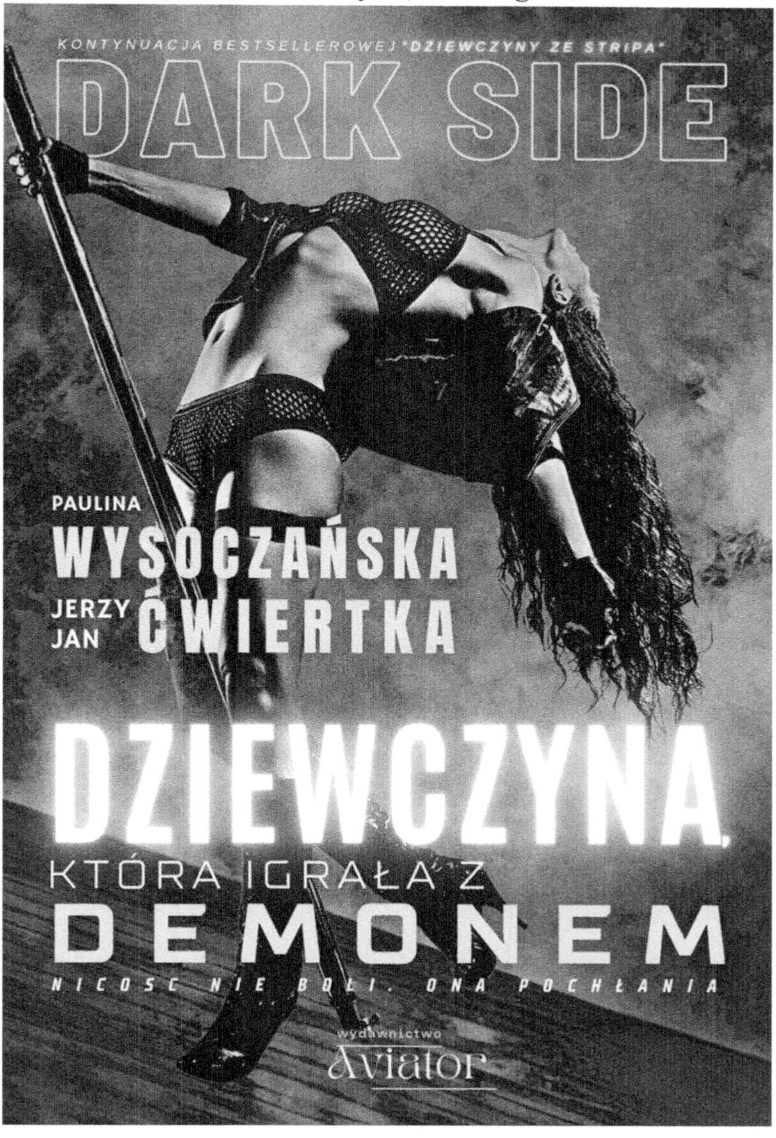

„Dziewczyna, która igrała z demonem”

W kontynuacji "Dziewczyny ze stripa" napięcie sięga zenitu. "Dziewczyna, która igrała z demonem" przyniesie odpowiedzi na wiele zagadek postawionych w pierwszej części serii „Dark Side”.

Kim jest prześladowca Pauliny? Czy ktoś zdoła ocalić tancerkę przed mrocznym losem?

Kto to jest Jot? Czy wyszkolenie, charakter i doświadczenie wystarczą Jot, by stawić czoła zorganizowanej siatce przestępczej zajmującej się stręczycielstwem, nielegalnym hazardem i handlem ludźmi?

Jakie tajemnice kryją się w sercach bohaterów? Czy zagadki skomplikowanych i niejednoznacznych charakterów bohaterów oraz ich demonów z przeszłości zostaną rozwiązane?

Odpowiedzi na te pytania czekają na Ciebie w tej pełnej emocji i nieoczekiwanych zwrotów akcji powieści "Dziewczyna, która igrała z demonem."

Nie przegap niespodzianki, która czeka na Ciebie na następnych stronach. Rozdział „Taniec przed lustrem” da Ci próbkę emocji z następnego tomu serii „Dark Side”

Taniec przed lustrem

Idziemy długim korytarzem. Miękka wykładzina tłumi stukanie obcasów, zieloną tapetę ze złotymi ornamentami w kształcie roślin rozświetla co kilka kroków żółty blask kinkietów.

Jak skrzypienie tylnych drzwi. Jak struna, która pękła – nuci zgrzytliwie Ponury Żniwiarz.

Obraca twarz w moją stronę, jej usta są czerwone i duże, śmiejąc się, mówi coś, a każdy krok to falowanie bioder. Kinkiety rytmicznie rozświetlają wijące się włosy.

Jak malowany tyłek dzikusa. Jak czołganie się w błocie. – Ponury Żniwiarz zniża głos.

Stajemy przy numerze 427. Przykładam kartę magnetyczną do zamka, wchodzimy do pokoju.

– Dobrze, że wziąłeś wino – mówi, przeglądając się w dużym lustrze w przedpokoju.

Otwieram butelkę, z kieszeni marynarki wyciągam alprazoalum. Gdy błyszczykiem poprawia usta, otwieram kapsułkę i wsypuję zawartości do jej kieliszka. Podaję jej wino.

Jak dziewięć żyć w kolejce. Jak koleina, w której ślizgają się koła – deklamuje rytmicznie Żniwiarz.

– Zatańcz – mówię.

Upija łyk, odstawia kieliszek na komodę.

– Zatańcz ze mną – mówi, śmiejąc się.

Obejmuje mnie ramionami, w szpilkach jest mi równa wzrostem, czerwone, duże usta nucą melodię, próbuje mnie pocałować. Odpycham ją łagodnie.

– Zapomnij, że tu jestem, tańcz dla siebie.

Podaję jej kieliszek. Wypija dwa łyki. Oddaje mi kieliszek i zaczyna kołysać biodrami.

– A ty? Będziesz tylko patrzył?

Jak więcej zimnej kawy. Jak morderca z wronią sylwetką.

Opiera dłonie o lustro, biodrami zatacza kręgi, wsuwa dłonie pod stanik, głaszcze piersi, kładzie ręce na brzuch i sunie długimi palcami w dół między uda. Ściąga spódnicę, pośladki uwalniają się od ciasnego materiału, obejmuje dłońmi jędrne półkule i rozchyla je, pokazując czerwony sznurek stringów. Ani na chwilę nie odrywa wzroku od swojego odbicia.

Jak owoc, którego nie wolno jeść. Jak most, z którego można tylko skoczyć. – Żniwiarz podnosi głos do lamentu.

Podchodzę z kieliszkiem, staję za nią. Widzę w lustrze jej twarz. Oczy przymknięte, wargi wilgotne, rumieńce na policzkach. Opiera pośladki o moje krocze, zatacza kręgi, wyczuwa erekcję, obraca się, kładzie dłoń na rozporku.

Jak to jest? Jak to jest po tamtej stronie lustra?

Podaję jej kieliszek, wypija całą zawartość.

DARK SIDE
DOKĄD
THRILLER HISTORYCZNY NA FAKTACH
BIEGNIESZ
JERZY JAN ĆWIERTKA
wydawnictwo
Aviator

Zapowiadamy
thriller historyczny "Dokąd biegniesz",
którego akcja dzieje się w Nowej Rudzie w 1970 roku.

Odetchnijmy nieco, czytając przedziwną opowieść o Felku, który przepił wypłatę i o wielkich uszach wujka Ludwiga.

Fragment pochodzi z książki „Dokąd biegniesz", w której zaraz po zabawnej historyjce następuje korowód zdarzeń okrutnych i wstrząsających. Znajdziesz tam historię o granatowym policjancie przemienionym w Czorta, o zarzynaniu Leonarda von Shrecka w rytmie tanga Milonga, o pustelniku w wojskowych butach, o Przeklętym Partyzancie, o szczurach i skarbie Trzeciej Rzeszy.

TRZY SZCZURY W ROSOLE

W Nowej Rudzie, na styku ulicy Kościelnej i Martwej, stoi jednopiętrowy dom. Po lewej stronie są okna przysłonięte firankami i rozjaśnione od środka lampami. Ta strona należy do ulicy Kościelnej. Po prawej stronie okna są ciemne. Gdy im się przyglądniemy z bliska, okaże się, że wyklejone są od środka gazetami. Ta strona należy do ulicy Martwej. W suterynie po martwej stronie mieszka pan Kiełbasa.

Ojciec, wujek Ludwig, pan Kiełbasa i Chłopiec siedzą pod mrugającą, brudną żarówką zwisającą nad stołem. Na poplamionej ceracie stoi butelka wódki z wetkniętym w szyjkę wiechciem z gazety, trzy kieliszki pięćdziesięciogramowe i zielona butelka z oranżadą, na blaszanym półmisku leżą trzy płaty katolika. Ojciec wyciąga papierową zatyczkę z butelki i napełnia kieliszek gospodarza. Odrobina wódki wylewa się.

Ostrożnie, żeby nie uronić więcej, nalewa Ludwigowi i sobie. W tej butelce wódka się skończyła.

Ludwig długimi, ciężkimi palcami prawej dłoni otula kieliszek, palcami lewej pociera wolno wielką małżowinę swojego ucha. Podnosi kieliszek na wysokość ust, w jego wielkiej dłoni wydaje się naparstkiem.

– *Był sobie raz Felek* – zagaja niskim, chropowatym głosem.

Chłopiec sięga po oranżadę.

Wujek wpatruje się w kieliszek i kontynuuje:

– *Co chodził bez szelek. Czterdzieści butelek w kieszeni miał.*

Chłopiec kciukiem podważa druciany pałąk kapsla, rozlega się głośne „puf" i z butelki wypryskują kropelki gazowanej cieczy.

Wujek obniża głos, który teraz brzmi mrocznie:

– *Nadeszła niedziela.*

Głos wujka staje się głuchy, jakby wydobywał się z grobowca.

– *Upity jak bela. A Hela mu w papę, oddawaj wypłatę.*

Ludwig przykłada kieliszek do ust. Szybkim ruchem odchyla głowę i połyka wódkę. Wielka grdyka podnosi się i opada majestatycznie.

Chłopiec przykłada butelkę do warg, oranżada pieni się słodko w ustach.

Wujek strzepuje resztki z kieliszka na podłogę i jakby z ulgą mówi:

– *Wypłata przepita. Kobita zabita. A Felek w więzieniu opala się w cieniu i śpiewa tak.* – Nabija na widelec płat śledzia, wącha i wpycha do ust.

Dlaczego ojciec i wujek nazywają śledzia katolikiem – zastanawia się Chłopiec wodząc wzrokiem za wielkim jabłkiem Adama na szyi wujka.

Wujek przełyka śledzia i mówi, trzeszcząc słowami.

– *Trzy szczury w rosole.*

Milknie. Jego twarz nieruchomieje, głęboka rysa między brwiami i zmrużone oczy nadają jej groźny wyraz.

– *A ja je posolę, a ja je posolę i smacznie zjem* – kończy tonem ludożercy, nie mogącego doczekać się kolacji. Jego lewa dłoń przestaje pocierać ucho. Odwraca twarz w stronę Chłopca. Chłopiec właśnie przełyka słodką oranżadę.

Dziwna bajka i wcale nie śmieszna – myśli Chłopiec. Nagle dostrzega, że po bokach nieruchomej twarzy wujka wachlują wesoło, wielkie jak u słonia uszy. Chłopiec wybucha śmiechem. Oranżada wylewa mu się nosem.

ZAPOWIADAMY

Już wkrótce „Tarot w uniwersum dziewczyny, która igrała z demonem”, to wyjątkowa pozycja na rynku książek. „Tarot w uniwersum...” został napisany z pomocą romskich wróżbiarek. Poznacie tam metody interpretowania układów kart tarota, poznacie losy postaci z “Dziewczyny ze stripa” i „Dziewczyny, która igrała z demonem”, dostaniecie w prezencie wyjątkową talię dwudziestu dwóch kart Wielkich Arkan.

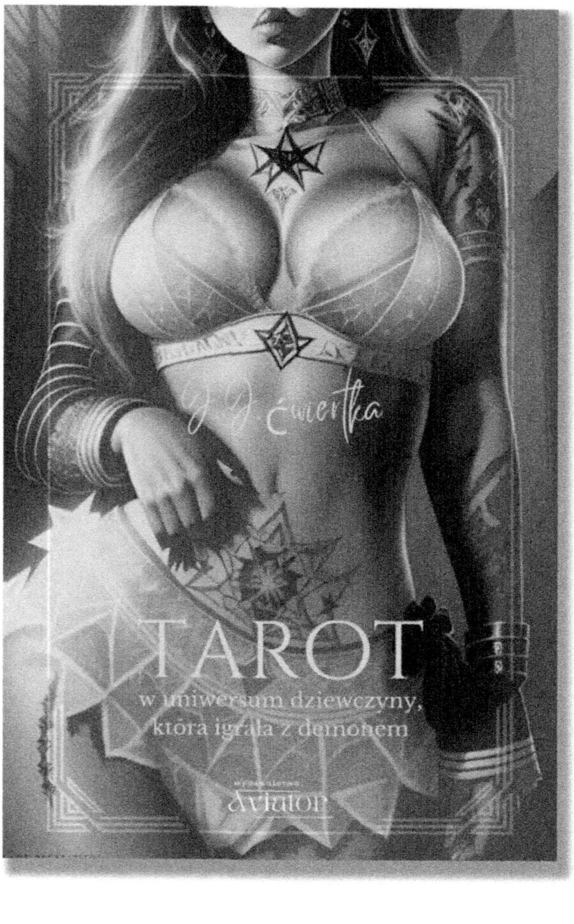

SPRAWIEDLIW
VII
RYDWAN
XIII
ŚMIERĆ
XVII
GWIAZDA
XV
DIABEŁ

Printed in Great Britain
by Amazon

37723186R00219